L'homme qui avait tout perdu

Du même auteur
aux Éditions J'ai lu

Dans les bras d'un Yankee, *J'ai lu* 7494

Shirl Henke

L'homme qui avait tout perdu

Traduit de l'américain
par Elizabeth Clarens

J'AI LU

Titre original :

REBEL BARON

A LEISURE BOOK ®

Published by Dorchester Publishing Co., Inc., New York

À Ann Milenovitch

Prologue

Printemps 1865, Amérique

Sous le choc, Brandon Shelby Caruthers se tenait devant la plus belle plantation du comté de Fayette, dans le Kentucky. De la magnifique glycine qui serpentait autrefois le long des cheminées de brique et des colonnes qui soutenaient la véranda à deux étages, il ne restait que des cendres. Sa plantation et son haras n'étaient plus que ruines.

Seuls quelques pans de murs calcinés étaient encore debout. Les autres bâtiments, les paddocks réservés à ses précieux pur-sang ainsi que les baraquements qui abritaient les entraîneurs et les employés de la ferme, tout avait été mis à feu et à sang. Rien n'avait été épargné.

Lorsqu'il était parvenu au sommet de la colline qui bordait la propriété et qu'il avait découvert les chênes aux branches nues et aux troncs noircis, l'espoir avait cédé la place à la peur. Il n'avait survécu aux terribles mois passés dans une prison yankee, à Chicago, que pour revoir River Trails. Ce désir fou lui avait donné la force de traverser à pied l'Illinois et l'Indiana, et de franchir le fleuve Ohio en crue.

Après quatre années de guerre, il s'attendait à trouver les barrières blanches effondrées, les champs de seigle et les riches prairies dévastés par les hommes, les chevaux et les chariots des fédéraux et des confédérés. En revanche, il avait toujours secrètement imaginé la magnifique maison de style géorgien intacte. Cette conviction l'avait soutenu, jour et nuit, lors des combats comme lors des sombres heures passées à croupir en prison.

Lentement, il mit pied à terre. Un lointain cousin de Louisville lui avait procuré l'hongre squelettique qui lui servait de monture. Il avança sur le chemin pavé de briques qui menait à l'arrière de la maison calcinée. L'endroit était désert. Seuls quelques oiseaux pépiaient dans les chênes. Deux ans plus tôt, sa mère et sa sœur étaient allées s'installer à Lexington, chez tante Agatha. Béni soit le ciel, car ainsi elles n'avaient pas assisté à la destruction de leur demeure ancestrale.

Il pénétra dans ce qui avait été un immense potager. Découvrant quelques pousses d'oignons parmi les mauvaises herbes, il s'accroupit pour les arracher et huma leur parfum musqué.

— Tu as toujours été un affreux sentimental dès qu'il s'agit de cet endroit, mais ce sont les chiens qui reniflent la terre, pas les hommes, ironisa une voix au fort accent anglais.

Brand se releva d'un bond et ouvrit les bras pour serrer contre lui le frêle métis. L'homme lui flanqua de grandes claques dans le dos.

— Sin ! Ça alors, je croyais que les Nordistes t'avaient enrôlé !

Gideon Hercules Saint-John insistait depuis une petite cinquantaine d'années pour que son nom de famille fût prononcé à l'anglaise, « Sinjin ».

— En dépit des consonances martiales de mon patronyme, les Nordistes n'ont été impressionnés ni par mon physique ni par mon âge, répliqua-t-il du haut de son mètre cinquante-deux. En outre, ils n'ont pas apprécié mon attitude.

Il sourit à son ami et ancien employeur. Des fils d'argent striaient sa chevelure noire et son visage café au lait était creusé de rides. De sa vie Brand n'avait été aussi heureux de voir quelqu'un.

— Après vingt-cinq ans passés ici, tu parles toujours comme un Anglais. C'est probablement pour cette raison que les Yankees ne t'ont pas fait confiance. Et te connaissant, je parie que tu as exigé d'emblée le grade de capitaine.

Une lueur espiègle dans le regard, Sin lissa sa fine moustache.

— Voyons, mon cher, c'eût été colonel ou rien. Le général Kilpatrick n'a pas semblé amusé quand j'ai abordé le sujet. Seigneur, Brand, ajouta-t-il d'un ton plus sérieux, je ne pouvais prendre le risque de me retrouver en face de toi sur un champ de bataille. J'aurais été obligé de te descendre.

— Imagine que ce soit moi qui t'aie descendu ? riposta Brand, retrouvant sans peine leur esprit taquin d'autrefois.

— Tu oublies que c'est moi qui t'ai appris à tirer. Et puis, vous avez perdu la guerre, non ?

— C'est vrai. J'ai d'ailleurs toujours pensé que nous la perdrions, avoua-t-il en regardant autour de lui ses rêves détruits. Mais je ne pensais pas perdre maman et Barbara, et retrouver ceci...

Il eut un geste vague de la main.

— Le choléra a fait des ravages, Brand, mais jamais je n'ai connu de plus grande dame que ta mère. Excuse-moi, j'ai parlé sans réfléchir...

— Non, tu as dit la vérité, tout simplement. Tu m'avais conseillé de ne pas suivre Morgan et de rester ici pour protéger River Trails.

— Tu as fait ce qui te semblait juste.

— J'ai fait ce que voulait Reba, corrigea Brand d'un ton acerbe. A-t-elle épousé son banquier, finalement ?

Reba Cunningham avait été la jeune fille la plus courtisée de Lexington, et la fiancée de Brand avant la guerre. Mais lorsque le rapport de forces s'était inversé et que les Sudistes avaient commencé à perdre, elle avait rompu leurs fiançailles pour les beaux yeux du fils d'une riche famille pro-nordiste de Frankfort.

Sin hocha la tête. Il savait que Brandon avait été blessé dans son orgueil.

— Earl Wilcox et elle se sont mariés au printemps dernier, mais les rumeurs prétendent que leur union n'est pas très heureuse.

Brand eut un rire sans joie.

— Je devrais lui être reconnaissant, à cet imbécile. Il m'a sauvé de moi-même. Je n'ai aucun regret en ce qui concerne Reba, en revanche...

— Tu n'aurais pas pu retenir Barbara même si tu avais été là, Brand. Elle était jeune, elle se croyait amoureuse. Qui sait, peut-être que cela marchera.

— Bon sang, c'est un joueur de poker, Sin ! Comment ma sœur pourrait-elle supporter ce genre de vie ?

— Barbara est plus forte qu'elle n'en a l'air. Et puis, nous commettons tous des erreurs…

— Comme moi lorsque j'ai rejoint les Sudistes ? lâcha Brand avec un sourire amer.

— J'ai peut-être le remède qu'il faut pour venir à bout de ta mélancolie, mon vieux. Suis-moi.

Les deux hommes longèrent les arbres en bavardant. Soudain, un doux hennissement se fit entendre. Brand allongea le pas. Sin eut beau courir pour rester à sa hauteur, il fut néanmoins distancé. À bout de souffle, il rejoignit son ami qui contemplait, ébahi, l'étalon noir et les deux juments poulinières à la robe alezane qui arpentaient nerveusement le petit enclos.

Brand s'approcha de l'étalon comme s'il s'agissait d'un fantôme. Le cheval racla le sol tandis que son maître lui caressait les naseaux.

— Midnight Reiver, le magnifique ! J'étais persuadé que le général Kilpatrick t'avait emmené. Et tes femmes sont là, elles aussi.

— Les deux armées ont mis la main sur le reste de l'élevage, mais je cachais tes préférés chaque fois qu'on annonçait l'arrivée de soldats. Le jeune Mathias a été mes oreilles et mes yeux. Il est parti chercher du bois, mais il ne va pas tarder à revenir. Il sera fou de joie de te retrouver sain et sauf.

Mathias était un mulâtre de treize ans qui avait travaillé comme palefrenier pour Sin avant la guerre.

— Jamais je ne vous remercierai assez pour tout ce que vous avez fait, murmura Brand, la gorge nouée.

— Allons, allons, plaisanta Sin, mais ses yeux sombres brillaient. Tu nous le rendras au centuple en rebâtissant la fortune des Caruthers. Il ne reste rien de la maison ni des bâtiments, mais tu possèdes encore la terre et le meilleur cheval de course de toute la région. Le champ de courses de Lexington est toujours ouvert, comme beaucoup d'autres. Même cette épouvantable ville yankee de Cincinnati organise des courses de temps à autre.

Brand fut pris de vertige à l'idée de ce que pourrait lui rapporter Midnight Reiver, à la fois comme cheval de course et comme étalon.

Les deux hommes rejoignirent la cabane habilement dissimulée grâce à laquelle Sin avait pu échapper aux pillages des deux armées qui s'étaient battues dans l'État divisé. Le vieux mulâtre déboucha une cruche de bourbon qu'ils sirotèrent à tour de rôle, la balançant sur l'épaule ainsi que le leur avait appris le père de Brand.

— Nous réussirons, Sin, tu verras. Nous reconstruirons River Trails qui sera encore plus beau qu'autrefois. Et que les Nordistes et les confédérés aillent au diable !

1

Printemps, deux ans plus tard, Londres

— Je croyais que tu devais aller te promener dans Hyde Park avec Abigail Warring, dit Miranda Auburn à sa fille Lorilee.

Elle remit en place une mèche rousse qui s'était échappée de son chignon et s'approcha de la fenêtre. Blonde et diaphane, sa fille de dix-sept ans se tenait entre les rideaux de brocart vert sombre. Chaque fois que Miranda regardait son enfant unique, elle se demandait comment un moineau insignifiant comme elle avait pu donner le jour à une telle beauté.

Affichant un sourire forcé, Lorilee se tourna vers sa mère.

— Nous avons décidé qu'il faisait trop mauvais pour sortir.

Miranda scruta sa fille. Bien qu'elle fût la plupart du temps très prise par ses affaires, elle la connaissait fort bien.

— Certes, mais notre nouvel attelage vous aurait protégées de la pluie.

Lorilee avait supplié sa mère de l'acheter, prétendant que le toit amovible serait idéal pour les jours pluvieux. Miranda devina qu'il y avait une bonne raison pour que sa fille eût renoncé à son nouveau jouet.

— Qu'y a-t-il, ma chérie ?

— Abigail a eu une meilleure proposition. Son valet de pied est passé il y a une demi-heure pour m'apporter ceci.

Elle tendit à sa mère un épais carton gravé aux armoiries des Easterham. Le message était concis et explicite. Abigail, dont le père était baron, avait été invitée à prendre le thé en présence d'une comtesse.

— Mais votre sortie était prévue depuis une semaine. C'est très grossier de sa part de l'annuler ainsi au dernier moment parce qu'elle veut passer des heures à se pomponner pour impressionner ces insipides Belford.

Miranda devina que sa fille était blessée. Elle semblait au bord des larmes, mais redressa fièrement le menton – un geste hérité de sa mère.

— Il n'y a que toi pour trouver la famille du comte de Varley insipide, maman.

Miranda lui prit la main et la tapota pour la réconforter.

— C'est pourtant la vérité. Ils sont ennuyeux et égocentriques. Le comte a le cerveau d'un écureuil. Il ne s'intéresse qu'à la chasse à courre et ne pense qu'à boire avec ses amis à son club. Quant à sa femme, elle passe son temps à collectionner les bijoux et à se pavaner dans les soirées.

— Tu dis ça parce qu'elle a déclaré que la reine était une femme d'esprit, lança Lorilee qui commençait à se dérider.

— La reine est une femme remarquable, mais M. Disraeli la mène par le bout du nez, rétorqua Miranda, agacée, car elle n'aimait pas plus les femmes qui succombaient à la flatterie que les politiciens conservateurs qui excellaient en ce domaine.

— Décidément, tu es une libérale jusqu'à la moelle.

Intelligente, travailleuse acharnée, Miranda Stafford Auburn participait aux conseils d'administration d'industries métallurgiques, de banques, de compagnies maritimes et de chemins de fer. Dans le monde impitoyable des affaires, elle était acceptée et respectée, bien que parfois à contrecœur. Elle possédait un véritable don pour flairer les investissements judicieux, don qui lui avait permis de faire fructifier la fortune de son défunt mari.

« Si seulement elle acceptait de se coiffer normalement et de porter des vêtements un peu élégants, songea Lorilee en étudiant d'un air critique la robe de laine grise de sa mère et son affreux chignon tressé. Elle n'a que trente-six ans, après tout ! »

— Nous pourrions aller chez Mme Céleste cet après-midi. Elle a reçu de magnifiques robes...

Miranda secoua la tête d'un air attristé. Non parce qu'elle était intéressée par la mode, mais parce qu'elle manquait de temps à consacrer à sa fille.

— Je suis désolée, ma chérie, mais M. Minton de la Banque nationale vient prendre le thé. Nous devons discuter d'un investissement dans les chemins de fer. Mais que dirais-tu d'aller à l'Opéra ce soir ? ajouta-t-elle devant l'expression déçue de Lorilee. Adeline Patti est à l'affiche, et Sarah Beverton m'a rappelé il y a peu que nous étions toujours les bienvenues dans sa loge.

— Quelle bonne idée ! Savais-tu qu'Adeline Patti est considérée comme la plus célèbre soprano d'Europe ? Je l'ai lu dans le *Times*.

— Si c'est écrit dans le *Times*, je m'incline, plaisanta Miranda.

Ce soir-là, Lorilee insista pour choisir la robe de sa mère et demanda à leur femme de chambre de la coiffer. Miranda accepta pour lui faire plaisir, bien qu'elle eût l'impression d'être déguisée lorsqu'elle portait des vêtements de couleurs vives aux décolletés audacieux. Quant à sa coiffure, un amas de boucles vaporeuses, elle aurait mieux convenu, lui semblait-il, à une jeune fille faisant son entrée dans le monde.

Une jeune fille comme sa Lorilee adorée.

Mais la situation de celle-ci était, hélas, difficile. Quelle que fût l'étendue de sa fortune, une demoiselle ne pouvait être présentée à la reine dès lors qu'elle était issue d'une famille roturière. Un ostracisme que Lorilee subissait depuis toujours. Ses parents avaient eu beau embaucher les meilleures gouvernantes et l'inscrire dans les écoles les plus réputées, elle demeurait la fille d'un marchand de Liverpool qui avait réussi.

Will Auburn se moquait bien de ce que pensait la haute société, et sa femme, dont l'arbre généalogique laissait à désirer, partageait son avis. Will avait cependant tenu à ce que Lorilee fût élevée comme une jeune fille du monde. Après tout, il avait travaillé dur pour amasser la fortune dont elle hériterait un jour. Malheureusement, cette éducation l'avait amenée à frayer avec des aristocrates, ce qui lui avait valu des rebuffades pénibles comme celle d'aujourd'hui.

La réussite de Miranda compliquait encore la situation, car Lorilee ne ressemblait en rien à sa mère, pragmatique et réaliste. La douce jeune fille ne rêvait que de prince charmant.

— Vous êtes superbe, madame, déclara Tilda tout en finissant de boutonner les minuscules boutons de jais de la robe de sa maîtresse.

Selon la femme de chambre, qui était aussi une amie de longue date, le velours gris foncé soulignait la couleur de ses yeux, mais Miranda était certaine que sa fille jugerait la couleur trop terne.

— Merci, Tilda, dit-elle en s'efforçant de respirer malgré l'odieux corset qui allait avec ce genre de toilette.

— Vous n'avez pas l'air dans votre assiette. Qu'est-ce qui ne va pas ?

La jeune femme venue des Indes s'exprimait avec la familiarité d'une domestique qui s'occupait de sa maîtresse depuis que celle-ci avait douze ans, alors qu'elle-même n'en avait que seize à l'époque.

— Tout va bien. Je me demandais juste si Geoffrey Winters serait présent ce soir.

— Le plus jeune des Pelham ?

Le ton de Tilda indiquait clairement ce qu'elle pensait du troisième fils du vicomte Pelham.

— Il est joli garçon, poursuivit-elle. Ce serait un bon parti s'il parvenait à en finir avec sa passion du jeu. Sans parler des autres vices qu'une dame honorable n'oserait même pas évoquer. Craignez-vous qu'il ne courtise Mlle Lorilee ?

Miranda hocha la tête.

— Il est déjà venu me trouver.

— Et je parie que vous l'avez envoyé sur les roses, s'exclama Tilda. Il n'a pas un sou et n'en aura jamais. La rumeur prétend que son père l'a déshérité parce qu'il mène une vie dissolue.

— Pour une fois, la rumeur a raison. De toute façon, la famille du vicomte n'est pas très fortunée. Je ne lui ai pas donné la permission de courtiser Lorilee, mais il se débrouille pour la croiser lors de soirées. La petite refuse qu'on dise du mal de lui.

— Les premières amours sont parfois cruelles, mais la force des jeunes, c'est qu'ils y survivent.

— Tu es merveilleuse, Tilda, déclara Miranda en souriant.

Lorsqu'elle referma la porte de la chambre derrière elle, Tilda secoua tristement la tête. Si seulement sa maîtresse avait été aussi insouciante dans sa jeunesse que Lorilee...

Près de Cincinnati, dans l'Ohio

Le champ de courses était bondé. La foule bigarrée, avec ses voyous en guenilles, ses parieurs dandys et ses quelques femmes légères, se mit à hurler et à trépigner quand les chevaux se rapprochèrent de la ligne d'arrivée. Lorsque l'étalon noir dépassa le cheval gris avec lequel il luttait depuis quelques minutes, des jurons et des encouragements fusèrent. Brand et Sin échangèrent des sourires radieux, se préparant à récolter leurs gains.

Peu après, ils quittèrent le terrain boueux pour rejoindre Mathias qui patientait aux côtés de Midnight Reiver. Le jeune palefrenier jubilait. Bien qu'il n'eût que quinze ans, son mentor, le génie des courses hippiques, M. Saint-John lui-même, l'avait autorisé à monter pour la première fois. Et il ne l'avait pas déçu.

— J'avais bien dit que j'étais capable de le faire, hein, major ? s'écria-t-il en voyant Brand.

— Et tu ne t'es pas trompé.

— Il a donné trop de rênes dans la première courbe, soupira Sin qui tentait de dissimuler sa fierté. La jeunesse est toujours inattentive.

— Inatten... quoi ? demanda Mathias. Je suppose que c'est un compliment, vu que j'ai gagné.

— Oui, mais tu as délaissé l'école, le réprimanda Sin.

— On ne peut guère lui en vouloir étant donné qu'il a passé tout le printemps sur le circuit, intervint Brand. Mais dis-toi que si tu crois pouvoir être jockey sans avoir été à l'école, ajouta-t-il à l'adresse du jeune garçon, les escrocs des champs de courses auront tôt fait de te plumer.

— Je sais, major, fit Mathias en rougissant. Je vous promets de travailler sérieusement avant de rentrer à River Trails.

— Je viendrai m'en assurer, l'avertit Sin d'un air sévère, avant de lui accorder l'un de ses rares sourires.

Ils emmenèrent l'étalon à l'écurie.

— Après six semaines, je ne me souviens même plus du nom des villes et des États que nous avons traversés, avoua Brand. Je ne serai pas mécontent de retrouver enfin l'herbe du Kentucky.

— C'est parce que tu détestes les Nordistes, c'est tout, ironisa Sin.

— En revanche, je ne vois aucun inconvénient à leur prendre leur argent, répliqua Brand en riant.

Soudain son visage s'assombrit.

— Que vient-elle faire ici ?

— Sûrement chercher les embrouilles, grommela Sin.

S'abritant sous une ombrelle rose, Reba Wilcox se dirigeait vers eux en se dandinant. De sa main gantée, elle soulevait sa jupe afin que l'ourlet ne traîne pas dans l'herbe boueuse. Ses boucles blondes étaient ramenées sous un chapeau de paille orné de roses pâles assorties à sa robe. Le décolleté, un peu trop profond, révélait plus de peau qu'il n'était convenable à cette heure de la journée. Mais Reba n'avait jamais cherché à se conformer aux usages. Elle ne s'intéressait qu'à l'argent… et à Brandon Caruthers.

— Quelle surprise de te trouver ici, Brand ! s'exclama-t-elle en battant des cils. Figure-toi que je suis en visite chez l'un de mes cousins. Tu te rappelles les Cunningham de Cincinnati, n'est-ce pas ? Stephan nous a proposé de venir aux courses, et comme tu le sais, j'ai toujours été passionnée par les chevaux. Comment pouvais-je résister ?

— Les dames n'assistent pas à ce genre de courses, répliqua Brand en croisant les bras d'un air désapprobateur.

— Ne sois pas mal élevé ! fit-elle en lui saisissant le bras. J'aimerais te parler en privé, loin de tes noirauds.

Bien qu'elle perçût les réticences de Brand, elle choisit de les ignorer, et le gratifia d'un sourire enjôleur.

— Je t'en prie, Brand.

« Noiraud ! Moitié moins noiraud que l'espace entre tes oreilles ! » songea Sin tout en arborant un visage impassible. Depuis son retour en Amérique, après avoir achevé ses études en Angleterre, il avait appris à maîtriser sa langue acerbe en présence des jeunes femmes sudistes – même si celles-ci étaient de véritables teignes.

— Occupe-toi de Reiver avec Mathias, tu veux ? Je n'en ai pas pour longtemps, lança son ami d'un air résigné.

Sin hocha la tête en silence, avant de s'éloigner avec le jeune jockey.

Brand se tourna vers Reba. Il ne fit pas mine de lui donner le bras pour feindre de se promener avec elle.

— Je t'écoute, mais dépêche-toi. Je n'ai pas de temps à perdre.

— Ne sois pas en colère. Après tout ce que nous avons partagé...

— Tout cela, c'est du passé, *madame* Wilcox. Tu as fait ton lit avec Earl. À toi de t'y coucher, s'il te reste assez de place une fois qu'il s'y est affalé.

Furieuse, Reba tapa du pied, ses yeux bleus embués de larmes.

— Que voulais-tu que je fasse, Brand ? Que je dorme dans une cabane en terre battue avec les esclaves ?

— River Trails n'a jamais possédé d'esclaves. Et je ne t'imagine pas dormant dans une misérable cahute. C'est pourquoi tu as choisi ton banquier. Il a une belle maison en ville. Et il paraît que son père en possède une plus grande encore dont il héritera un jour. Tu devrais être folle de joie.

Elle joua avec la poignée de son ombrelle. Une larme roula sur sa joue.

— Je ne le suis pas. Je suis triste à en mourir parce que je t'aime encore, Brand. Earl est un enfant. Et il est gros, lâcha-t-elle en frémissant.

Brand éclata de rire. Il réalisait avec un intense soulagement qu'il n'éprouvait plus rien pour cette femme, et il remercia le ciel de ne pas l'avoir épousée avant de partir à la guerre. Quel enfer ç'aurait été s'il avait dû lui infliger les épreuves liées à la reconstruction du domaine.

— Earl est gros depuis que nous sommes enfants, Reba. Tu devrais pourtant l'exciter suffisamment au lit pour qu'il perde quelques kilos.

Elle leva la main pour le gifler, mais il lui agrippa le poignet au vol.

— La guerre t'a rendu vulgaire et cruel, Brand. Comment oses-tu me dire une chose pareille alors que je t'ai ouvert mon cœur ? Tu le regretteras, crois-moi !

Elle se dégagea et se frotta le poignet, avant d'ajouter d'un air perfide :

— Je te pardonnerai peut-être un jour, ou peut-être pas...

Les deux semaines suivantes furent consacrées à différentes courses. Reiver affronta les meilleurs chevaux aussi bien dans des coins perdus de l'Indiana que lors de réunions hippiques huppées à Saint Louis. Après chaque victoire, Sin dissimulait leurs gains dans le vieux sac de Mathias. Aucun voleur n'aurait songé à fouiller dans le misérable bagage d'un jeune Noir, si tant est qu'il osât affronter le calibre .45 de Brand.

Après leur dernière course, ils se retrouvèrent autour d'un feu de bois. De son écriture soignée, Sin inscrivait les gains dans un carnet.

— Ces Allemands de Saint Louis s'y connaissent en bière, mais ils sont incapables de juger de la qualité d'un cheval, conclut-il d'un air enchanté en fourrant les billets dans une bourse.

— Espérons que nous avons assez pour satisfaire ce vautour de Wilcox, fit Brand en sirotant son café à base de chicorée.

Sin effectua un rapide calcul mental.

— Il ne nous manque plus que quelques centaines de dollars. Lorsque nous aurons gagné à Lexington, le compte sera bon.

— Alors croisons les doigts, murmura Brand.

Jamais les deux amis n'auraient imaginé qu'il leur faudrait autant de temps pour rebâtir le haras et racheter des chevaux. Ils avaient fait une grosse partie du travail eux-mêmes, coupant du bois et reconstruisant les écuries et les paddocks. Brand avait embauché des hommes qui s'y connaissaient en chevaux et qui avaient accepté d'exécuter des tâches d'ordinaire méprisées par les palefreniers. Il faut dire qu'il leur avait montré l'exemple en mettant la main à la pâte.

Midnight Reiver gagnait presque toutes les courses auxquelles il participait, mais en ces temps difficiles d'après-guerre, les primes au vainqueur étaient maigres. S'ils n'avaient pas remporté la course bien dotée de Saint Louis, leur périple n'aurait pas été concluant.

Brand espérait avoir bientôt les moyens d'acquérir d'autres poulinières afin de vendre les descendants de Reiver. Une poignée d'amateurs de courses nordistes s'étaient déjà déclarés intéressés. À une autre époque, plus prospère, ces ventes auraient permis de remettre rapidement River Trails sur pied, mais en apprenant que le fier Caruthers avait des difficultés, les acheteurs prenaient un malin plaisir à marchander. Brand comptait cependant sur la réputation grandissante de son étalon pour que le vent tourne en sa faveur.

Pour l'heure, son problème le plus pressant était de payer ses impôts. Il pensait que les taxes prendraient en compte la perte de valeur de son haras suite à la guerre, or elles étaient plus élevées que jamais. À cause d'elles, il ne parvenait pas à rembourser ses dettes. Les hommes du Kentucky favorables à l'Union arrachaient le moindre dollar aux anciens partisans des Sudistes, tout comme les opportunistes qui parcouraient les anciens États sécessionnistes. Pendant le conflit, le Kentucky était demeuré dans l'Union, mais sa population avait été divisée. Désormais, ceux qui avaient été de fervents partisans nordistes tenaient le haut du pavé, et dans le comté de Fayette, leur chef était Earl Wilcox, le mari de son ex-fiancée.

Brand avait subi une double humiliation, obligé de quémander un crédit auprès d'une banque nordiste dont le propriétaire était l'homme auquel Reba s'était vendue. Les conditions du prêt étaient exorbitantes, mais il n'était pas en position de les discuter. Jusqu'à présent, il avait réussi à tenir ses engagements. De justesse.

Ils atteignirent River Trails par un bel après-midi, fatigués mais heureux d'être de retour à la maison. Alors que Brand mettait pied à terre, le cuisinier émergea en courant de la cabane en rondins, une poêle à la main.

— Major, ils veulent vendre ! Cet après-midi ! s'écria le vieil Ulysse, les larmes aux yeux.

— Qu'est-ce que tu me chantes là ? s'écria Brand, le ventre noué. Ressaisis-toi et raconte-moi tout depuis le début.

Quelques minutes plus tard, il sautait sur Reiver et s'élançait ventre à terre en direction de Lexington. Sin le talonnait sur la jument Silky. La chevauchée jusqu'à la ville leur prit une heure.

Devant le palais de justice, Brand tira sur les rênes de son étalon couvert d'écume, sauta à terre et se fraya un passage parmi la foule qui se tenait devant une estrade.

Le juge Harkins donnait du marteau, essayant de calmer l'assistance qui criait. Depuis que le colonel John Hunt Morgan était rentré accompagné de ses redoutables soldats, jamais le comté de Fayette n'avait connu pareille excitation. Les chiens aboyaient, les hommes avalaient des rasades de bourbon, puis crachaient leur jus de tabac. Certains s'esclaffaient, d'autres se lamentaient sur la fin d'une époque. L'agitation s'apaisa au fur et à mesure que les gens remarquaient la présence du major Caruthers. Beaucoup reculèrent respectueusement. Bientôt, on n'entendit plus que des murmures.

Sous les regards à la fois fascinés et pleins d'effroi Brand s'arrêta devant le juge Harkins.

— J'ai cru comprendre que vous aviez l'intention de vendre mes terres aux enchères sans me demander mon avis, attaqua Brand.

Le juge essaya en vain de soutenir le regard perçant du meilleur officier du colonel John Hunt Morgan. En cet instant, il était reconnaissant que ce dernier fût mort et enterré, encore qu'il eût peur que le fantôme de Morgan ne surgisse de sa tombe pour le punir.

— Allons, major Caruthers, vous savez que vous n'avez pas payé tous vos impôts…

— Voici l'argent, monsieur le juge, rétorqua Brand en brandissant une poignée de dollars fédéraux.

— C'est trop tard, fit le juge.

Il jeta un regard inquiet en direction d'Earl Wilcox qui se tenait non loin de là, un sourire satisfait sur son visage lunaire.

— La date limite est dans deux semaines, lui rappela Brand.

Il fit un pas en avant et le juge parut rétrécir dans son costume noir tout neuf. Des gouttes de sueur lui perlèrent au front.

— Ce n'est pas tout à fait exact, major.

— Comment cela ? siffla Brand.

Harkins se racla la gorge en s'efforçant de ne pas regarder le banquier.

— La date limite ne concerne que les impôts en cours. Vous devez encore des arriérés.

— Comme la moitié des habitants du Kentucky ! Voyons, monsieur le juge, vous savez comme moi que la plupart des gens dans le comté de Fayette doivent des impôts. Nous étions partis à la guerre.

— Une guerre que vous avez malheureusement perdue !

La voix haut perchée qui venait de prononcer ces mots parut flotter au-dessus des marches du palais de justice. Comme s'il avait attendu le moment le plus dramatique pour faire son entrée, Earl Wilcox s'approcha de l'estrade d'un pas nonchalant. C'était un petit homme obèse. Sa peau douce était presque translucide, car il restait cloîtré entre les murs en marbre de la banque paternelle, la seule de la région à être demeurée solvable après la guerre.

— J'aurais dû deviner que tu étais à l'origine de cette histoire, Wilcox, déclara Brand en croisant les bras pour s'empêcher d'empoigner le cou grassouillet qu'il mourait d'envie de tordre comme celui d'un poulet. Quel est le rapport entre mes impôts et le camp pour lequel j'ai choisi de me battre pendant la guerre ?

Wilcox parut décontenancé par son regard menaçant.

— Aucun, voyons. Mais tu as emprunté une somme plutôt importante à ma banque. Nos investisseurs s'inquiètent de savoir comment ils vont récupérer leur argent alors que tu ne payes même pas tes arriérés d'impôts.

Il humecta ses lèvres épaisses.

— Et c'est pourquoi tu as eu l'idée de venir pleurer aux pieds du juge. Pour protéger tes investisseurs.

— En mettant River Trails aux enchères, le comté va récupérer l'argent qui lui revient, et le prêt bancaire sera couvert par le prochain propriétaire, expliqua Wilcox d'un ton sentencieux.

— Ainsi, on connaît déjà le nom du nouveau propriétaire ?

Hélas, Brand l'avait déjà deviné, de même qu'il songeait sérieusement à étrangler Earl Wilcox.

D'un coup d'œil furtif, ce dernier vérifia où se tenait le shérif avant de répondre.

— Ma femme a toujours eu envie de posséder River Trails. Désormais, c'est chose faite.

Lorsque Brand se jeta sur lui, Wilcox hurla comme un cochon qu'on mène à l'abattoir, mais Saint-John se faufila à travers la foule et bondit sur le dos de son ami.

— Du calme, vieux, lui souffla-t-il à l'oreille. Si tu lui serres trop fort le cou, nous finirons mal.

Il parvint à détacher la main de Brand du cou de Wilcox, et le shérif se plaça entre les deux hommes. Un des employés de la banque entreprit de flanquer de grandes tapes dans le dos de son patron jusqu'à ce que celui-ci cesse de tousser.

Les yeux embrumés du vieux shérif Cy McCracken se posèrent tristement sur le jeune homme dont le père avait été l'un de ses amis proches.

— Je suis désolé, Brand, mais il a la loi pour lui... Même si c'est un gros paresseux, ajouta-t-il à mi-voix, ce qui fit ricaner ceux qui détestaient les Wilcox mais leur devaient aussi de l'argent. Malheureusement, je ne peux rien faire pour t'aider.

Sin lâcha Brand.

— Nous ferions mieux de nous en aller, fit-il, priant pour qu'Earl Wilcox ait l'intelligence de la boucler pendant qu'il était encore en vie.

Par chance, c'est ce qu'il fit. Il s'éloigna sans un mot, se contentant d'afficher une expression de triomphe. Tout en gardant un œil sur les deux adversaires, le shérif se demandait si Wilcox savait que sa femme était encore amoureuse de Brand.

— Elle m'avait prévenu que je le regretterais, lâcha Brand comme s'il avait lu dans ses pensées. On aurait dû rentrer tout de suite après Cincinnatti.

— Sans l'argent gagné à Saint Louis, on n'aurait pas pu payer les impôts, lui rappela Sin. On a perdu le haras, mais tu as encore Reiver, les juments et les poulains.

Il savait bien que ses paroles étaient une piètre consolation. Perdre la terre qui appartenait depuis des générations aux Caruthers était un coup terrible pour son ami.

— Mieux vaut rentrer à River Trails et rassembler les animaux avant que Wilcox ait l'idée de les saisir aussi, suggéra Brand d'un ton amer.

Tandis qu'ils traversaient la foule, nombreux furent ceux qui exprimèrent leur sympathie à Brand, allant même jusqu'à lui proposer d'héberger gratuitement ses chevaux pendant quelque temps.

Sin suivait en silence. Personne ne prêtait attention à lui. Ici tout comme en Angleterre, peu se sentaient à l'aise avec un métis. Son père était anglais et sa mère jamaïcaine, aux yeux de ces gens, il était un étranger.

Les deux hommes enfourchèrent leurs montures et remontèrent la rue principale bien plus lentement qu'ils ne l'avaient descendue. Alors qu'ils bifurquaient en direction de Broadway, ils entendirent Asa Harkins les appeler. Brand s'arrêta et regarda le vieux juge les rejoindre dans sa petite calèche noire. Il brandissait une lettre.

— Avec toute cette excitation, j'ai failli l'oublier. Elle est arrivée pendant votre absence, c'est pourquoi le facteur me l'a confiée. Elle vient de Londres.

Brand s'empara de la lettre et la décacheta.

Alors qu'il la parcourait, la résignation céda la place à l'étonnement.

— Ça alors ! s'exclama-t-il avant de tendre la lettre à Sin.

Tout en lisant, Sin était conscient de l'agacement du juge qui trouvait sans doute choquant qu'un homme blanc confiât une lettre confidentielle à un homme de couleur. Mais dès qu'il entama le deuxième paragraphe, Sin oublia ces préjugés. Stupéfait, il siffla doucement avant de s'incliner légèrement devant son ami.

— Je suppose qu'il faut te féliciter, Rushcroft, s'amusa-t-il. Gideon Saint-John pour vous servir, milord.

2

— N'est-il pas terriblement séduisant? murmura Mme Horton.

Miranda surveillait Lorilee qui dansait avec Geoffrey Winters. Elle étudia à son tour la salle de bal bondée, tandis que sa compagne brassait l'air à grands coups d'éventail.

— Les journaux à scandale l'ont surnommé le « Baron Rebelle ». Il a lutté du côté des confédérés pendant leur guerre de Sécession. On ne sait rien de lui, excepté qu'il a hérité du titre Rushcroft.

Miranda aperçut enfin l'homme dont parlait Elvira Horton.

— Je m'étonne qu'un Américain ait reçu une invitation au bal des Moreland, ironisa-t-elle. Mais il est vrai que c'est un aristocrate alors que nous ne sommes que des roturiers, ajouta-t-elle d'un ton amer.

Elle détestait cette discrimination sociale imposée par la haute société car elle la trouvait injuste. Si elle n'avait été aussi fortunée, jamais la comtesse Moreland n'aurait daigné l'inviter. Elle se consola en se disant qu'elle n'était venue que pour faire plaisir à sa fille.

— Au moins, c'est du bon sang anglais qui coule dans nos veines. Dieu sait comment le sien a été contaminé! déclara Elvira en détaillant l'inconnu de l'autre côté de la pièce. Mais il n'empêche qu'il est diablement séduisant.

Miranda ne pouvait lui donner tort. Elle n'arrivait pas à discerner parfaitement ses traits, car on avait baissé l'intensité des lampes à gaz afin de conférer une atmosphère romantique à la soirée. Il était mince et élancé, sa redingote mettait en valeur ses larges épaules et ses longues jambes. Il affichait le port d'un homme bien né.

Cependant, Miranda devinait qu'il était aussi nerveux qu'elle. Il semblait s'ennuyer et demeurait à l'écart, sans prêter attention à ses voisins. Ses cheveux paraissaient blond foncé, souples et un peu plus longs que ne le voulait la mode. Il se souciait fort peu de son apparence, elle l'aurait juré.

Elle dut reconnaître qu'il avait un profil saisissant : le nez aquilin, le front haut, la mâchoire volontaire. Il sourit lorsque Georgette Mayer lui posa la main sur le bras. Décidément, elle ne manquait pas d'air...

— Cette malheureuse est prête à tout pour pénétrer dans l'aristocratie, ou qu'un aristocrate la pénètre, se moqua la veuve Horton. Avec la fortune que lui a laissée le vieux Mayer, elle a toutes les chances de réussir.

Miranda éclata de rire.

— Ne soyez pas aussi vulgaire, ma chère Elvira. Il faut avouer que Georgette est une vraie beauté.

— Si seulement on pouvait la complimenter ainsi sur sa vertu, riposta Elvira.

À son grand étonnement, Miranda éprouva une légère déception quand le nouveau baron s'inclina devant Georgette. Le couple se mit à valser. Lorsqu'ils s'approchèrent de la loge où se tenaient les femmes plus âgées qui ne cherchaient pas à se marier, Miranda en profita pour l'étudier avec attention. Son visage était certes beau, mais il s'en dégageait une certaine dureté, comme s'il avait été témoin d'événements trop graves pour un homme aussi jeune.

Elle avait eu des échos de cette guerre tragique, véritable carnage au cours duquel des Américains s'étaient entretués, frère contre frère. Les blessés qu'on ramenait de Crimée, et qu'elle avait soignés en tant que volontaire, avaient le même regard que Rushcroft, songea-t-elle. C'est alors qu'elle remarqua la fine cicatrice qui lui barrait la joue droite. Elle s'étonna qu'il ne portât pas de barbe pour la dissimuler. Mais peut-être en tirait-il une certaine fierté, comme ces gentlemen sudistes que la presse encensait.

Alors qu'elle cherchait Lorilee des yeux, Elvira se pencha pour lui murmurer :

— Je suis sûre que Georgette n'aura aucun mal à le séduire. Rushcroft n'a pas un sou, et le château familial tombe en ruine. Les Caruthers ont toujours été excessifs. Rien d'étonnant que la branche anglaise se soit éteinte...

— Je n'avais jamais entendu parler de cette famille.

— Vous êtes trop occupée à diriger des banques et des compagnies maritimes pour vous soucier de la haute société, ma chère. Les seuls nobles qui vous intéressent sont ceux qui vous doivent de l'argent.

Elvira avait beau s'efforcer de ne pas le montrer, elle était impressionnée qu'une femme fût parvenue à se faire un nom dans le monde exclusivement masculin des affaires.

Préoccupée, Miranda ne l'écoutait plus. Où était donc sa fille ?

— Veuillez m'excuser, Elvira, mais je dois aller chercher Lorilee. Il se fait tard, et j'ai un rendez-vous tôt demain matin.

— Dommage. Vous devriez embaucher quelqu'un pour veiller sur vos affaires afin de sortir plus souvent.

— Je préfère m'occuper moi-même des affaires de mon défunt mari. C'est stimulant, et ainsi, personne ne peut profiter de moi.

Tandis qu'elle saluait la vieille dame, elle se demanda non sans inquiétude pourquoi sa fille avait soudain disparu – et avec qui.

— Je vous en prie, Geoffrey, je dois rentrer. Nous sommes restés seuls trop longtemps. Les gens vont jaser, fit Lorilee d'une voix haletante alors qu'il déposait un autre baiser sur sa joue.

Elle lui avait autorisé quelques libertés, mais lorsqu'il l'avait embrassée sur les lèvres, elle avait repris ses esprits. Si elle ne faisait pas attention, elle risquait de ruiner définitivement sa réputation.

— Ne me dites pas que vous n'aimez pas, supplia-t-il en s'écartant.

Elle frissonna, et il parut satisfait.

— Non... Enfin, j'aime bien que vous me courtisiez, mais nous devons être prudents. Vous êtes le fils d'un vicomte et moi...

— Celle que j'ai l'intention d'épouser.

Lorilee n'eut pas le temps de se remettre de sa surprise qu'elle entendit sa mère l'appeler. Un instant, le visage de

Geoffrey se ferma, comme s'il était mécontent, mais elle se dit qu'elle avait dû rêver. Il s'était toujours montré si poli avec sa mère. Jamais elle n'avait rencontré jeune homme plus drôle et plus élégant. Et voilà qu'il venait de lui déclarer sa flamme.

— Me ferez-vous l'honneur de m'épouser, mademoiselle Auburn ? lança-t-il comme s'il redoutait que le destin ne lui jouât un mauvais tour.

— Oh…

Avant qu'elle pût répondre « oui », sa mère contourna la haie et s'approcha de leur cachette.

En dépit de son mauvais pressentiment, Miranda se força à sourire.

— Bonsoir, monsieur Winters, fit-elle, avant de se tourner vers sa fille qui semblait désolée de la voir.

Elles parlèrent au même moment.

— Maman, Geoff…

— Lorilee, nous devons…

Ce fut Miranda qui l'emporta.

— Nous devons partir, continua-t-elle d'une voix ferme. J'ai un rendez-vous très tôt demain matin.

Lorilee semblait embarrassée. Ni les convenances ni son éducation rigoureuse ne toléraient qu'elle se trouvât seule avec un jeune homme. Surtout celui-ci.

— Mais, maman…

— Madame Auburn, puis-je…

— Non, monsieur, vous ne pouvez pas. Nous parlerons en tête à tête une autre fois.

Le sang de Miranda s'était figé dans ses veines. Le monstre ! Il avait osé demander à Lorilee de l'épouser ! Elle prit le bras de sa fille et l'entraîna sans attendre vers la salle de bal.

— Tu n'as pas accepté, j'espère ? murmura-t-elle.

— Comment es-tu au courant ? s'écria Lorilee, incrédule. De toute façon, tu ne m'en as pas laissé le temps, enchaîna-t-elle. Et tu n'as pas laissé Geoffrey te demander ma main.

— Tu l'appelles par son prénom, maintenant ! Je devrais peut-être me réjouir qu'il me demande la permission, alors que les libertés qu'il s'est permises avec ma fille mériteraient une bonne correction !

Miranda sentit Lorilee se raidir et s'en voulut d'avoir été aussi directe. D'ordinaire, elle maîtrisait beaucoup mieux ses émotions. Seule femme dans un monde d'hommes, elle se flattait de contrôler parfaitement ses nerfs.

— M. Winters n'a rien fait que je n'eusse encouragé, répliqua sa fille. Tu as été très impolie avec lui.

Elle mentait, mais elle était blessée que sa mère se fût montrée aussi intolérante envers un jeune homme qu'elle trouvait si charmant.

— En effet. Mais ce petit morveux mérite une bonne fessée.

Bien qu'elle fût choquée, Lorilee ne répondit pas. Mieux valait ne pas contrarier sa mère lorsqu'elle était d'une telle humeur.

Lorsqu'elles rejoignirent la foule des invités, elles arboraient de larges sourires comme s'il ne s'était rien passé. Miranda salua quelques connaissances, tout en se dirigeant vers la comtesse Moreland qui se tenait dans le vestibule. D'autres invités s'en allaient aussi.

— Lorilee, demande au valet de pied d'aller chercher nos capes pendant que je remercie la maîtresse de maison.

Obéissant de mauvaise grâce, la jeune fille s'approcha d'un domestique en livrée jaune et bleu. Elle était si énervée qu'elle ne remarqua pas l'homme qui sortait d'un salon, et le heurta de plein fouet. S'il ne l'avait rattrapée, elle serait tombée à la renverse.

— Pardonnez-moi, mademoiselle, fit-il en s'inclinant devant elle. J'étais distrait.

Lorilee esquissa un sourire timide, intriguée par son accent qui ne lui était pas familier.

— C'est à moi de m'excuser, monsieur. Sans vous, je serais tombée, et je me serais ridiculisée.

De l'autre côté du vestibule, Miranda observait la scène. L'homme était bien élevé, charmant, plutôt jeune et titré... Mais il est américain, songea-t-elle en se remémorant les propos d'Elvira Horton.

Elle s'en voulait d'échafauder un plan aussi extravagant, mais elle connaissait sa fille. Si douce et romantique qu'elle fût, elle était aussi têtue comme un âne, et elle avait jeté son dévolu sur ce coureur de dot de Winters. Elle avait déjà éconduit des prétendants beaucoup plus dignes d'elle, des roturiers fortunés, et même l'héritier d'un marquis, tout cela pour le fils Pelham. Dieu merci, Gretna Green n'était plus un endroit où l'on pouvait se marier sans la permission de ses parents, mais Lorilee allait finir par ruiner sa réputation si elle continuait à se laisser berner par Winters. Miranda savait fort bien ce que ce séducteur impénitent avait en tête.

« Je vais devoir passer plus de temps avec elle », songea-t-elle en chassant l'idée saugrenue d'un mariage entre le Baron Rebelle et Lorilee. Londres n'était-il pas l'épicentre du monde civilisé ? Parmi ses quelque cinq millions d'habitants, il devait bien se trouver un mari digne de sa fille. Il lui suffisait d'écarter de son chemin ceux qui voulaient profiter d'elle.

Sur le chemin du retour, la jeune fille observa un silence de martyre jusqu'à ce que la curiosité l'emporte sur sa mauvaise humeur.

— Comment savais-tu que Geoff… je veux dire M. Winters m'avait demandé de l'épouser ?

— L'intuition maternelle, ma chérie, s'amusa Miranda.

— Dans ce cas, tu vois bien que ses intentions sont honorables.

— C'est possible, mais je doute que vous soyez faits l'un pour l'autre. Je souhaite que tu épouses un homme qui sera aussi gentil avec toi que ton père l'a été avec moi.

— Gentil ! Quel mot affreusement fade ! Je sais que tu n'as pas fait un mariage d'amour, maman, et je ne veux pas épouser un homme pour remplir des obligations familiales.

Aussitôt, Lorilee regretta ses paroles.

— J'ai épousé ton père par devoir, en effet, admit Miranda qui sentait son cœur saigner. Mais mon propre père avait pris soin de s'assurer que Will Auburn ne me ferait jamais souffrir. Et ce fut le cas.

Si ridicule et égoïste que ce fût, Miranda regretta de ne pas avoir bénéficié des occasions qui s'offraient à sa fille. Hélas, il était désormais trop tard. Elle songea à l'inconnu élancé qui dansait dans la salle de bal avec une belle femme rousse, et son cœur s'emballa. Quelle folie ! Elle se rendit soudain compte que sa fille lui présentait ses excuses lorsque celle-ci éclata en sanglots.

— Je sais que tu ne voulais pas me faire de peine, ma chérie, dit-elle en la prenant dans ses bras. J'ai eu une vie merveilleuse. Allons, ne pleure pas, je t'en prie.

Alors qu'elle consolait sa fille unique, Miranda Stafford Auburn ravala ses propres larmes. Sa vie avait été pleine de richesses et de privilèges, de rigueur et de travail.

Mais elle n'avait jamais connu l'amour.

— Comment cela, il n'y a plus d'argent! Je suis l'héritier d'un immense château et de milliers d'hectares, mais je n'ai pas un cent – un penny – pour les entretenir?

Penché au-dessus du bureau du notaire, les mains à plat sur l'acajou satiné, Brand fusillait son interlocuteur du regard.

Herbert Austin Biltmore étudia les documents étalés devant lui.

— Asseyez-vous, lord Rushcroft. Je sais que les Yankees perdent facilement leur sang-froid, mais...

— Je ne suis pas un Yankee! coupa Brand, affichant cet air furibond qui avait effrayé plus d'un vieux sergent-major sous ses ordres.

Le notaire ne cilla même pas.

— Disons alors un Anglo-Américain. Inutile d'élever la voix. Asseyez-vous, je vous prie, afin que nous puissions poursuivre.

Passant une main nerveuse dans ses cheveux, Brand se mit à arpenter le bureau aux murs tapissés de livres. Depuis son arrivée, il habitait le manoir de Rushcroft qui se trouvait dans un état presque aussi déplorable que River Trails après la guerre. Mais le château pouvait se vanter de plusieurs siècles d'ancienneté, et son état désastreux n'était pas dû à un incendie mais à la négligence. Il était possible de le restaurer, et de cultiver les terres fertiles qui l'entouraient, mais pour cela il fallait de l'argent. Beaucoup d'argent.

D'emblée, il avait pris rendez-vous avec le notaire chargé du testament de son lointain cousin. Ce même Biltmore qui l'avait fait venir en Angleterre. En entrant dans son bureau, Brand avait des projets plein la tête pour restaurer le domaine ancestral des Caruthers. Jusqu'à ce qu'il prenne connaissance du testament du vieux Mortimer.

— Comme je le disais, reprit le notaire, les impôts sont dus en milieu d'année, ainsi que les fermages…

— Mais les fermages sont inférieurs de dix mille livres aux impôts et aux autres dettes.

— Vous êtes doué pour les chiffres, milord.

Brand eut un rire nerveux.

— C'est une ironie du sort à peine croyable. J'ai perdu la propriété familiale, dans le Kentucky, parce que je ne pouvais pas payer mes arriérés d'impôts.

— Vous n'avez rien à redouter de tel ici. En tant que pair du royaume, vous êtes l'héritier d'un domaine qui ne peut être ni vendu ni divisé. Selon le principe de primogéniture, le manoir de Rushcroft et ses terres passeront toujours en ligne directe aux descendants mâles de la famille Caruthers.

— Ainsi, je peux moisir sur mes terres, mais je n'ai pas le droit de les vendre. Et qu'en est-il des impôts et des dettes ?

Le notaire haussa les épaules.

— La plupart des pairs du royaume doivent des impôts à la Couronne. Puisque vous n'avez pas d'autres possessions, on ne peut rien saisir pour les rembourser.

Brand frémit en pensant à ses chevaux. Les choses pouvaient encore empirer. Il avait dû vendre à perte un magnifique poulain afin de payer son voyage et celui de Sin, mais pas une seconde il n'aurait imaginé que son cousin était ruiné. Que se passerait-il si le gouvernement ou ses créanciers lui confisquaient Reiver ou les poulinières ? Il n'aurait plus aucun moyen de gagner de l'argent. Il serait coincé sur cette maudite île à mendier avec les misérables de Whitechapel !

Il se voyait déjà, dissimulant les chevaux en pleine nuit sur un bateau en partance pour la France. La voix du notaire lui parvenait comme à travers un brouillard lorsque le mot « mariage » finit par l'alerter.

— Que disiez-vous ?

— Si vous épousiez une roturière fortunée, reprit Biltmore d'un air méprisant, cela pourrait résoudre vos problèmes financiers.

— Me marier pour de l'argent ?

Un goût amer lui vint tandis qu'il songeait à Reba Cunningham.

— Puisque je suis censé être un pair du royaume, ne faudrait-il pas que j'épouse au moins une aristocrate ? ironisa Brand, se moquant du notaire pompeux.

— Tout le monde sait que le défunt baron n'avait pas un sou et qu'il était criblé de dettes. Or, pas mal de gens au portefeuille bien garni tiennent à ce que leurs filles se marient dans l'aristocratie. Vous devriez en profiter.

Le notaire ne parvenait pas à dissimuler son dédain. À ses yeux, le sang de cet Américain était si peu aristocratique qu'un mariage avec une roturière ne serait pas un grand sacrifice. Brand l'aurait bien étranglé, mais Sin n'était pas là pour lui éviter la pendaison.

— Gardez vos conseils pour vous. L'Américain que je suis n'est pas à vendre.

— À votre guise, milord, répliqua Biltmore d'un air à la fois hautain et plein de pitié.

Brand quitta le bureau en se demandant si un pair du royaume pouvait être condamné à mort. Pour en finir avec l'arrogance de Biltmore, la punition en vaudrait presque la peine.

Assise à son bureau, Miranda étudiait divers documents, réfléchissant aux implications et aux possibilités. En tant qu'actionnaire principale de la plus grande banque londonienne, elle avait un droit de veto sur les demandes de crédit qui dépassaient la somme de dix mille livres.

— Ainsi, le baron est aussi démuni que l'avait présumé Elvira Horton, murmura-t-elle en étudiant les avoirs de Caruthers.

Comme tous ses ancêtres, le défunt baron avait été joueur, mais, hélas pour Brandon Caruthers, son cousin Mortimer avait été particulièrement malchanceux. Avant de mourir, il avait vendu tout ce qu'il avait pu. Il s'était aussi désintéressé de la propriété familiale dans le Surrey qui était tombée en ruine. Les fermages étaient presque tous en retard, probablement parce que le propriétaire ne s'était occupé ni des travaux d'entretien ni du bien-être de ses fermiers.

Le nouveau baron serait-il différent ? Lors de sa demande de crédit, il avait présenté des projets ambitieux qui ne concernaient pas seulement le château mais tout le domaine. Il comptait transformer une grande partie des terres en pâturages afin d'y installer un haras. Si l'on en croyait le rapport, il était spécialisé dans l'élevage des pur-sang et son étalon Midnight Reiver avait remporté de nombreuses courses en Amérique. D'ailleurs, il espérait participer à Ascot l'année suivante.

Lorsque Lorilee était encore un bébé, Miranda avait accompagné son mari aux courses. Les paris exorbitants que prenaient les aristocrates l'avaient profondément choquée. Et voilà que cet homme lui demandait de lui prêter de l'argent – de l'argent durement gagné par Will et elle – pour le dilapider aux courses !

Elle fit une grimace, gênée par cette soudaine indignation qui n'était pas sans lui rappeler l'attitude puritaine de la reine. Elle faisait des affaires. La moralité des parieurs n'avait pas à entrer en ligne de compte. Si le haras du major Brandon Caruthers se révélait capable de générer les revenus prévus, elle lui accorderait son crédit.

Mais Miranda avait aussi une autre idée en tête. Il fallait juste que le Baron Rebelle se montrât à la hauteur de ses exigences. Elle fit venir son secrétaire, Herbert Timmons.

— J'ai besoin qu'on mène une enquête avec la plus grande discrétion, monsieur Timmons. Voici ce que vous allez faire...

— Pour qui se prend cette femme ? La reine Victoria en personne ? s'emporta Brand en tendant une lettre à Sin du bout des doigts comme si elle le brûlait.

Sin la parcourut rapidement avant de sourire.

— Le ton est royal, en effet. Seulement, il ne s'agit pas de l'élite de la noblesse mais de celle du monde des affaires. La veuve Auburn est l'actionnaire principal de la banque à laquelle tu as demandé un prêt. Elle possède aussi une compagnie maritime, une aciérie et des intérêts dans tant d'autres sociétés que leurs noms m'échappent.

— Ce n'est pas une femme normale. On dirait ces affreuses Américaines qui réclament le droit de vote.

— Désolé de devoir te le rappeler, mon vieux, mais les suffragettes existent aussi en Angleterre.

— Les femmes sont faites pour rester à la maison et prendre soin de leur famille. Qu'elles laissent donc les hommes gouverner et s'occuper des affaires.

— La reine et toi partagez la même opinion sur le sujet, ironisa son ami. Toutes les autres banques de Londres ont rejeté ta demande. Au moins, la veuve Auburn daigne t'accorder un entretien.

Brand émit un juron et se mit à arpenter le tapis usé, l'un des seuls éléments de décoration de la demeure londonienne des Caruthers qui n'avait pas été vendu. Tout le reste, peintures, sculptures, mobilier, avait disparu. Dans la bibliothèque, il ne restait que deux vieux fauteuils en cuir craquelé, et d'atroces rideaux de velours verdâtre dévorés par les mites. Même les rayonnages étaient désespérément vides, hormis quelques romans bon marché que Mortimer n'avait pas réussi à vendre.

— Je te conseille d'aller humblement rendre visite à cette dame, et de faire de ton mieux pour la convaincre, déclara Saint-John, ignorant la nervosité de son ami.

Bien qu'il eût été déçu que l'héritage de Brand ne fût qu'une chimère, il n'avait pas été vraiment surpris. Il avait passé assez de temps en Angleterre pour connaître les vices de l'aristocratie. Son propre père, le fils cadet d'une famille noble du Kent, avait échappé à ses créanciers en s'enfuyant à la Jamaïque.

Brand se versa une généreuse rasade de cognac alors qu'il détestait cette boisson.

— Maudite île ! On ne peut même pas y acheter du bourbon, marmonna-t-il.

Il avala l'alcool d'une lampée, et grimaça.

— Je lève mon verre dans l'espoir de charmer la vieille sorcière, lâcha-t-il d'un ton amer.

3

Miranda but une gorgée d'eau, puis reposa son verre sur la table hideuse de style gothique, à côté du bureau en acajou massif. Quoiqu'elle détestât le mobilier imposant choisi par son défunt mari, elle l'avait conservé. Les meubles conféraient une aura de pouvoir viril à la pièce, et elle avait appris à s'en accommoder. Pour l'heure, elle avait besoin de rassembler son courage pour faire l'audacieuse proposition qu'elle avait en tête à lord Rushcroft.

Oserait-elle ? Elle avait beau tenter de se convaincre qu'elle ne voulait que le bonheur de sa fille, cela ressemblait tellement à l'accord que son père avait conclu avec son mari dix-huit ans auparavant. Sa méfiance envers Geoffrey Winters la poussait-elle à commettre une erreur ? Alors que Lorilee était sortie se promener à cheval avec Abbie, le fils Pelham s'était débrouillé pour organiser deux rencontres « fortuites » à Hyde Park en une semaine. Il avait aussi réussi à être son voisin au concert des Southington, vendredi, et il avait dansé deux fois avec elle lors du bal chez les Horton, dimanche soir. On commençait à jaser. Une autre valse, et ce serait quasiment des fiançailles. Sinon, la réputation de Lorilee serait gravement compromise.

Elle pouvait certes expédier sa fille à Liverpool, chez des cousins de Will, mais ce serait cruel d'interrompre sa première saison londonienne. Et qu'est-ce qui empêcherait Geoffrey Winters de la rejoindre ? Elle lui avait demandé de laisser sa fille tranquille, mais il s'en moquait royalement.

Non, elle avait trouvé une meilleure parade. Si seulement le baron et elle réussissaient à se mettre d'accord... Prenant son courage à deux mains, elle sonna Timmons pour qu'il le fasse entrer.

Dans l'antichambre, Brand étudiait l'opulent décor quand le petit homme malingre qui disparaissait presque derrière le lourd bureau de style gothique se leva en entendant une sonnette. « On dirait un petit chien », nota-t-il avec dédain tandis que le secrétaire de la grande dame refermait derrière lui la lourde porte en chêne qui menait à la tanière.

Il se trouvait au cœur de la « City », comme on surnommait le quartier de la finance à Londres. C'était là son dernier recours. Si la vieille sorcière refusait de lui accorder un prêt, il renoncerait à son titre et prendrait le premier bateau pour l'Amérique avant que l'État n'apprenne l'existence de ses précieux chevaux et ne les lui confisque. Il avait tout essayé pour sortir son domaine du gouffre, mais sans une injection d'argent liquide, la tâche était impossible.

Durant le mois écoulé, Sin et lui avaient travaillé d'arrache-pied au côté des fermiers pour planter du blé. Mais les droits de douane ne protégeaient plus les récoltes anglaises, et les maudits Yankees inondaient le marché avec leurs marchandises à bas prix Les profits de la récolte seraient si modestes que les quelques fermiers qui lui louaient encore des terres étaient menacés de famine. Aussi Brand n'avait-il pas le cœur de leur réclamer les fermages qui lui revenaient de droit.

Il avait néanmoins un projet susceptible de les sauver de la ruine. Il avait juste besoin d'argent, de beaucoup d'argent…

— Mme Auburn va vous recevoir, milord, annonça le secrétaire avec déférence.

Il était peut-être sans un sou, mais il était encore baron, pardieu ! Il décida de jouer cette carte. Peut-être parviendrait-il à impressionner cette femme, et à obtenir d'elle ce que tous les banquiers lui avaient refusé. Il se dirigea vers son bureau comme s'il possédait la moitié du Kentucky et toute la région du Surrey.

Et se figea sur le seuil, évitant de justesse que le secrétaire ne lui referme la porte sur les fesses. Il s'était imaginé l'une de ces suffragettes yankees au visage patibulaire qu'il avait vues sur des affiches à Cincinnati comme à Saratoga.

Mais Miranda Auburn ne leur ressemblait en rien. Loin de là. Oh, ce n'était certes pas une beauté à couper le souffle, vêtue comme elle l'était de gris sombre. Sa tenue soulignait sa silhouette élancée, bien que le col boutonné haut et la coupe ample de sa jaquette semblent destinés à dissimuler toute rondeur féminine. Un chignon strict emprisonnait ses cheveux d'un roux proche de l'acajou. Il comprit d'emblée qu'elle occultait volontairement sa féminité et qu'il devait être sur ses gardes.

Fin psychologue, il réfléchit au comportement à adopter avec elle. Son visage, qui dénotait une forte personnalité, était plus intéressant que beau, et étonnamment dépourvu d'artifices. Ses sourcils étaient joliment arqués, et ses cils épais. Elle possédait des pommettes saillantes, et une mâchoire au dessin ferme qui laissait deviner une certaine obstination. Un léger sourire étirait ses lèvres pleines, dévoilant une rangée de dents blanches. Ses yeux gris clair, vifs et intelligents, semblaient le jauger tandis qu'elle contournait son bureau pour venir à sa rencontre.

« Cette femme va me créer des ennuis », se dit-il en s'inclinant poliment.

— Lord Rushcroft, fit-elle d'une voix mélodieuse.

Elle le prit par surprise en lui tendant la main pour qu'il la serre, plutôt que de le laisser la porter à ses lèvres. Brand détestait devoir demander un service à qui que ce fût, et plus encore à une femme. Et il n'appréciait pas du tout que celle-ci se comporte comme un homme.

Qu'allait-il faire d'une femme aussi excentrique ?

— Enchanté de faire votre connaissance, madame Auburn, fit-il néanmoins en la gratifiant de son plus charmant sourire.

— Veuillez vous asseoir, monsieur, dit-elle en lui indiquant l'un des affreux fauteuils en cuir disposés face à son immense bureau.

Elle retourna à sa place. Visiblement, elle connaissait tous les stratagèmes des gens de pouvoir. Brand sourit et attendit qu'elle fût assise, avant de s'enfoncer dans les profondeurs du fauteuil.

— Puisque vous avez sollicité cet entretien, madame Auburn, je suppose que vous avez eu le temps d'étudier ma proposition.

Miranda fut de nouveau frappée par son assurance et son aisance physique. Pourtant, lorsqu'il était entré dans la pièce, il avait paru un instant décontenancé. Sans doute s'attendait-il à rencontrer une ogresse. Si l'entretien n'avait pas été aussi sérieux, elle aurait souri.

Sous ses airs affables, elle devinait qu'il avait des nerfs d'acier. Jusqu'à présent, elle n'avait pas réussi à distinguer la couleur de ses yeux, seulement leur dureté. Apparemment, ils étaient bruns, pailletés d'or, tels ceux d'un tigre, et elle se demanda une fois de plus si son idée était judicieuse.

— J'espère que votre décision me sera favorable, madame.

Quelle voix ! Un timbre grave et riche, une diction lente qui n'avait rien de commun avec celle, affectée, de l'aristocratie anglaise. Les Américains qu'elle connaissait avaient un accent fort différent, mais, bien sûr, ils n'étaient pas originaires des États du Sud.

« Il essaye de me charmer », sentit-elle.

— J'ai longuement réfléchi à votre projet, commença-t-elle prudemment. Vous avez l'intention de transformer le manoir de Rushcroft en... haras.

— En effet. Le domaine compte d'excellents pâturages, et j'ai amené avec moi le meilleur étalon de course et les meilleures poulinières du Kentucky.

Elle savait qu'il ne se vantait pas, mais disait simplement la vérité.

— Vous avez aussi l'intention de faire courir ce Midnight Reiver, n'est-ce pas ?

— Oui. Reiver a déjà remporté plusieurs courses à Epsom et à Sandown, précisa-t-il fièrement.

— N'est-ce pas un peu risqué de tout miser sur un sport aussi aléatoire ? Et si votre cheval perdait ? demanda-t-elle, jouant l'avocat du diable pour étudier sa réaction.

« Il ne manquait plus que ça ! songea Brand. Une maudite puritaine collet monté ! »

— Reiver perd rarement, madame.

— Quel nom étrange... C'est américain ?

— Cela ne plaira sans doute pas à l'Anglaise respectable que vous êtes, madame Auburn, répondit-il en souriant, mais ce nom est d'origine écossaise. Il désigne celui qui quitte les collines pour voler tout ce qui lui tombe sous la main, avant de s'évanouir dans la nature.

Son sourire était à la fois communicatif et exaspérant. Miranda y perçut une pointe de défi, et comprit qu'il détestait demander de l'aide. En affaires, elle avait l'habitude de traiter avec des hommes, mais aucun ne l'avait troublée autant que celui-ci. Certes, elle n'avait jamais envisagé de leur faire la proposition qu'elle s'apprêtait à soumettre au Baron Rebelle. C'était là la seule différence, se rassura-t-elle.

— Je ne suis pas du tout certaine que ce soit une bonne idée de parler de vol lors d'une discussion avec un banquier.

Sa remarque amusée surprit Brand. Ainsi, elle avait le sens de l'humour. Tout n'était peut-être pas perdu.

— Je n'en suis pas aussi sûr quand je repense à certains banquiers américains auxquels j'ai eu le malheur d'avoir affaire. Mais je n'ai pas l'intention de voler quoi que ce soit. Pas plus que je ne veux me contenter de gagner des courses.

— Éclairez-moi, je vous en prie.

Croisant les mains, elle l'observa d'un air attentif.

Il était persuadé qu'elle avait lu son dossier dans le moindre détail. À quoi jouait-elle ? Il réprima une furieuse envie de se lever et de quitter le bureau sur-le-champ.

— Comme je l'ai écrit dans mon projet, j'ai l'intention d'élever des chevaux et de les vendre. Je vais commencer avec les pur-sang que je possède déjà. Les courses que j'ai gagnées ont suscité l'intérêt de plusieurs clients pour les poulains de Reiver. Sur la durée, ce sera beaucoup plus important que les gains des courses.

— L'aristocratie anglaise adore les chevaux, il est vrai, mais la demande de pur-sang n'est pas suffisamment élevée pour justifier un prêt aussi important.

— Lorsque j'aurai établi mon programme d'élevage, construit les écuries, semé de l'avoine, appris aux hommes à travailler, je pourrai acheter d'autres chevaux. Combien d'attelages traversent Londres chaque jour ?

Miranda cilla, prise au dépourvu par sa question.

— Des quantités, j'imagine.

— Environ trente mille. Chaque commerçant ambitieux veut posséder un attelage, quels que soient ses moyens.

Sans compter les animaux de trait nécessaires à l'agriculture. Je me suis renseigné sur les prix des chevaux écossais et flamands. De bons chevaux de trait rapportent beaucoup d'argent.

Miranda acquiesça. Elle prenait la mesure du personnage. À en juger par la lumière qui brillait dans ses yeux, c'était un passionné. Avec un capital suffisant, elle était persuadée qu'il réussirait. Sa poignée de main était ferme, et il n'était pas du genre à embaucher du monde pour faire le travail à sa place, ce qui était un signe encourageant.

— Pas une seule fois vous n'avez mentionné la maison de famille des Caruthers. J'imagine pourtant que vous envisagez de la restaurer. J'ai entendu dire que c'était l'un des plus beaux manoirs du Surrey.

Un court instant, la carcasse incendiée de River Trails traversa l'esprit de Brand, puis il se remémora les murs croulants de son manoir anglais.

— Un jour, en effet, j'aimerais posséder une belle maison, mais c'est un luxe auquel je ne puis prétendre pour le moment.

— La plupart des gentlemen de votre milieu assureraient pourtant qu'un manoir et une maison en ville en bon état sont indispensables.

— Je ne suis pas la plupart des gentlemen. Donner des bals et des fêtes ne m'a jamais attiré.

— Mais vous êtes fier de votre héritage familial.

— J'étais très fier de la propriété du Kentucky qui a appartenu à ma famille pendant des générations. Pour des Anglais, quatre générations peuvent sembler bien peu, mais chez moi, c'est très long. Mon arrière-grand-père a défriché la terre et planté lui-même les premières récoltes.

— En utilisant des esclaves.

« Nous y voilà ! » se dit-il.

— Oui. Mais une femme aussi bien informée que vous sait sûrement que l'esclavage a été aboli en Amérique.

— Vous n'avez jamais possédé d'esclaves, fit-elle en examinant un rapport qui n'avait rien à voir avec l'état des finances de Brand.

— Vous avez un avantage sur moi, madame, puisque vous savez tout de moi et moi rien de vous. Pourtant, c'est moi l'aventurier dangereux et vous la veuve respectable. La situation ne devrait-elle pas être inversée ?

Miranda esquissa un sourire.

— Touché, monsieur. Il est temps de vous expliquer ma proposition.

Elle inspira pour se donner du courage, soulagée que Tilda n'ait pas trop serré son corset.

— Vous avez besoin d'une importante somme d'argent pour reconstruire votre demeure ancestrale et en tirer des revenus. Moi, j'ai besoin d'un mari pour ma fille. Je pense que nous devrions nous entendre pour trouver un accord qui nous permette d'atteindre nos buts respectifs.

Brand était tellement abasourdi qu'il en demeura pétrifié. Jamais il n'aurait imaginé une condition pareille.

— Voyant que j'avais tout perdu pendant la guerre et que je possédais un titre vide de sens, vous avez cru pouvoir m'acheter, articula-t-il d'un ton glacial.

— Pas vous.

— Mon titre, alors ?

Comme il se levait, elle ajouta en hâte :

— Je ne voulais pas vous insulter.

— Possible, madame, mais c'est précisément ce que vous avez fait. Figurez-vous que mon notaire m'a déjà suggéré d'épouser une riche héritière pour redorer la fortune des Caruthers, et que je lui ai dit d'aller au diable. Ma mère se retournerait dans sa tombe si je répondais la même chose à une dame. Notre entretien est clos.

— Attendez, je vous prie, lord Rushcroft. Laissez-moi vous expliquer, insista Miranda en s'efforçant de garder son calme alors qu'il posait la main sur la poignée de la porte.

Il y avait quelque chose dans sa voix, un désespoir qui lui rappela celui qu'il avait entendu pendant la guerre chez les femmes qui mendiaient de la nourriture ou suppliaient qu'on épargne leur maison ou la vie de leurs enfants. Qu'est-ce qui pouvait inciter une femme comme celle-ci à supplier ? Ce n'était pas dans sa nature d'implorer quiconque. En cela, elle lui ressemblait. Elle était orgueilleuse et indépendante. Pas le moins du monde maternelle. Brand se tourna vers elle, curieux en dépit de son humiliation.

— Je vous écoute.

Il se tenait droit comme un « i », raide de colère. Comment le blâmer ? C'était un homme fier qui avait tout perdu en Amérique, et qui risquait de tout perdre de nouveau après avoir traversé l'océan pour tenter de repartir de zéro. Elle s'humecta les lèvres.

— Vous êtes exactement le genre d'homme que je veux pour Lorilee.

— Un homme avec un titre ? Si cela vous suffit pour vendre votre enfant, les aristocrates désargentés ne manquent pas.

Elle tressaillit, et il regretta presque ses paroles blessantes.

— Je me contrefiche de votre maudit titre, major !

Il arqua les sourcils, mais ne fit aucun commentaire.

— Je ne cherche pas une entrée dans les salons huppés. Ma fortune me l'a déjà procurée. Je ne m'intéresse pas à la haute société.

— Ce qui n'est pas le cas de votre fille ?

Il imaginait une enfant gâtée, et cela lui déplaisait au plus haut point.

— Ma fille se croit amoureuse d'un homme qui ne s'intéresse qu'à son argent.

— Aussi l'offrez-vous à un autre homme pour de l'argent. Votre logique m'échappe.

— Je connais Geoffrey Winters. Il la fera souffrir. Je ne crois pas qu'elle souffrirait avec vous.

— Et pourquoi cela ? s'étonna-t-il. Vous ne savez rien de moi, excepté que je me suis battu avec ceux qui ont perdu la guerre, que je n'ai pas un sou, et que mes ancêtres américains possédaient des esclaves.

— Je sais beaucoup de choses sur vous. J'ai fait mener une enquête sur votre vie privée, votre famille et votre situation financière.

— Vraiment ?

Elle ne baissa pas les yeux.

— Avant la guerre, votre père est tombé malade et vous avez dû prendre la tête de la propriété familiale. Vous étiez encore tout jeune, mais vous avez mené la plantation de main de maître. Vous...

— J'ai été aidé.

— Par M. Gideon Hercules Saint-John, fit-elle en jetant un coup d'œil au document posé devant elle. Intéressant.

Il est à Londres avec vous. Il est devenu votre mentor lorsque votre père s'est trouvé diminué.

Miranda comprenait mieux que quiconque ce genre de relation.

— Sa mère était jamaïcaine, continua-t-elle. Son père un Anglais expatrié dans les îles qui l'a envoyé en Angleterre parfaire son éducation, bien qu'il fût né de la main gauche.

— N'oubliez pas que sa mère était *noire*. Des deux côtés de l'Atlantique, on n'aime pas cela.

— Bien vu, monsieur. Les Anglais aimeraient en principe que les gens de couleur soient libres, mais comme les Américains, nous ne les admettons pas dans notre société. Mais c'est là un autre problème.

— Pourquoi avez-vous mené une enquête sur Sin ?

— À cause de votre amitié. Il me semble que cela en révèle beaucoup sur votre caractère.

Il sourit d'un air moqueur.

— Favorable ou pas ?

Il était persuadé qu'elle était pour l'abolition de l'esclavage, et connaissait déjà sa réponse. Mais il était furieux que cette femme juge quelque chose d'aussi sacré que son amitié avec Sin. C'était une intrusion dans sa vie privée. Et dans celle de son ami.

— Je veux un homme avec un sens moral développé, un homme qui ne se soucie pas de l'opinion de la bonne société, mais seulement de ce qu'il croit être juste.

— À condition que ses convictions correspondent aux vôtres, ironisa-t-il.

— Absolument. Lorsque j'ai reçu votre demande de prêt, j'avais déjà songé à vous, comme à d'autres gentlemen, mais aucun n'a été à la hauteur.

— Si je n'avais pas l'impression d'être un étalon lors d'une vente aux enchères, j'imagine que je me sentirais flatté. Mais qu'en pense votre fille ?

Elle avait légèrement rougi, car sa comparaison était vulgaire, mais ne mordit pas à l'hameçon. Elle se contenta de réprimer un soupir.

— Elle est entichée du fils Pelham et refuse tout autre prétendant. Sachez qu'au début, je ne voulais pas d'un mariage arrangé pour ma fille – encore que je ne sois pas opposée au principe. Mon propre mariage le fut, et tout s'est très bien passé.

— Mais elle veut un mariage d'amour. Même si j'étais d'accord avec votre proposition, je ne forcerais jamais une femme à m'épouser contre son gré.

— C'est justement ce que je recherche.

— Je ne comprends plus rien. Mais de toute façon, si elle est amoureuse d'un autre homme, ni vous ni moi n'y pouvons rien.

— Détrompez-vous. Vous pouvez lui faire comprendre que Winters n'est qu'un blanc-bec. Je ne vous ai pas demandé de m'expliquer vos projets parce que je n'ai pas eu le courage de lire votre dossier, croyez-moi.

— Vous vouliez savoir si j'étais dans une situation suffisamment désespérée pour accepter votre proposition.

— Au contraire. Je craignais que votre réaction ne soit celle qu'elle a été. Mais j'ai compris que vous aviez le sens de l'honneur et du travail. Votre passion pour votre projet s'est révélée à travers vos paroles bien mieux qu'à travers n'importe quel texte écrit. Vous ne gaspillerez jamais l'héritage de ma fille au jeu ou en menant une vie dissolue.

— En êtes-vous certaine ? Mon intention de faire courir Reiver a semblé vous inquiéter.

Elle secoua la tête.

— Non, major, vous serez un gestionnaire prudent. Et, tout aussi important, ma fille pourrait même tomber amoureuse de vous.

— Permettez-moi d'en douter, madame, ironisa Brand en se rappelant son ex-fiancée. Je suis un éleveur de chevaux, pas un séducteur. Aucune jeune fille romantique ne rêve d'un soldat au visage balafré.

Miranda l'étudia franchement, et un frisson lui parcourut l'échine. S'efforçant d'ignorer cette troublante sensation, elle répondit de sa voix la plus neutre :

— Cette cicatrice ne vous défigure en rien. Vous êtes plus âgé, et assez sensé pour guider une jeune fille impulsive et généreuse telle que Lorilee. Vous devez savoir qu'on vous trouve beau. La moitié des femmes de Londres ne parlent que de vous. Elles vous ont surnommé le Baron Rebelle.

— Je n'ai jamais prêté attention à ce genre de commérages.

— Moi non plus. C'est pourquoi j'ai fait mener une enquête approfondie sur vous. Avouez que lorsque vous êtes venu demander un prêt à ma banque, cela ressemblait à un coup du destin.

— Pas du tout, madame, répliqua Brand avec un sourire sarcastique. Vous êtes la seule banque londonienne à ne pas avoir rejeté d'emblée ma demande. Mais je suppose que vous le saviez.

Mirancha hocha la tête.

— Ma fille est ravissante. Dans quinze jours, elle aura dix-huit ans. C'est sa première saison, fit-elle en lui tendant une photographie.

Il la prit du bout des doigts, comme s'il s'agissait d'un animal dangereux. La jeune fille souriante qui y figurait était ravissante. Comme Reba.

— Je comprends pourquoi elle est très courtisée. Si vous êtes patiente, elle trouvera quelqu'un qui lui convient.

— J'ai une patience infinie, monsieur, mais à dix-huit ans, Lorilee n'en a aucune. Elle est manipulée par un vaurien sans scrupule qui a déjà prouvé qu'il était prêt à tout pour la compromettre. Je ne peux prendre un tel risque. Si vous ne voulez pas la courtiser, je devrai me tourner vers quelqu'un d'autre.

Elle avait parlé d'un ton sec, mais il percevait son inquiétude. Miranda Auburn n'était peut-être pas maternelle, mais elle était visiblement préoccupée par le bonheur de sa fille.

— Si je ne la courtise pas, est-ce que vous m'accorderez mon prêt ?

— Non.

Leurs regards croisèrent le fer. Elle le mettait au pied du mur, et tous deux le savaient.

Miranda retenait son souffle. Elle aurait voulu lui parler de la dot considérable qu'elle allait accorder à sa fille, et dont le montant dépassait de beaucoup le prêt sollicité. Si Lorilee l'épousait, elle voulait que le manoir à la campagne et l'hôtel particulier en ville soient remis en état. Mais son instinct l'avertissait que si elle entrait dans les détails, il aurait l'impression qu'elle tentait de le corrompre, et il tournerait les talons.

Brand examinait les choix qui s'offraient à lui. Tous étaient mauvais. Sin et lui pouvaient toujours rentrer en Amérique, ou bien se réfugier en France, mais cette femme énigmatique serait capable de lancer les sergents de ville à leurs trousses. En proie à une frustration croissante, il retournait la situation dans sa tête, tandis qu'elle attendait sans ciller. Il comprenait pourquoi elle avait réussi à prendre en main les affaires de son mari.

— Je refuse de courtiser votre fille, mais j'accepte de la rencontrer, déclara-t-il finalement. Si elle est d'accord.

— Je suis certaine qu'elle le sera, dit Miranda en essayant de ne pas montrer sa jubilation.

4

Alors que son attelage quittait le quartier de la City en direction de son immense hôtel particulier de Kensington Gardens, Miranda dut reconnaître qu'elle n'était absolument pas certaine de la réaction de sa fille. Celle-ci pourrait choisir de s'enfermer dans sa chambre pour pleurer tout son soûl. Comment aborder le sujet avec elle ? Elle devinerait aussitôt qu'il s'agissait d'un arrangement entre le baron et sa mère.

Comment convaincre une jeune fille idéaliste et romantique que Geoffrey Winters était un filou, et le baron un homme intègre ? Caruthers était suffisamment jeune et séduisant pour plaire à Lorilee, comme il plaisait déjà à de nombreuses débutantes.

Son cocher ouvrit la petite trappe dans le plafond pour lui expliquer qu'ils étaient coincés dans un encombrement parce qu'un landau était entré en collision avec une charrette. Ce qui lui rappela le major Caruthers. La demande était en effet importante pour de bons chevaux d'attelage. Décidément, l'homme avait du potentiel.

Désormais, il ne lui restait plus qu'à convaincre Lorilee d'abandonner l'indigne fils Pelham.

La situation se dénoua de manière inattendue. Miranda venait de pénétrer dans le vestibule quand Lorilee se rua dans l'escalier, au risque de se rompre le cou, et, sans un mot, se jeta dans les bras de sa mère. Elle tremblait comme une feuille.

Miranda la guida vers le salon le plus proche et referma la porte derrière elles.

— Que se passe-t-il, ma chérie ? la pressa-t-elle, effrayée par la pâleur de sa fille d'ordinaire si enjouée et pleine de vie.

Lorilee se laissa tomber sur le canapé et baissa la tête. Elle se mit à parler si bas que Miranda dut tendre l'oreille pour comprendre ses paroles.

— Tu avais raison au sujet de M. Winters, maman, balbutia-t-elle en tordant un mouchoir de dentelle entre ses doigts.

Curieusement, elle ne pleurait pas.

M. Winters. Qu'avait-il donc fait ? Miranda avait vu sa fille pleurer quand un chiot errant avait été renversé par un chariot, et lorsqu'elle avait dû renvoyer une servante parce qu'elle volait de l'argenterie. Mais en cet instant, Lorilee demeurait immobile, le dos parfaitement droit, aussi silencieuse qu'une statue grecque.

— Qu'est-ce qui t'a ouvert les yeux, ma chérie ? demanda-t-elle d'une voix douce.

— Au concert chez les Murcheson, cet après-midi, je me trouvais dans la chambre de repos des dames quand j'ai entendu Gretchen Lieder et Thea Murcheson parler de lui.

Miranda hocha la tête. Mme Lieder et la vieille Murcheson étaient les pires commères de toute l'Angleterre, mais elles étaient au fait de ce qui se passait dans la haute société. Bien qu'une colère sourde grondât en elle, elle s'efforça de ne pas brusquer Lorilee. Ce goujat de Winters avait osé faire du mal à sa fille !

— Il a compromis Varinia, la fille du comte de Falconridge. Ils vont se marier par dispense spéciale cette semaine. Le scandale a fait le tour de Londres. Le comte voulait le provoquer en duel, mais sa femme l'a supplié d'accepter le mariage. M. Winters comptait sur une dot importante, mais le comte a refusé. Il leur allouera une modeste somme mensuelle. Si M. Winters ne modifie pas son comportement, il sera exilé en Amérique pour travailler dans les bureaux d'une compagnie maritime qui appartient à la famille du comte.

Miranda réprima un sourire. Quelle ironie du sort !

— J'ai été en affaires avec Falconridge, dit-elle. Il ne lâchera pas Geoffrey Winters.

— Il n'en voulait qu'à mon argent... Alors même qu'il me courtisait, il continuait à... chercher une fille riche de son milieu.

Les yeux de Lorilee se remplirent de larmes, mais elle refusa de céder au désespoir.

Miranda détestait l'idée qu'on dût souffrir pour grandir, mais c'était mieux ainsi. Et si Lorilee avait été à la place de la jeune Varinia Falconridge ? Si c'était elle qui avait été compromise, et contrainte d'épouser l'homme qui avait abusé de son innocence ?

— Je sais combien cela doit être douloureux, murmura Miranda, pesant ses mots.

Elle avait passé la journée à marcher sur des œufs. D'abord avec le baron, et maintenant avec sa fille. Elle lui prit les mains et les frictionna jusqu'à ce qu'elle lâche le petit mouchoir déchiqueté.

— Geoffrey Winters est un jeune blanc-bec égoïste incapable de te voir telle que tu es. Cela ne te dévalorise en rien, ma chérie. Tu es belle, intelligente et généreuse. Tu possèdes toutes les qualités qu'un gentleman recherche chez une femme. Songe à tous les prétendants que tu as déjà éconduits, et à tous ceux que tu vas encore rencontrer.

— Mais c'était Geoff... je veux dire M. Winters, que j'aimais... Hélas, je me rends compte qu'il est comme tous les autres. Les hommes ne s'intéressent qu'à mon argent.

— C'est faux. Tu as rejeté plusieurs jeunes gens fort riches. Ralph Condon n'avait aucunement besoin de ton argent, ni Leander Fleming.

Tous deux étaient les héritiers de riches industriels, mais plutôt ennuyeux. Peut-être qu'un aventurier aussi séduisant que le Baron Rebelle se révélerait capable de remonter le moral de Lorilee ? Mais pas maintenant. Il fallait lui laisser un peu de temps pour panser ses blessures.

Miranda se souvenait comme on pouvait souffrir d'une déception pareille. On lui avait donné moins d'une semaine pour accepter la proposition de mariage de Will Auburn...

— Je veux me marier par amour, non pour conclure un contrat d'affaires, maman.

En voyant sa mère tressaillir, Lorilee se reprit aussitôt.

— Pardonne-moi, c'était méchant de ma part. Je sais que papa et toi...

— Je regrette que tu n'aies pas eu le temps de mieux connaître ton père. C'était un homme remarquable. Mais je te promets que tu trouveras quelqu'un de plus proche de ton âge qui te chérira autant qu'il m'a chérie.

— Peut-être, fit Lorilee d'une petite voix en serrant les mains de sa mère comme si elle s'accrochait à une bouée de sauvetage.

Sin entamait le deuxième couplet de *Froggie s'en allait courtiser* quand Brand lui jeta la botte qu'il était en train de cirer à la figure. Sin l'évita d'un mouvement de tête, et continua à recoudre son licol.

Brand se préparait à sa rencontre avec l'héritière Lorilee Auburn.

— Je sais que tu ne m'approuves pas, et je t'avoue que je ne suis pas moi-même emballé par l'idée. Mais, bon sang, c'est le seul moyen de nous en sortir, grommela Brand en s'attaquant avec zèle à l'autre botte.

— Aucune propriété ne vaut la peine de se passer la corde au cou, mon vieux, déclara Saint-John en réprimant un frisson. Depuis plus de cinq décennies, j'ai réussi à éviter les liens sacrés du mariage et je ne l'ai jamais regretté. Dois-je te rappeler l'erreur fatale que tu as failli commettre avec Reba Wilcox ?

— Je n'ai pas prévu de me marier pour le moment. Je vais me contenter de rencontrer la jeune personne… qui est par ailleurs fort belle.

Sin reposa le licol.

— Et que feras-tu si elle a un sale caractère ? Ou si elle est stupide ? À mon avis, on ferait mieux de s'enfuir au plus vite avec les chevaux.

— Nous n'avons nulle part où aller, Sin. Si Mlle Auburn ne me trouve pas à son goût, je serai obligé d'aller redemander un prêt à sa mère. Elle a un sacré sens des affaires, je te le garantis. Et elle n'a pas caché son intérêt pour mon projet.

— Tu es réellement attaché à ce vieux manoir, pas vrai ?

Lorsque Brand avait parcouru les terres de son nouveau domaine, Sin avait vu la flamme de l'espoir renaître dans ses yeux. Après la perte de River Trails, il avait redouté que cette étincelle n'eût disparu à jamais.

Brand éclata de rire et recommença à cirer les bottes.

— Il faut croire que les Caruthers aiment la terre. À moins que ce ne soit parce que je suis né sur le sol anglais.

— Un pur hasard. Tes parents ne se seraient pas trouvés en Europe quand on a conseillé à ta mère de s'allonger si elle voulait mener sa grossesse à terme, tu serais né au Kentucky comme tes ancêtres.

— Il paraît que papa était furieux, s'esclaffa Brand. À la maison, c'était le début de la saison de courses.

— Ce qui était beaucoup plus important que ton arrivée sur cette terre, plaisanta Saint-John. Mais te voilà désormais membre de la Chambre des lords.

— Je préférerais un contrat d'affaires à un contrat de mariage, crois-moi, fit Brand, s'assombrissant soudain.

Sin examina la haute silhouette élégante de son ami.

— Je doute que la fille te rejette. On raconte que toutes les demoiselles londoniennes se pâment devant le Baron Rebelle. Pourquoi serait-elle différente ? C'est une roturière et tu es un aristocrate.

— Un aristocrate d'origine américaine. Autant dire qu'aux yeux de certains je suis un barbare, précisa Brand en frottant sa cicatrice de ses doigts pleins de cirage.

— Si tu continues à te barbouiller la figure ainsi, tu ne séduiras pas la jeune fille, et tu n'obtiendras pas ton prêt.

Brand se contempla dans le miroir brisé accroché au mur, puis appliqua une marque de cirage identique sur l'autre joue.

— Peut-être pourrais-je faire fuir Mlle Lorilee Auburn, puis faire affaire avec sa mère ? Qu'en dis-tu ?

Sin sourit, heureux de voir que son ami avait retrouvé son sens de l'humour. Lorsque ce dernier était rentré de chez le notaire, il était hors de lui. Curieusement, cependant, alors que la veuve lui avait fait une proposition similaire, il était rentré en planifiant l'avenir. D'une manière ou d'une autre, Brandon Caruthers avait l'intention de conserver ce qui lui appartenait.

Mais le jeu en valait-il la chandelle ? Saint-John avait su d'emblée que Reba Cunningham était un mauvais choix, et il doutait que la jeune débutante en fût un meilleur. Il lui semblait qu'il était de son devoir d'aider son ami à échapper au piège du mariage. Il se frotta le menton et réfléchit.

— Tu as des doigts de fée, Tilda ! s'exclama Miranda, tandis que la femme de chambre mettait la dernière touche à la coiffure de sa fille.

— Merci, Tilda, murmura Lorilee avec un pâle sourire.

Elle tournoya devant le miroir, admirant sa nouvelle robe de mousseline en s'efforçant de ne pas penser à l'Américain qu'elle allait rencontrer. Elle était nerveuse. La trouverait-il attirante ? Et elle, le trouverait-elle séduisant ? Elle l'avait heurté par mégarde au bal des Moreland, mais elle ne se souvenait guère de lui.

Sa mère lui avait expliqué que le baron avait besoin d'argent pour restaurer son domaine. Cet argent pourrait venir de son héritage. Ce n'était pas très romantique comme perspective, mais la jeune fille commençait à se résigner à l'idée d'un mariage d'intérêt. Heureusement, sa mère ne la forcerait pas à l'épouser si elle ne l'aimait pas.

— Tu es superbe, ma chérie, la rassura Miranda.

Elle avait laissé un mois à sa fille pour se remettre de sa déception amoureuse avant de lui parler de lord Rushcroft. Alors qu'elle avait continué à aller au concert, au bal et à diverses soirées, Lorilee n'avait remarqué aucun jeune homme en particulier. Ce qui, au fond, était une bonne chose, car nombre d'entre eux étaient aussi irresponsables que le fils Pelham.

Peut-être sa fille était-elle enfin prête à abandonner ses rêveries romantiques, et capable désormais de juger un homme avec plus de maturité ? Miranda l'espérait. Car non seulement Caruthers ne dilapiderait pas son héritage, mais il lui procurerait le statut social auquel elle aspirait. Devenue baronne, elle serait présentée à la reine Victoria.

« Et qu'Abigail Warring s'étouffe de jalousie ! » songea-t-elle. Lorilee aurait un séduisant aristocrate pour mari tandis qu'Abbie serait obligée de supporter l'odieux fils Varley. Bien qu'il fût héritier d'un titre de comte, Jonathon Belford se curait encore le nez avec ses doigts.

— Je crois que j'entends le baron, lança Miranda d'un air enjoué.

Les sabots d'un cheval résonnaient en effet sur les pavés devant la grille en fer forgé. Lorilee s'approcha de la fenêtre à l'instant où un valet s'emparait des rênes d'un magnifique cheval bai. Le cavalier sauta à terre. Son visage était dissimulé par un chapeau à large bord qui n'était pas à la mode.

— Il est plus grand que dans mon souvenir, murmura-t-elle.

— Un vrai cavalier, commenta Miranda en jetant un coup d'œil par-dessus l'épaule de sa fille.

— Tu as dit qu'il s'était battu avec les Sudistes. Je suppose que ce chapeau à plumes fait partie de son uniforme.

— Mais sûrement pas la redingote. Elle est coupée à la dernière mode. Je parie qu'elle vient de Bond Street.

Miranda savait qu'il avait remporté une course importante à Epsom deux semaines auparavant. Il avait dû investir dans une nouvelle garde-robe.

— Viens, que je te présente au baron.

Brand attendait dans le vestibule, ignorant le domestique qui tenait la porte du salon. Il voulait voir les deux femmes descendre l'escalier.

La débutante était belle comme le jour, mais visiblement inexpérimentée. Ce qui était peut-être une bonne chose. Reba, elle, avait été consciente de son pouvoir sur les hommes dès qu'elle avait commencé à marcher.

Les cheveux de Lorilee étaient d'un blond pâle et elle avait un teint de pêche. Elle était un peu plus petite que sa mère et portait une ravissante robe de mousseline bleue.

De ses grands yeux bleus à ses lèvres finement ourlées, tout dans ses traits approchait la perfection, mais rien cependant n'était encore défini chez elle. Si tel était son souhait, il pourrait la modeler à sa convenance. Il se sentit un peu mal à l'aise. Il avait grandi entouré de femmes complaisantes qui savaient utiliser leurs charmes pour influencer leurs maris, se tournant vers eux dès qu'il y avait une décision importante à prendre. Mais ces manières du Sud n'avaient rien de commun avec celles de ce pays.

Il était en Angleterre où une femme occupait le trône. Or il n'aimait pas beaucoup cette idée. Toutes les Anglaises étaient-elles aussi déterminées et sûres d'elles que Sa Majesté… et que Miranda Auburn? Son regard passa de la fille à la mère. Il n'y avait rien d'inexpérimenté dans son regard gris. Cette femme connaissait la vie et ne s'en laissait pas conter. Amusé, il se rappela qu'il avait autrefois redouté Alvira Cunningham, la mère de Reba, mais cette tigresse de Miranda Auburn n'en aurait fait qu'une bouchée.

Il lui sourit, puis reporta son attention sur sa fille. Lorilee relevait sa jupe telle une princesse pénétrant dans la salle du trône. Elle lui accorda un sourire hésitant, et il fut de nouveau frappé par sa jeunesse et sa timidité.

Il éprouva le sentiment désagréable d'être un aventurier cupide s'apprêtant à profiter d'une innocente qui avait la moitié de son âge. Il se savait en position de demandeur vis-à-vis de l'élégante et froide Miranda Auburn, ce qui lui déplaisait fortement. Cependant, il décocha aux deux femmes un sourire radieux, et s'inclina en agitant son chapeau avec panache.

Elles parvinrent enfin au pied de l'escalier.

— Lorilee, puis-je te présenter Brandon Caruthers, lord Rushcroft, dit Miranda.

Lorsque Brand prit la main de la jeune fille, il la sentit frémir. Il s'inclina pour la lui baiser. Quand il releva la tête, elle examinait sa cicatrice. Gênée, elle détourna vivement le regard. Beaucoup de femmes trouvaient sa balafre romantique, mais il comprit que ce n'était pas le cas de celle-ci. Il faisait plutôt sombre chez les Moreland, aussi n'avait-elle pas dû la remarquer.

— Votre serviteur, mademoiselle Auburn, fit-il avec un sourire chaleureux qui parut la rasséréner. Suis-je autorisé à observer les convenances sous votre toit? ajouta-t-il en se tournant vers sa mère. Ou préférez-vous une poignée de main?

Haussant les sourcils, Miranda lui offrit sa main gantée pour qu'il la baise.

— Cela est réservé au monde des affaires, major, pas aux visites en société.

Il s'inclina. La main de Miranda ne tremblait pas, bien entendu.

La veuve se dirigea vers la porte que tenait toujours le domestique. Ils entrèrent dans un vaste salon décoré d'un luxueux mobilier rococo que Brand trouva trop clinquant. Ces meubles en marqueterie, tapissés de brocart bleu, lui semblèrent encore plus laids que le décor gothique des bureaux.

Si c'était elle qui l'avait choisi, elle n'avait aucun goût. À vrai dire, il trouvait que les Anglais avaient aussi peu de goût que les nouveaux riches nordistes qui avaient envahi le Sud après la guerre, rachetant des maisons à bas prix et les remplissant d'un affreux bric-à-brac.

Miranda remarqua la façon dont il parcourait la pièce du regard. Visiblement, il n'appréciait pas l'étalage ostentatoire d'argent. Elle non plus. Mais Will avait été si fier de sa maison qu'elle n'avait rien changé après sa mort.

— Asseyez-vous, monsieur, fit-elle en lui indiquant un large fauteuil.

Les deux femmes prirent place sur le canapé. Alors que Lorilee était vêtue d'une fraîche robe couleur pastel, sa mère en portait une d'un vert triste qui ne lui seyait pas plus que la tenue grise dans laquelle il l'avait vue à la banque. Brand connaissait des chasseurs d'écureuils plus élégants. Mais quand on dirigeait un empire, on n'avait sans doute pas de temps à consacrer à la mode, supposa-t-il.

— Lorilee, veux-tu servir le thé, s'il te plaît ? demanda-t-elle, après qu'une domestique eut apporté un grand plateau sur lequel étaient disposées une théière en argent, des tasses en porcelaine de Sèvres et ces friandises qu'affectionnaient les Anglais en fin de journée.

En dépit de ses mains tremblantes, la jeune fille s'acquitta de sa tâche avec une maîtrise qui aurait sans doute ravi ses nombreuses gouvernantes.

— Du lait ou du citron, milord ? s'enquit-elle.

— Un peu de sucre seulement, merci, mademoiselle Auburn, répondit-il, regrettant qu'il n'y ait pas de café, car il détestait le thé.

Il se creusa la tête, cherchant quels pouvaient être les centres d'intérêt d'une jeune fille de son milieu.

— Est-ce que vous peignez, mademoiselle Auburn ?

— Oui, des aquarelles. Mais je ne suis pas très douée.

— Balivernes ! Ton travail est charmant, intervint Miranda avec un sourire encourageant. Elle a même reçu un ruban rouge lors d'une exposition, le mois dernier.

— Quels sont vos sujets préférés ? risqua-t-il en songeant que l'après-midi s'annonçait interminable.

Il examina d'un air méfiant les pâtisseries écœurantes et les sandwiches au cresson. Il n'y avait pas encore touché, mais ils lui pesaient déjà sur l'estomac. Et dire que lors de ses escapades nocturnes avec le colonel Morgan, il aurait donné n'importe quoi pour une bouchée de nourriture...

Lorilee reposa sa tasse.

— J'ai toujours aimé peindre les animaux. Mon étude la plus récente est la couvée de Callie.

— Callie ?

— Notre chatte. Elle a six petits adorables. J'en suis folle.

Ses yeux se mirent à briller. Hélas, elle s'excitait pour des chats.

— Avez-vous déjà peint des chevaux ?

— Oui, répondit-elle, visiblement ravie de parler d'un sujet qu'elle connaissait bien. J'ai peint plusieurs de nos chevaux d'attelage, ainsi que Taffy, ma jument.

— Vous montez à cheval ? s'enquit Brand, reprenant espoir.

— Bien sûr. Dès que le temps le permet, mes amies et moi allons chevaucher à Hyde Park.

— Parlez-moi de votre jument.

Lorilee s'empressa de lui décrire sa jolie jument alezane qui adorait le sucre et les pommes.

Miranda les écoutait bavarder avec satisfaction. Le baron avait le don de mettre Lorilee à l'aise. Elle se rappela qu'il avait une jeune sœur d'à peu près le même âge, mais le rapport ne lui avait pas appris ce que cette jeune fille était devenue. Elle en avait déduit qu'elle s'était mariée avant que les drames de la guerre ne s'abattent sur la famille Caruthers.

Au moment même où elle se félicitait du déroulement de cette première rencontre, un mouvement attira son attention. La lourde porte en chêne s'entrouvrait en grinçant légèrement et Miranda se promit de demander à la femme de chambre d'huiler les gonds.

Puis tout bascula d'un seul coup.

Six boules de fourrure déboulèrent dans le salon. L'une d'entre elles s'attaqua aux tentures de velours, tandis qu'une autre s'en prenait aux voilages, les deux créatures entamant une course en direction de la moulure.

Une troisième boule se jeta sur le pompon qui ornait la sonnette, tandis que deux autres sautaient sur les chaises recouvertes de brocart afin d'atteindre leur but : le service à thé posé sur le guéridon devant le canapé.

Enfin, le dernier compère bondit sur les genoux de Brand. Pétrifié, celui-ci vit la petite boule multicolore enfoncer ses griffes dans un endroit qu'on ne mentionnait jamais en société. Il eut à peine le temps de protester que l'animal grimpait le long de sa poitrine.

Le regard effaré de Brand croisa celui, curieux, du chaton, tandis qu'une autre minuscule boule de poils sautait sur son épaule.

Miranda alla détacher le chaton agrippé à la sonnette.

— Tu m'as évité d'appeler la domestique qui a été assez négligente pour vous laisser vous échapper de la cuisine, déclara-t-elle.

La domestique en question apparut au même instant, ne sachant si elle devait s'incliner devant sa maîtresse ou rattraper les chatons.

— Je suis désolée, madame, bredouilla-t-elle.

Alors que Lorilee et la servante tentaient de rassembler les animaux, un miaulement se fit entendre, et un imposant chat tigré aux oreilles déchiquetées pénétra dans le salon.

— Je suis sincèrement désolée, major, s'excusa Miranda.

— Mon Dieu ! s'exclama Lorilee en voyant Marmelade pourchasser les chatons, renversant sur son passage des vases, un guéridon et des photographies dans leurs cadres en argent.

C'est alors que les deux femmes se rendirent compte que le baron n'avait pas bougé d'un pouce depuis que le chaos avait commencé. Parfaitement immobile, le cou bizarrement tendu, Brand essayait d'éloigner son visage des deux chatons qui le reniflaient.

Car le major Brandon Caruthers, soldat téméraire, vétéran plusieurs fois décoré des États confédérés d'Amérique, fléau de la cavalerie du général Kilpatrick, n'avait qu'une phobie dans la vie : les chats.

5

Il ne l'avait bien sûr jamais admis ouvertement. Mais il comprit que l'heure était venue de le faire, car le vieux chat observait les deux chatons accrochés à son cou comme s'il voulait les manger – ou le dévorer, *lui*. À eux seuls, les chatons étaient une épreuve pénible, mais le regard vert clair du félin qui le scrutait sans ciller faisait regretter à Brand ses pires batailles.

Miranda prit l'animal dans ses bras.

— Allez, on retourne à la cuisine, petit coquin.

Comme s'il comprenait l'humiliation de Brand, le chat lécha la joue de sa maîtresse en miaulant. Celle-ci le tendit à la jeune domestique.

— Assez de désordre pour aujourd'hui, commenta-t-elle, avant de s'occuper de son invité.

Le sourire aux lèvres, elle détacha les griffes du chaton accrochées à sa chemise. Lorilee hésita, puis s'approcha pour récupérer l'autre chaton, le câlinant comme si Brand avait eu l'intention de lui faire du mal.

Le majordome et deux autres domestiques vinrent à la rescousse pour récupérer les autres chats. Tandis que Brand tentait de se ressaisir, ils remirent le salon en ordre.

Brand essaya d'inspirer à fond, quoique discrètement. Son sourire ressemblait au rictus d'un cadavre sur un champ de bataille. Son cerveau était totalement vide. Il cligna des yeux pour reprendre ses esprits.

— Je suis sincèrement désolée, milord, murmura Lorilee, les joues roses d'embarras, un mélange de malaise et de curiosité dans le regard.

Comme il ne répondait pas, Miranda ajouta d'une voix posée :

— Marmelade est un vrai diable. Il a appris à ouvrir la poignée de la porte de la cuisine quand la cuisinière ne regarde pas. Il aime bien me rejoindre dans mon salon.

Elle indiqua de la main une petite pièce contiguë où Brand aperçut une grande baie vitrée et des fauteuils confortables.

Miranda n'en revenait pas qu'il souffre d'une pareille phobie. Elle savait tout de ses exploits sur les champs de bataille, et elle s'était convaincue qu'il n'avait peur de rien. Ce n'était pas désagréable de constater que même le guerrier le plus farouche possédait une faille dans son armure. Cela dit, Lorilee semblait troublée par son attitude étrange, ce qui était moins réjouissant.

— Je suppose que Marmelade est le nom de cette grande brute jaune ? articula Brand d'une voix plutôt ferme, à son grand soulagement.

— Il aime dormir dans la chambre de maman, expliqua Lorilee. Mais dès qu'il a ouvert la porte, les chatons de Callie s'éparpillent dans toute la maison en quête d'aventure.

— Eh bien, ils en ont vécu une belle, aujourd'hui, observa Brand avec un sourire, et Miranda nota que ses joues reprenaient peu à peu des couleurs.

— Maintenant qu'ils ont grandi et qu'ils sont plus agiles, Marmelade s'amuse à les pourchasser. Mais quand ils sont nés, on a dû le surveiller de près, car il a essayé de les manger. Vous vous rendez compte, ses propres petits !

— Si vous connaissiez les petits diables de mon cousin Horace, vous comprendriez qu'on puisse parfois avoir envie de manger sa progéniture, répliqua Brand d'un ton ironique.

Lorilee afficha une expression choquée. Elle rougit, ne sachant que répondre, mais sa mère éclata de rire.

— Le cousin de feu mon mari avait lui aussi des enfants insupportables. Tu te souviens des enfants de Wilfred, Lorilee ? Ces chers cousins Lucy, Lemuel et Lymon ?

La jeune fille hocha la tête.

— Oui. Les pauvres avaient tout le temps des accidents. Surtout les garçons.

— Je te trouve très charitable, ma chérie. Tu ne te souviens donc pas de ce jour où Lymon a renversé de la compote de framboises sur ta robe blanche ?

— C'était un accident... Du moins, je le crois.

Elle n'avait pas réalisé que sa mère savait que l'affreux garnement l'avait fait exprès.

— C'est ce que tu as dit à l'époque pour lui éviter une correction, remarqua Miranda. Lorilee est très bonne ajouta-t-elle à l'adresse de Brand. Trop, parfois.

— Une faiblesse que vous ne partagez visiblement pas, rétorqua-t-il, une lueur de défi dans les yeux.

Miranda eut un sourire froid. De toute évidence, cet Américain arrogant n'appréciait pas son sens aigu des affaires. Qu'il aille au diable! Comme tous les autres qui réagissaient de même.

— Non, je n'ai pas eu ce luxe, hélas, répliqua-t-elle en songeant avec satisfaction à ses nombreux associés qui avaient appris à leurs dépens combien elle pouvait être dure en affaires.

À cet instant, la femme de chambre entra avec un autre plateau. Lorilee entreprit de servir le thé de nouveau. Le silence s'étira, pesant, avant que Brand ne se décide à le rompre.

— Je devrais peut-être expliquer ma... réaction un peu bizarre à la vue de Marmelade et de sa petite troupe.

— Mais pas du tout! protesta Lorilee. Je suis sûre que ce n'est rien. D'ailleurs, nous n'avons rien...

Elle se tut et reposa un peu trop brutalement la théière en argent sur le plateau.

Miranda vola à son secours.

— Vous n'aimez pas les chats. C'est assez fréquent. On peut avoir peur d'un tas de choses, vous savez. Certaines personnes ont le vertige, d'autres souffrent de claustrophobie ou détestent les araignées...

— C'est mon cas, renchérit Lorilee en frissonnant. Les araignées me terrifient.

— Ce qui est tout à fait normal pour une jeune fille, commenta Brand. En revanche, c'est moins normal pour un homme de mon âge de se retrouver paralysé devant de petits animaux domestiques.

— N'en parlons plus, milord, fit Miranda.

— Si, il le faut, madame. Lorsque j'avais trois ou quatre ans, mon cousin Tim m'a mis dans la baignoire. Il était censé me débarrasser de la boue dont j'étais couvert. Ma tante a dû s'éloigner quelques instants, et son fils Sam en a profité pour se faufiler dans la pièce avec un sac de chats que Tim et lui ont eu l'idée saugrenue de vider dans l'eau, histoire de voir s'ils savaient nager.

— Mon Dieu, souffla Miranda.

— Vous devinez la suite. Sam et Tim eurent du mal à ouvrir le sac tant les animaux se débattaient à l'intérieur. Ils l'ont frappé contre le bord de la baignoire, si bien que lorsque les chats ont été libérés, ils ont utilisé leurs dents et leurs griffes pour sortir de l'eau. Et j'étais la seule échelle à leur portée. J'ai hurlé. Je savais déjà compter à l'époque, mais je suis incapable de vous dire combien il y en avait, conclut-il d'un ton pince-sans-rire.

— Ils ont dû vous lacérer le corps ! s'écria Lorilee.

— Pendant des semaines, j'ai eu plus de cicatrices que de peau intacte. Depuis, je garde mes distances avec les chats.

— Vous n'avez jamais eu d'animaux domestiques ? s'étonna Lorilee.

— Ma fille ne peut pas vivre sans sa ménagerie, expliqua Miranda avec un sourire.

— En dehors de mes chevaux, je possède une paire de chiens de chasse appelés Betsy et Bitsy. Ce sont les meilleurs chasseurs de laveurs de tout le Kentucky.

— De « laveurs » ? répéta Lorilee.

— Je crois que c'est ainsi que les Américains désignent les ratons laveurs, ma chérie.

— Vous chassez les ratons laveurs ? Mais pourquoi ?

Brand haussa les épaules, comprenant qu'il venait de commettre une bévue.

— Je crains que les gens du Kentucky ne les mangent, mademoiselle Auburn. Nous ne chassons rien qui ne puisse se retrouver dans notre assiette.

Façon indirecte de dire qu'il n'aimait pas la chasse au renard, mais il comprit qu'il avait une nouvelle fois choqué la jeune fille.

Miranda faillit lui faire remarquer qu'il projetait pourtant de vendre des pur-sang pour la chasse à courre, puis y renonça. Jusqu'à présent, l'après-midi n'avait pas été un franc succès. Elle décida de changer de sujet.

— Je crains que vous n'ayez de la crème avec votre thé, que vous en vouliez ou pas, fit-elle.

Brand suivit son regard. Le revers de sa nouvelle redingote portait l'empreinte de pattes couvertes de crème. Il retint un juron, sachant qu'il n'avait pas les moyens de remplacer le vêtement qui lui avait coûté les yeux de la tête. Il savait aussi que Miranda Auburn avait deviné son souci, ce qui l'exaspérait d'autant plus.

— Notre gouvernante, Mme Osbourne utilise une éponge trempée dans du vinaigre pour ôter les taches de gras sur la laine, intervint Lorilee.

Miranda acquiesça, puis alla tira sur le cordon pour appeler la domestique.

— C'est juste. Elle a sauvé l'une de mes vestes préférées. Je suis désolée, major, mais vous repartirez d'ici en sentant le vinaigre.

— J'élève des chevaux, madame, je suis habitué à des odeurs bien plus désagréables. Quant à ce petit problème, ajouta-t-il d'un air détaché, mon valet de chambre s'en occupera. Ne dérangez pas Mme Osbourne.

Il adressa un sourire radieux à Lorilee.

— Est-ce que vous aimez les courses de chevaux ?

— Je n'ai assisté qu'au Grand Prix d'Ascot, mais j'ai adoré.

— Ce sont surtout les tenues élégantes de ces dames qui t'ont intéressée, la taquina sa mère. Elles portaient des chapeaux si extravagants qu'on ne voyait même plus le champ de courses.

Brand sourit à Lorilee. Elle était jeune et spontanée, et ressemblait peu à sa mère, si maligne et réaliste. Il appréciait la jeune fille. En dépit de l'épisode avec les chats, il décida que ce n'était pas si mal pour un début.

— Lord Montjoy m'a convié dans sa loge pour le Grand Prix. Je peux amener des invités. Me feriez-vous l'honneur de m'accompagner, mesdames ?

Lorilee tourna les yeux vers sa mère qui acquiesça.

— Nous acceptons avec joie, major.

— Parfait. J'espère que nous verrons la course en dépit des chapeaux.

Le temps de rentrer à Saint-James Square, où était situé l'hôtel particulier des Caruthers, Brand avait retrouvé sa bonne humeur. Cette première rencontre s'était plutôt bien déroulée. Sans la présence trop protectrice de sa mère, Lorilee Auburn serait malléable à souhait. La veuve était folle de sa fille. C'était un miracle que cette dernière ne fût pas pourrie gâtée comme il le craignait. À vrai dire, elle était tout à fait charmante.

Elle aimait les chevaux et les chiens – et les chats, bien sûr. Mais depuis qu'il avait narré sa mésaventure, il se sentait mieux. C'était la première fois qu'il expliquait pourquoi il craignait les chats. Il n'en avait pas éprouvé le besoin auparavant, parce que au Kentucky les chats restaient dehors à chasser les souris et n'étaient pas admis dans les maisons. Néanmoins, en pénétrant dans son salon, il se promit que les animaux domestiques de sa future femme seraient mieux surveillés.

— Et Marmelade n'aura pas le droit de venir au manoir de Rushcroft, murmura-t-il en se versant une tasse de café noir qu'il agrémenta d'une généreuse rasade de cognac.

— J'ai de mauvaises nouvelles, mon ami, annonça Sin en entrant sans frapper.

Brand lui jeta un coup d'œil, et se saisit de la carafe qu'il leva d'un air interrogateur. Sin hocha la tête. Brand remplit un verre qu'il lui tendit.

— Les chevaux ? Reiver ?

— Il n'a rien, mais il s'en est fallu de peu, avoua Saint-John en avalant une gorgée d'alcool. Quelqu'un a laissé un bidon de kérosène ouvert et il s'est renversé dans la paille. Heureusement, Sullivan a senti l'odeur juste avant de jeter son allumette sur le sol.

— Je lui ai interdit de fumer dans les écuries ! s'emporta Brand. C'est de la folie de jeter des allumettes près de bottes de paille. Pourquoi diantre quelqu'un a-t-il laissé le kérosène ouvert ?

— C'est ce qui m'inquiète. Le bidon ne nous appartient pas. Le palefrenier prend toujours soin de remplir les lanternes dehors, dans la cour. Il ne l'a donc pas laissé à l'intérieur. En outre, cet après-midi, lorsque Sullivan est arrivé aux écuries, il a entendu quelqu'un qui s'enfuyait en courant.

— Ce quelqu'un aurait essayé de mettre le feu ? articula Brand, l'estomac noué. Est-ce que des chevaux ont été blessés ?

— Non. Je les ai examinés, ils étaient juste un peu agités. En revanche, l'odeur du kérosène et la présence d'un étranger ont rendu Reiver si nerveux qu'il s'est blessé à l'antérieur droit en flanquant des coups de sabot dans son box. Mathias est en train de le soigner. Je ne pense pas qu'il aura des séquelles.

— Dieu merci, fit Brand en arpentant la pièce. Pourquoi quelqu'un aurait-il voulu incendier les écuries ? Pour tuer mes chevaux ?

— Ou pour assurer la victoire des siens ? J'imagine que certains ont parié des sommes importantes sur nos rivaux.

— Tu as raison. Ce serait intéressant de savoir qui, murmura Brand d'un air soucieux.

L'étalon noir du Baron Rebelle avait acquis une certaine notoriété sur les champs de courses londoniens. Sin et Mathias enquêtèrent afin de découvrir à qui profiterait l'absence de Reiver.

Quatre jours après la tentative avortée du pyromane, Brand chronométrait Kentucky Sunrise, l'un des poulains les plus prometteurs de Reiver, quand Sin lui apporta une feuille avec les noms de ceux qui avaient parié contre Reiver. Brand esquissa une moue en voyant celui de Geoffrey Winters.

— Il a parié gros. Il ne lui faudra pas beaucoup de temps pour dilapider la dot de sa jeune femme, commenta-t-il d'un air dégoûté.

— Ça m'a coûté quelques livres pour obtenir l'information, mais ça valait le coup.

D'avoir passé des heures dans les tavernes enfumées que fréquentaient les parieurs, Sin arborait des poches sous ses yeux rougis.

— Le jeune Winters dépense sans compter aux courses, poursuivit-il. Il perd presque toujours. Il n'y connaît rien en chevaux.

— Pour l'instant, il a encore de l'argent à gaspiller, remarqua Brand en lisant les notes prises par Sin avec attention. Il a parié mille livres sur ce malheureux Roi Arthur !

— Je t'ai dit qu'il n'y connaissait rien. La bête appartient à son beau-père, le comte de Falconridge. Peut-être qu'il essaye de se faire bien voir par sa belle-famille.

Brand ricana.

— Vu les circonstances de son mariage, il faudrait davantage qu'un pari pour que son beau-père l'apprécie.

Il songea à la douce Lorilee et aux rumeurs qu'il avait entendues au sujet de Winters qui l'avait poursuivie de ses assiduités. Miranda s'était révélée beaucoup plus avisée que le comte et sa femme. Il lui en était reconnaissant, non seulement parce que cela lui permettait de courtiser lui-même la jeune fille, mais aussi parce que celle-ci avait échappé à ce vaurien de Winters.

Elle était trop innocente et charmante pour tomber entre les griffes d'un coureur de dot. « Mais est-ce que tu vaux mieux que lui ? » l'accusa la voix de sa conscience. Après tout, Miranda Auburn lui avait expliqué sans détour pourquoi il était dans son intérêt de courtiser sa fille. Il savait cependant qu'il serait un mari attentionné et fidèle, et qu'il se consacrerait corps et âme à son haras.

Soudain, Sin lâcha un sifflement stupéfait.

— Ça alors ! Même dans mes pires cauchemars, je n'avais jamais imaginé la revoir un jour, marmonna-t-il.

Les yeux rivés sur sa proie, Mme Earl Wilcox traversait l'herbe boueuse. Bien qu'il eût beaucoup plu pendant la nuit, ce qui avait transformé le terrain en marécage, elle ne craignait visiblement pas la boue. Elle retenait sa jupe d'une main, révélant, sans doute au profit du baron, une cheville fine et un pied enserré dans une élégante bottine à talon haut. Elle resplendissait dans une robe de soie violette rehaussée de dentelle noire. Ses boucles blondes s'échappaient d'un chapeau de paille du même violet, agrémenté de fleurs artificielles.

Brand la regardait, frappé de stupeur. Elle lui semblait totalement incongrue dans ce cadre. Elle agitait le bras avec l'air satisfait d'un chat qui vient de planter ses griffes dans l'aile d'un malheureux moineau. Il avait traversé l'Océan, avait réussi à lui échapper. Pas question de la laisser lui remettre la main dessus.

— Vous êtes bien loin de Lexington, madame Wilcox, observa-t-il d'un ton froid.

Ignorant ouvertement Saint-John, elle le gratifia d'un charmant sourire.

— Ce n'est pas l'accueil auquel je m'attendais après un aussi long voyage, fit-elle avec une moue.

Quoiqu'il n'eût pas dit un mot, Sin irradiait de colère. Il tourna brusquement les talons et rejoignit Mathias qui mettait pied à terre. Brand les suivit du regard tandis qu'ils emmenaient Kentucky Sunrise à l'écurie, ignorant Reba de la même manière qu'elle avait ignoré son ami. Celle-ci tapa impatiemment du pied.

— Tu t'es toujours plus intéressé à tes vieux canassons qu'à moi, lança-t-elle d'une voix de petite fille malheureuse.

Il demeura de marbre.

— Sunrise a failli battre le record de Reiver la semaine dernière, déclara-t-il en fourrant sa montre dans sa poche. Où est passé Earl ? Est-ce qu'il sait que tu pourchasses un simple baron ?

Reba eut un soupir résigné.

— Earl est mort.

— C'est impossible, ma chère. Seuls les meilleurs meurent jeunes. Earl vivra au moins jusqu'à quatre-vingt-dix ans.

Il observa un instant la robe violette et le chapeau assorti.

— Je constate que ton chagrin est très profond.

— Le violet est une couleur demi-deuil, riposta-t-elle en effleurant la dentelle noire à son poignet. Je me plie aux convenances, Brand chéri.

— Si j'en crois ce que m'a appris ma mère, on porte du noir durant la première année, ironisa-t-il. La dernière fois que j'ai vu Earl, c'était il y a six mois, et il était en pleine forme.

— Le pauvre était obèse, comme tu ne manquais jamais de le faire remarquer. Il a eu une attaque de goutte qui s'est transformée en infection. Il est mort d'un empoisonnement du sang pendant un voyage à Philadelphie.

— Quelle chance pour toi ! Je suppose que tu es une riche veuve, désormais... À moins que son père n'ait veillé à ce que tu sois rayée du testament ?

Reba étouffa un sanglot.

— Je ne l'ai jamais aimé, Brand. Il le savait, mais il a insisté pour m'épouser.

— Uniquement pour se venger de moi parce que j'étais meilleur que lui à nos jeux d'enfants ? se moqua-t-il.

Autrefois, ses larmes l'auraient ému, mais c'était terminé depuis longtemps.

— Ce n'est pas impossible, reconnut-elle. Quoi qu'il en soit, je me suis débrouillée pour que le vieux Cal Wilcox ne puisse mettre la main sur la partie de la fortune d'Earl qui me revenait de droit. Je suis riche, Brand... Et seule à Londres, ajouta-t-elle d'un ton suggestif.

— Et à présent, tu veux un authentique aristocrate, et pas seulement un riche garçon de la campagne. Désolé, mais je ne suis qu'un malheureux baron sans le sou.

— J'ai tout l'argent qu'il faut. Et je me contenterais volontiers d'un humble baron... dès lors qu'il s'agit du bon.

— Dans ce cas, ce n'est pas à moi qu'il faut t'adresser, lâcha-t-il en souriant.

Furieuse, elle pivota sur ses talons et regagna la tête haute l'attelage rutilant qui l'attendait un peu plus loin.

À quoi bon essayer de ranimer un amour mort depuis longtemps ? se demanda-t-il. D'autant que c'était elle qui avait rompu. Désormais, Brand se souciait comme d'une guigne de Reba, mais il la savait capable de lui créer des ennuis auprès des Auburn, ce qui l'inquiétait fort. Lorsque Reba Cunningham voulait quelque chose, elle ne reculait devant rien pour l'obtenir.

L'un des palefreniers qui travaillait sur le champ de courses l'aida à monter dans son attelage. Sans même prendre le temps d'arranger les plis de sa robe, elle fit claquer son fouet et s'éloigna au petit trot, soulevant des gerbes de boue.

— Tu as dû dire quelque chose qui lui a déplu, mon vieux, observa Sin lorsque Brand le rejoignit dans les écuries.

— Les femmes conduisent toujours comme des folles.

— C'est le cas de tout le monde à Londres. Cette ville lui ira comme un gant.

— J'en doute. En dépit de son argent, ceux qu'elle souhaite impressionner ne lui prêteront aucune attention. À leurs yeux, elle demeurera une arriviste américaine.

— Tu ne sembles pas nourrir de regrets, constata Sin, soulagé. Tant qu'elle ne t'impressionne pas, toi…

— Non, elle ne m'impressionne pas, murmura Brand.

Il pensa à Earl Wilcox en train de mourir, seul, dans un hôtel de Philadelphie tandis que Reba comptait son argent.

Il eut la chair de poule à l'idée de ressembler à son ex-fiancée.

Miranda relut le télégramme, puis se frotta les yeux avec lassitude. Son homme de confiance en Amérique, Kent Aimesley, venait d'arriver à Liverpool. Il avait eu des entretiens fructueux avec les directeurs des chemins de fer transcontinentaux, et serait à Londres dans le courant de la semaine. Elle aurait dû être aux anges.

Aimesley était un amour de jeunesse. Fils désargenté d'un pasteur, il avait autrefois demandé la main de Miranda, dont le père était un marchand prospère.

— Je vois que M. Aimesley est en ville, fit Lorilee en fronçant les sourcils.

— Comment as-tu… ? commença Miranda, avant de sourire en voyant l'air entendu de sa fille. Oh, inutile d'afficher cette expression suffisante, ajouta-t-elle. En fait, il est à Liverpool.

— Est-ce que tu vas le voir ?

— Comment pourrais-je faire autrement ? Il vient de mettre sur pied l'une des affaires les plus importantes dans lesquelles j'aie jamais été engagée, et il est irremplaçable. Ce ne serait ni juste ni intelligent de le renvoyer à cause du passé.

— Est-ce que papa l'aurait engagé s'il avait su pour vous deux ?

C'était une question pertinente que Miranda s'était souvent posée.

— Il n'y avait pas grand-chose à savoir. À l'époque, nous étions très jeunes et très naïfs. Nous n'aurions pas été bien assortis.

Au ton de la voix de sa mère, Lorilee comprit que le sujet était clos.

— Alors tu as épousé papa à la place.

Miranda ne répondit pas. Elle sortit une feuille de papier à lettres du tiroir de son bureau et entreprit de rédiger ses instructions pour Aimesley.

Le baron leur fit parvenir un message dans l'après-midi. Il venait juste de se rappeler qu'il avait accepté une invitation à un concert chez la marquise Tottingham, le lendemain. Mlle Auburn et sa mère seraient-elles disposées à venir avec lui écouter un quatuor de Mozart ?

Augusta Tottingham était une richissime douairière, qui donnait le ton en matière de mondanités. Elle partageait son temps entre Londres et Bath où elle allait encore prendre les eaux. Miranda prit sa plume pour accepter l'invitation, sachant que sa fille serait enchantée de pénétrer dans un cercle aussi huppé. En outre, elle adorait Mozart.

Le lendemain, l'attelage de Brand vint les chercher à 1 heure précise. Lorilee s'examina une dernière fois dans le miroir d'un air anxieux.

— Tu trouves que cette couleur me va au teint ? demanda-t-elle à Tilda.

La femme de chambre poussa un soupir.

— Tu as déjà changé de robe quatre fois, et le baron attend. Même si elle te donnait une mine de papier mâché – ce qui n'est pas le cas –, tu n'aurais plus le temps d'en enfiler une autre. Tu es ravissante. Allez, ouste ! Va vite t'amuser, conclut-elle en agitant les mains.

Miranda patientait sur le seuil de la chambre.

— Tilda a raison, déclara-t-elle avec un sourire. Comme d'habitude tu es divine, ma chérie. Dépêche-toi, nous ne devons pas faire attendre le baron.

— Ni la marquise, souffla Lorilee. Abbie était verte de jalousie quand je lui ai dit où nous allions.

Brand se tenait près de la porte lorsque les deux femmes entrèrent dans le petit salon qu'affectionnait Marmelade. Il avait veillé à demeurer près d'une issue au cas où la brute ferait une nouvelle incursion hors de la cuisine.

— Mesdames, vous êtes superbes, les complimenta-t-il en s'inclinant. Vous allez me sauver de la marquise Tottingham qui, m'a-t-on dit, mange des barons au petit-déjeuner.

Lorilee s'esclaffa.

— C'est en effet ce qu'elle aurait fait si vous aviez oublié de répondre à son invitation, plaisanta Miranda. Elle a beaucoup de caractère.

— Dans ce cas, je ferai en sorte de me montrer sous mon meilleur jour.

Pendant le bref voyage, ils discutèrent de tout et de rien. Brand et Miranda essayaient d'inclure Lorilee dans la conversation, mais elle était trop nerveuse à l'idée de rencontrer la célèbre douairière pour articuler le moindre mot, aussi se mirent-ils à parler politique, et tout particulièrement des débats houleux qui avaient lieu au Parlement au sujet de l'élargissement du droit de vote.

— Vous devriez défendre le parti de M. Gladstone, observa Miranda. Après tout, il a soutenu les États confédérés pendant la guerre.

— Vous admirez cet homme alors que vous êtes pour l'abolition de l'esclavage ? Comment parvenez-vous à concilier ces deux points de vue ?

— Je vous donnais seulement une raison de l'apprécier, même s'il a tort sur ce point. Après tout, la politique, c'est l'art du compromis, n'est-ce pas ? La position de M. Gladstone sur la réforme électorale est plus modérée que celle des conservateurs. Nous autres libéraux ne voulons pas voir des hommes qui ne possèdent rien obtenir une voix qui compte autant que ceux qui ont fait de cette nation la plus riche du monde. Cela conduirait au désordre civil.

— Et au développement du syndicalisme ? ajouta-t-il avec un sourire cynique.

Elle se raidit.

— En effet. Voyez quel chaos il provoque dans les endroits où il existe. Je verse à mes employés des salaires convenables, mais je ne tolérerais guère qu'ils me dictent ma conduite lorsqu'il s'agit de diriger mes usines, ma banque ou ma compagnie maritime.

— Dieu vous en garde ! Je reconnais en revanche que les conservateurs ne veulent étendre le droit de vote que dans l'espoir de regagner le contrôle des Communes. Ils n'ont pas été au pouvoir depuis 1846. Quelle meilleure manière d'y accéder qu'en coupant l'herbe sous le pied de Gladstone ?

— Vous semblez au fait de la politique anglaise, s'étonna Lorilee. Pour ma part, je ne sais pas plus qui gouverne ce pays aujourd'hui qu'il y a quelques années.

— Avec le temps, tu finiras par comprendre ces choses, déclara Miranda. Tu devrais lire le *Times*. Je le rapporte tous les jours du bureau.

Lorilee fit la grimace, mais Brand ne put s'empêcher de sourire..

— Je parie que votre mère aimerait que les femmes aient le droit de vote, y compris celles qui ne possèdent rien.

— Vous avez raison, répondit Lorilee en glissant un regard à sa mère.

— J'en étais sûr. Eh bien, mademoiselle Auburn, je suis d'accord avec votre mère. Si un jour vous votez, vous devrez savoir pour qui.

— Oh, moi, je ne souhaite pas avoir le droit de vote… C'est seulement maman.

— De même qu'elle envisagerait peut-être de se présenter à la Chambre des communes ?

Miranda se sentit agacée. Comment un homme pouvait-il être aussi charmant qu'exaspérant ?

— Les hommes *et* les femmes qui possèdent des biens devraient avoir le droit de vote, mais pas ceux des classes inférieures, déclara-t-elle fermement. Ils ne sont pas encore suffisamment éduqués pour voter de façon responsable. Cela viendra avec le temps.

— Ainsi que le Jugement dernier, mais je n'entends pas encore résonner les trompettes.

Le cocher guida l'attelage derrière la file de voitures qui patientaient devant le perron de la belle demeure.

— Comme vous êtes cynique, milord, remarqua Miranda tandis qu'il lui tendait la main pour l'aider à descendre.

— Je crains que ce ne soit la conséquence de la vie que j'ai menée, murmura-t-il. Mais vous devez le savoir, puisque vous avez enquêté sur moi.

Une fois de plus, Miranda se sentit contrariée.

Plus de cent personnes étaient venues assister au concert. La marquise accueillait ses invités à l'entrée, brandissant son lorgnon comme une arme.

Alors qu'ils pénétraient dans la salle de concert, une voix suave s'éleva.

— N'est-ce pas là mon vieil et cher ami de Lexington ? Comment vas-tu, Brandon ?

La femme portait une robe de soie gris tourterelle rebrodée de dentelle noire. Des perles ornaient ses oreilles et son cou, ce qui était d'un parfait mauvais goût à cette heure de la journée. Elle s'avança vers eux, suivie d'un homme plus âgé. Miranda reconnut le directeur d'une banque rivale de la City. La blonde dévorait le baron des yeux, et le connaissait visiblement fort bien.

Brand afficha un sourire crispé.

— Mesdames, fit-il en se tournant vers les Auburn, puis-je vous présenter Mme Wilcox qui vient du Kentucky.

— Enchantée, fit Reba. Voici M. Harold Grimsley. Il travaille dans la banque, comme mon défunt mari.

Miranda répondit d'un signe de tête au salut du banquier.

— M. Grimsley et moi nous sommes déjà rencontrés. Vous vous souvenez de ma fille, Lorilee ? ajouta-t-elle, ignorant avec superbe la jeune femme.

Lorilee fit une révérence à M. Grimsley, consciente de la tension sous-jacente qui régnait entre l'inconnue et le baron. Elle avait beau manquer d'expérience en société, son intuition lui soufflait qu'ils avaient plus en commun que d'être originaires de la même ville d'Amérique.

Tandis que Miranda et le banquier discutaient d'affaires ennuyeuses, Reba se rapprocha de Brand et lui tapota le bras.

— Tu as toujours détesté Mozart, Brand. Que diable fais-tu ici ?

— Je profite de la compagnie de deux femmes ravissantes, répondit-il en souriant à Lorilee. Et toi, que fais-tu en Angleterre ?

— Londres est tellement plus excitant que Lexington, dit-elle en jouant avec son collier à triple rangée de perles.

— J'aurais pensé qu'une femme qui vient de perdre son mari fuirait l'excitation, observa Brand en s'écartant ostensiblement.

— Tu sais bien que je me moque de ce que pensent les autres.

— Votre tenue et votre présence ici en sont la preuve, commenta Miranda d'un ton coupant, montrant clairement qu'elle jugeait l'attitude Mme Wilcox inacceptable.

Elle-même avait porté le deuil pendant deux ans.

— Les musiciens sont prêts, annonça Brand alors que Reba allait répondre vertement à Miranda. Nous devons nous asseoir. Ce fut un plaisir de vous connaître, monsieur, dit-il au banquier tout en ignorant Reba.

Il prit la main de Lorilee. En dépit du bruit, il fut certain d'avoir entendu Reba Cunningham taper du pied.

6

Brand détestait l'opéra, mais Miranda et Lorilee en étaient de ferventes adeptes. Comment faire autrement lorsqu'on courtisait une jeune fille que de l'accompagner avec sa mère à une représentation du *Mariage de Figaro* ? Cependant, à son grand étonnement, il passa un bon moment, et applaudit avec enthousiasme à la fin du spectacle.

Alors qu'un domestique retenait le rideau en velours à la porte de la loge, Miranda lui murmura à l'oreille :

— Est-ce que ce fut moins douloureux que vous l'aviez imaginé ?

Cette femme lisait-elle dans les pensées ? Il lui sourit, et lui offrit le bras, ainsi qu'à sa fille.

— Ce fut moins désagréable que de se faire arracher une dent, je l'admets, mais je préfère les pièces de Shakespeare. Il paraît que la troupe d'Osgood joue *Roméo et Juliette*. Puis-je vous inviter à y assister mardi soir ?

Il regarda d'abord Lorilee, puis sa mère qui hocha la tête.

— Nous serions ravies, n'est-ce pas, ma chérie ?

— Oh, en effet ! J'ai déjà vu *Le Songe d'une nuit d'été*, mais jamais encore une tragédie.

— Les tragédies sont plus… énergiques que les comédies, fit Brand, soulagé qu'Osgood n'ait pas choisi de monter *Titus Andronicus* cette saison-là.

— Je te conseille de lire la pièce avant d'y assister, afin de ne pas être déçue par le dénouement, suggéra Miranda en échangeant un regard de connivence avec le baron.

Curieusement, il eut de nouveau le sentiment qu'elle lisait dans ses pensées. Ce qui était absurde.

— Connaissez-vous la pièce, madame ? s'enquit-il.

— J'ai lu les œuvres complètes de Shakespeare lorsque j'étais jeune. Je les ai trouvées particulièrement instructives.

Brand s'interrogeait sur les origines de Miranda. Il devinait à son comportement et à sa culture qu'elle était née dans une famille aisée, mais ne comprenait pas pourquoi une femme aussi privilégiée s'était lancée dans les affaires.

— J'ai toujours trouvé les histoires plutôt ennuyeuses, avoua Lorilee. Je préfère de beaucoup la poésie.

— Lord Byron ? demanda-t-il, plein d'espoir.

— M. Shelley est plus à mon goût, murmura-t-elle.

— Bien sûr. Il est beaucoup plus adapté à la sensibilité d'une jeune fille.

— Byron était un dévoyé, intervint Miranda. Les tuteurs de Lorilee ont veillé à ce qu'elle lise une littérature digne d'une jeune fille.

« Contrairement à vous qui avez lu ce qui vous plaisait », se retint d'ajouter Brand. Cette éducation plutôt libre expliquait-elle qu'elle fût devenue la femme redoutable qu'elle était aujourd'hui ? Brand s'efforça de chasser l'image d'une jeune Miranda subtilisant des livres interdits dans la bibliothèque de son père. « Concentre-toi sur la fille et oublie la mère », s'ordonna-t-il. Mais il ne pouvait s'empêcher de regretter que la culture de Lorilee Auburn ne fût pas plus solide. Peut-être était-il trop exigeant. Après tout, elle était encore très jeune, et il n'ignorait pas que l'éducation des jeunes filles des classes aisées était plus que lacunaire, en Angleterre comme en Amérique.

— Je trouve injuste de confondre la vie privée de Byron avec son travail littéraire, lança-t-il, désireux de poursuivre le débat avec Miranda.

Tous trois patientaient sous la lumière vacillante d'un bec de gaz, tandis que les nombreuses voitures avançaient à la queue leu leu.

— *Childe Harold* est une pièce frivole comparée à *La Rime de l'ancien marin*, fit remarquer Miranda. M. Coleridge divertit son lecteur tout en dispensant une morale intéressante.

— Oh, mais M. Coleridge était opiomane, rétorqua-t-il.

Lorilee porta la main à sa bouche, effarée par l'audace

du baron. C'était bien la première fois que quelqu'un clouait le bec à sa mère.

Avant que Miranda pût répondre, le valet de pied de Brand se précipita vers eux.

— Je suis désolé, milord, mais Harry a un problème. Ils le lâchent pas. Heureusement qu'il a son fouet.

— Du calme, mon brave, je ne comprends rien à ce que tu racontes, fit Brand alors que l'homme tentait de reprendre son souffle.

Les derniers spectateurs montaient dans leur attelage en leur lançant des regards étonnés.

Soudain, leur carrosse déboula au coin de la rue. Harry se battait en effet avec trois vauriens. Il les fouettait à qui mieux mieux quand soudain l'une des brutes parvint à enfourcher l'un des chevaux et tira sur la bride.

Affolé, le valet de Brand prit ses jambes à son cou et disparut au coin de la rue avant même que son maître ait eu le temps de lui demander d'aller chercher des renforts.

— Abritez-vous dans le théâtre, ordonna Brand aux deux femmes.

La rue se vida en une fraction de seconde. Il déboutonna sa cape qu'il laissa tomber sur le sol, regrettant de perdre un autre vêtement qu'il n'avait pas les moyens de remplacer.

Miranda agrippa la main de Lorilee et tenta de pousser la lourde porte du théâtre, sans succès. Elle se mit à tambouriner contre le battant, tout en serrant sa fille contre elle.

Le carrosse s'immobilisa quelques mètres plus loin. Les deux chevaux se cabraient en hennissant de terreur. Deux des brigands tiraient brutalement sur leurs brides. Le troisième se bagarrait avec Harry qui n'avait pas lâché son fouet.

Brand pesta de ne pas avoir de pistolet sur lui, mais il n'avait pas jugé utile d'emporter son Remington pour se rendre à l'Opéra. Par chance, il ne sortait jamais sans son « cure-dent de l'Arkansas », une arme qu'il conservait dans sa botte. Il tira le poignard, et s'approcha d'un des brigands qui s'avançait en direction des femmes.

La lueur cupide qui brillait dans le regard de l'homme glaça le sang de Miranda. Sans hésiter, elle arracha son collier et le jeta à ses pieds, mais il l'ignora, et continua sa progression en les fixant d'un air menaçant.

C'est alors que le baron bondit en travers de son chemin, un long poignard effilé à la main. Miranda tenta de couvrir le visage de Lorilee avec sa cape pour lui épargner la scène, mais celle-ci la repoussa.

La mère et la fille étaient incapables de détacher les yeux du baron qui se déplaçait lentement, avec la souplesse d'un félin. Soudain, son bras fendit l'air. L'homme poussa un cri, ses mains se crispèrent sur son ventre d'où s'échappait un flot de sang, puis il s'écroula lourdement à terre. Brand l'enjamba sans un regard, et se rua vers les deux autres compères.

L'un continuait à se battre avec le cocher, mais l'autre brandit une arme à feu. Lorilee hurla. Miranda se mit à appeler la garde tout en se débarrassant de ses bijoux. Elle ordonna à sa fille de l'imiter.

Une balle partit, mais manqua sa cible. Rapide comme l'éclair, Brand se courba en deux et fonça en avant. D'un coup d'épaule dans l'estomac, il envoya son assaillant rouler dans le caniveau. Il lui bondit dessus, et la lutte s'engagea, d'une brutalité inouïe.

— T'as tué Maury, espèce de salaud ! grogna l'homme, les yeux brillant de haine.

Un voile rouge obscurcit le regard de Brand. Il ne voyait plus qu'une tunique bleue et un pistolet. *L'ennemi. Il faut tuer l'ennemi.* C'était un corps à corps comme ceux qu'il avait connus au cours de ces quatre infernales années de guerre. Un univers de sang et de violence qui continuait à le hanter dans ses pires cauchemars.

D'un mouvement brusque, il plongea son poignard dans la gorge de son adversaire, avant de se relever d'un bond pour affronter le dernier brigand. Le cocher gisait sur son siège, inerte.

— Viens donc un peu goûter de mon fouet ! cria l'homme en faisant claquer la longue lanière de cuir.

Au lieu de l'esquiver, Brand la laissa s'enrouler autour de ses épaules sans broncher. Lorsque le fouet ensanglanté se relâcha, il s'en empara, et tira de toutes ses forces. Surpris, son assaillant perdit l'équilibre et bascula en avant.

À cet instant, le sifflet strident annonçant la garde résonna dans la nuit. L'homme lâcha le fouet, et tenta de fuir. En une fraction de seconde, Brand fut sur lui et lui décocha un coup de poing qui lui fit éclater le nez.

Il continuait à battre sauvagement l'homme inconscient lorsqu'on le tira en arrière.

— Ça suffit, monsieur, c'est bon... Il a son compte.

— Maudites tuniques bleues. Venues nous tuer, grommela Brand.

Les yeux rivés sur le drap bleu de l'uniforme des soldats de la garde, il ne savait plus où il se trouvait ni qui étaient ces hommes.

— C'est un Yankee, lança l'un des policiers, comme si cela suffisait à expliquer le comportement de Brand.

Tandis que deux costauds le retenaient encore, Brand sentit le voile rouge qui lui obscurcissait la vue commencer à se dissiper. Il était à Londres... et ces hommes étaient des soldats de la garde...

— Je ne suis pas un maudit Yankee, marmonna-t-il en se dégageant.

— Américain, alors, monsieur ?

— C'est Brandon Caruthers, lord Rushcroft, expliqua Miranda en s'approchant. Je suis Mme Auburn.

Les soldats connaissaient de réputation le Baron Rebelle, ainsi que la dame qui venait de s'adresser à eux si calmement.

Brand et Miranda répondirent à leurs questions, tandis qu'un autre officier s'occupait de Harry qui reprenait lentement ses esprits.

Hébétée, Lorilee regardait le carnage autour d'elle. La bagarre n'avait pas duré plus de quelques minutes, mais les affreuses images tourbillonnaient encore et encore dans sa tête. Était-il possible que l'homme élégant qui se tenait aux côtés de sa mère fût responsable d'une pareille hécatombe ?

Si elle ne l'avait vu de ses propres yeux, elle aurait refusé de le croire. Sa mère se matérialisa soudain près d'elle et lui caressa la joue en lui murmurant des paroles apaisantes tandis que le valet de pied du baron, apparemment de retour, amenait l'attelage.

— Rentrons à la maison, ma chérie, murmura Miranda.

Lorilee hocha la tête, mais quand le baron lui tendit la main pour l'aider à monter en voiture, elle eut un mouvement de recul. Il avait le visage tuméfié, ses vêtements étaient couverts de sang, et, Seigneur, il dégageait une odeur pestilentielle ! Plus que tout, ce fut son regard de glace qui l'effraya.

— Pardonnez mon apparence, mademoiselle Auburn, fit-il avec un sourire navré.

Il avait perdu ses gants et du sang maculait ses mains aux articulations enflées. Elle parvint à monter dans la voiture, mais réprima un frisson en sentant les doigts nus du baron sur son bras.

Elle frissonna davantage encore en croisant son regard perçant. Nul doute qu'il avait compris qu'il lui faisait peur. C'était un étranger et un tueur… Et sa mère voulait qu'elle l'épouse !

— Ceci doit être à vous, madame Auburn ? fit l'un des hommes de la garde en lui tendant le collier de rubis qu'il avait ramassé sur le trottoir. Désolé, madame, mais un officier passera chez vous demain matin pour prendre votre déposition.

Miranda le remercia et glissa le bijou dans sa poche.

Elle jeta un regard inquiet à sa fille, avant de monter à son tour dans la voiture. Brand ne la suivit pas à l'intérieur.

— Je pense qu'il vaut mieux que je reste avec le valet de pied, dit-il. Dans mon état, je ne suis pas digne d'être en compagnie de dames.

Il baissa les yeux sur ses vêtements ensanglantés, à peine dissimulés par sa cape pleine de boue.

— Cela me semble sage, en effet, monsieur, approuva Miranda froidement.

Sans un mot, Brand ferma la portière, puis grimpa auprès du valet de pied. Ce dernier avait du mal à maîtriser les chevaux.

— Donne-moi les rênes, ordonna son maître d'un air las.

Après avoir échappé à trois vauriens, ç'aurait été trop bête de mourir dans un accident de carrosse.

L'homme lui tendit les rênes sans protester. Brand réussit à calmer les chevaux, puis à les faire avancer au petit trot.

Il repensa à ce qui s'était passé. Il avait vu le prétendu voleur ignorer les bijoux que Miranda Auburn lui avait jetés aux pieds. Normalement, une telle réaction aurait dû suffire à sauver la vie des deux femmes, or, Brand devinait que les choses ne se seraient pas passées ainsi s'il n'était venu à bout des trois hommes.

Il se trouvait peut-être dans la ville la plus riche et la plus civilisée au monde mais, dorénavant, il ne sortirait plus sans une arme à feu.

— Il faut que tu dormes maintenant, murmura Miranda en prenant le verre de lait chaud des mains de sa fille.

Il était encore à moitié plein. Elle y avait ajouté du cognac, mais Lorilee avait fait la grimace et refusé d'en boire plus que la moitié.

Adossée à ses oreillers, elle frissonna en dépit de la couverture remontée jusqu'au menton.

— Ça ira, maman. Toi aussi tu dois te reposer. Tu as été si courageuse.

Miranda l'embrassa sur la joue et se leva.

— Ne dis pas de bêtises, j'ai eu aussi peur que toi. Essaye de ne plus y penser. C'est terminé. Aucun d'entre nous n'a été blessé, excepté le pauvre cocher du baron, mais on m'a dit qu'il s'en remettrait.

Lorsque la porte se fut refermée derrière sa mère, Lorilee se massa les tempes, la tête emplie d'affreuses visions. D'un geste machinal, elle se frotta le coude à l'endroit où le baron l'avait touchée.

Il s'était montré gentil, attentionné même, mais quoi qu'il fît, il émanait de lui une aura de danger, une froideur qui l'avait troublée dès leur première rencontre, alors qu'il se tenait au pied de l'escalier dans le hall.

Il était certes séduisant, si l'on parvenait à faire abstraction de cette hideuse cicatrice. Certaines femmes trouvaient ces marques plutôt excitantes, elles y voyaient la preuve que l'homme s'était distingué sur les champs de bataille. Mais en ce qui la concernait, son corps mince et musclé, sa grâce de prédateur lui donnaient envie de fuir. Il avait participé à un long et terrible conflit, défendu une cause que même sa mère désapprouvait, bien qu'elle lui eût assuré que lui-même n'avait jamais possédé d'esclaves.

Elle ne comprenait ni l'homme ni le pays lointain qu'il avait quitté pour prendre sa place dans l'aristocratie anglaise. Et il était tellement plus âgé qu'elle. Il avait lu de nombreux livres, s'y connaissait en politique et faisait des plaisanteries qu'elle ne saisissait pas. Mais sa mère trouvait qu'il avait un sens aigu des affaires, et elle était convaincue qu'il ne dilapiderait pas la fortune pour laquelle son mari et elle avaient travaillé dur.

Lorilee avait appris que l'argent attirait plus sûrement les hommes que tous ses charmes réunis. Elle en avait fait l'amère expérience avec Geoffrey Winters. Parfois, elle regrettait de ne pas être une aristocrate sans le sou qu'un fils cadet de bonne famille aurait demandée en mariage pour elle-même. Elle aurait même accepté d'épouser un roturier s'il l'avait aimée sincèrement.

Le baron ne l'aimait pas. Si difficile à accepter fût-elle, elle devait affronter la vérité.

— Oh, maman, où as-tu trouvé la force de faire ce que tu as fait ? murmura-t-elle en fermant les yeux.

— Ainsi la convocation est arrivée, commenta Sin tandis que Brand jetait sur son bureau l'épais feuillet gravé au monogramme des Auburn. Tu t'y attendais, non ?

— Je m'attendais à recevoir une leçon de morale après le fiasco d'hier soir, mais pas d'être... convoqué comme un gamin qu'on a attrapé en train de se battre dans la cour de l'école...

Brand se mit à marcher de long en large en grommelant.

— J'ai des informations intéressantes concernant le pari du jeune Winters sur le cheval de Falconridge.

— Je t'écoute, dit Brand, oubliant un instant sa colère.

— Winters n'a pas tiré le gros lot avec la fille du marquis. Falconridge distribue la dot au compte-gouttes. Il se contente de leur assurer un toit convenable et l'entretien de celui-ci. Il faut sauvegarder les apparences, n'est-ce pas ?

— Tu es devenu très britannique, railla Brand.

— C'est toi, le baron, mon vieux, pas moi. Mon père était le fils d'un simple hobereau. Non seulement je suis né de la main gauche, mais avec la mauvaise couleur de peau. Pour en revenir à Winters, il n'a pas un sou pour prendre des paris.

— Qui serait assez stupide pour lui en prêter ? demanda Brand, intrigué.

— C'est le plus curieux de l'affaire. D'après la rumeur, une vieille... connaissance à moi est mêlée à cette histoire. Un certain Dustin O'Connell qui vient du comté de Cork.

— L'entraîneur ? On m'a parlé de lui. Il ne m'a pas l'air très recommandable.

— C'est le moins qu'on puisse dire. Ma jeunesse dévoyée se révèle utile, de temps à autre. Dusty est employé à Epsom en ce moment, mais il n'a pas les moyens de parier mille livres. Or, c'est la somme qu'il aurait donnée au jeune Winters qui l'a utilisée en son nom.

— Si Reiver était hors course, le Roi Arthur aurait peut-être eu une chance de gagner. Où penses-tu qu'O'Connell a obtenu l'argent ? Et pourquoi utiliser Winters comme intermédiaire ?

— Tu poses les bonnes questions. Je vais faire de mon mieux pour trouver les réponses. En attendant, sois gentil, évite de te faire trancher la gorge dans quelque ruelle mal famée quand je ne suis pas là pour te protéger.

Brand éclata de rire.

— L'Opéra n'est pas situé dans une ruelle mal famée. Quant à toi, surveille tes arrières pendant que tu enquêtes au champ de courses.

Sin lança un coup d'œil à la lettre abandonnée sur le bureau.

— En parlant de surveiller ses arrières, je te conseille d'être prudent quand tu affronteras maman ourse.

Lorsqu'il fut introduit dans le bureau de Miranda, Brand réprimait à grand-peine sa colère. Il avait dû attendre près d'une demi-heure qu'elle achève quelque entretien avec l'homme élancé au teint anémique qui venait de le croiser sans lui adresser un regard.

Le secrétaire obséquieux lui tint la porte. Brand s'empara de la poignée et lui ferma la porte au nez.

— Je suis navrée de ce retard, major, mais M. Aimesley avait des choses importantes à me dire avant son départ pour New York.

Miranda ne semblait pas le moins du monde navrée, mais Brand se contenta d'accepter ses excuses d'un hochement de tête. Il attendit qu'elle fût assise pour s'asseoir à son tour.

— Vous m'avez convoqué, madame.

Les yeux de tigre la clouèrent sur son siège. Bien que le regard fût moins glacial que la veille, elle se sentit mal à l'aise, alors qu'elle était beaucoup moins impressionnable que Lorilee.

— Ma fille et moi vous remercions pour les fleurs que vous avez envoyées ce matin.

— Un message aurait suffi.

Les maudites roses lui avaient coûté une bonne partie de ses gains de la veille, et il ignorait comment il allait remplacer sa cape et sa tenue de soirée, vu les prix exorbitants pratiqués dans Bond Street.

— Vous avez fait preuve d'un incroyable courage en vous attaquant seul à ces trois brigands. Nous vous devons la vie, déclara-t-elle d'un ton guindé.

— Pourquoi est-ce que je sens comme une réticence dans votre voix, madame ? demanda-t-il en la gratifiant de son sourire le plus aimable.

— Vous devinez sûrement qu'un tel carnage a bouleversé ma fille qui est une enfant sensible. Peut-être que si vous aviez permis que je leur remette nos bijoux...

Il bondit sur ses pieds et se pencha vers elle par-dessus le bureau.

— Vous croyez vraiment que cela aurait suffi ? Le premier vaurien n'a pas daigné ramasser la parure de rubis que vous aviez jetée à ses pieds. Je ne pense pas que ses acolytes y auraient prêté plus d'attention. Ils nous voulaient du mal. Pour être franc, ils avaient l'intention de nous tuer.

— Au lieu de quoi, c'est vous qui les avez tués.

Elle s'était levée à son tour, les paumes appuyées sur le bureau.

— Le troisième est toujours en vie, mais je n'ai pas perdu tout espoir, rétorqua-t-il en serrant les poings.

— Vous l'avez roué de coups sous les yeux de ma fille, à qui vous avez fait une peur de tous les diables !

Ils s'affrontaient du regard, penchés l'un vers l'autre.

— Que ces Américains sont excessifs ! ironisa-t-il. Est-ce qu'un gentleman anglais aurait laissé ce vaurien vous trancher la gorge devant votre fille avant de l'entraîner dans la voiture ?

Miranda retint son souffle. Elle avait mené des négociations ardues avec les capitaines d'industrie les plus arrogants du pays sans jamais perdre son sang-froid, et voilà qu'elle se disputait comme une poissonnière avec un pair du royaume.

Elle se rassit abruptement, tentant de se ressaisir.

— Seigneur, vous pensez qu'ils auraient pu... ?

Brand se rendit soudain compte à quel point il avait perdu le contrôle de ses nerfs en cet instant – sans parler de la veille. Il l'avait payé cher, mais jamais il ne l'admettrait devant quiconque, pas même devant Sin. Et certainement pas devant cette femme hautaine. « Hautaine, mais fort courageuse », lui souffla une petite voix.

— Vous avez gardé la tête froide, hier, alors que la plupart des femmes à votre place auraient hurlé ou se seraient évanouies. C'était une bonne idée d'essayer de les distraire avec les bijoux.

Miranda secoua la tête.

— Il y a quelques années, j'ai assisté à une agression dans la rue. Une femme a refusé de donner sa cape en hermine et ses perles à un voleur. Elle y a laissé la vie. C'est absurde. Aucun bien matériel ne vaut une vie.

— C'est là l'opinion de quelqu'un qui n'a jamais manqué de rien, remarqua-t-il, intrigué par cette femme énigmatique.

Miranda fut interloquée. Que savait-il des sacrifices qu'elle avait dû consentir ? Elle ne risquait certes pas de lui en parler. Son passé était trop douloureux.

— Mon père possédait des aciéries, et j'ai eu une enfance heureuse, mais tout cela remonte à loin et ne vous concerne en rien. Lorilee est mon seul souci, et devrait être le vôtre… si vous êtes digne d'être son mari.

La menace était palpable. Elle pouvait revenir sur sa proposition, et il serait ruiné.

7

Le baron demeura silencieux pendant quelques minutes, et Miranda craignit d'avoir été trop loin. D'avoir frôlé la mort avait dû lui embrouiller l'esprit. Jamais elle n'avait employé des mots aussi vulgaires que ceux qu'elle avait utilisés durant leur échange. Lorilee avait certes été bouleversée, mais cet homme avait risqué sa vie pour sauver la leur.

— J'imagine ce qu'une jeune fille a pu ressentir, dit-il avec raideur, alors qu'elle était sur le point de lui demander pardon. Je vous présente mes excuses à toutes deux.

— Vous comprenez, n'est-ce pas ? murmura Miranda, se radoucissant. Pendant la guerre de Sécession, votre sœur devait être encore plus jeune que ma fille.

— Barbara a survécu. Elle n'avait pas le choix. Mais cela remonte à loin, et ne vous concerne en rien, dit-il, répétant ses propres paroles en esquissant un sourire.

Il venait de la remettre adroitement à sa place, songea Miranda, qui ne put s'empêcher de remarquer combien ses lèvres étaient merveilleusement dessinées quand il souriait. Mais lorsqu'il était en colère… Elle se rappela sa rage meurtrière de la veille, et se demanda si elle ne commettait pas une erreur. N'aurait-elle pas intérêt à mettre un terme à sa cour avant que les choses n'aillent plus loin ? Il parut deviner ses pensées.

— Si vous ne voyez plus en moi un mari digne de votre fille, je le comprendrai tout à fait, madame, dit-il en se levant.

Il avait sa fierté, et elle l'avait fait venir pour l'humilier, alors qu'il avait sauvé la vie de Lorilee. Qu'est-ce qu'il lui avait pris ?

— Attendez, je vous en prie, lord Rushcroft. Je… je ne voulais pas être indiscrète, ni vous insulter. Vous avez raison. Lorilee et moi vous devons la vie, et je vous dois des excuses.

— Joliment tourné, madame.

Il hocha la tête, debout devant elle, tenant son chapeau de sa main gantée. Elle imagina les phalanges meurtries sous le cuir noir. Des blessures reçues à cause d'elles.

— Qu'est-ce qui vous fait croire qu'on a voulu sciemment s'en prendre à nous ? risqua-t-elle.

Brand haussa les épaules.

— Je n'en ai aucune idée. Avez-vous des ennemis susceptibles de souhaiter votre mort ?

— Un ou deux, répliqua-t-elle avec flegme. Mais personne de dangereux ou de suffisamment désespéré pour engager quelqu'un pour m'éliminer. J'en suis certaine... en dépit de ma terrible réputation, dont vous avez, je n'en doute pas, entendu parler.

Il hésita un instant, puis se jeta à l'eau

— Je ne sais pas si cela a un rapport avec ce qui s'est passé hier soir, mais on a tenté d'incendier mes écuries.

Miranda eut un tressaillement de surprise. Elle savait combien ses chevaux comptaient pour lui.

— Était-ce grave ?

— J'aurais pu perdre Reiver, ainsi que d'autres bêtes fort précieuses. Dieu merci, mon palefrenier a empêché que les choses ne dégénèrent. Contrairement à la nuit dernière...

— Continuez.

— Geoffrey Winters a parié gros sur un cheval qui n'aura aucune chance si Reiver participe à la course.

Miranda fit une grimace.

— Ce n'est peut-être rien, poursuivit Brand, mais il n'a pas de quoi parier mille livres. Un personnage louche que mon entraîneur connaissait autrefois est mêlé à cette histoire. Un certain Dustin O'Connell.

— Et vous pensez que ce O'Connell a donné l'argent au fils Pelham ?

— Sin se renseigne.

— Vous vous reposez beaucoup sur M. Saint-John, il me semble.

Il sourit.

— C'est un homme digne de confiance, et mon meilleur ami.

— Vous brisez toujours toutes les règles, n'est-ce pas, major ? remarqua-t-elle avec un sourire.

— À la moindre occasion, madame.

Miranda laissa échapper un soupir de soulagement. Elle ne commettait pas d'erreur, et son attitude inexcusable n'avait pas réduit à néant ses chances de voir le baron épouser Lorilee.

— Ma fille et moi-même nous réjouissons d'aller à Ascot... Si votre invitation tient toujours, bien entendu.

Lorsqu'elle inclinait ainsi la tête de côté et souriait, elle était presque belle, et bien plus jeune qu'il ne l'avait pensé lors de leur première rencontre. Si seulement elle portait des robes seyantes et adoptait une coiffure moins sévère. Il imagina ses magnifiques cheveux roux déployés sur ses épaules. Pourquoi diable pensait-il à cela ! Il se força aussitôt à songer aux boucles blondes de Lorilee.

— Je me réjouis de vous escorter à Ascot.

Et il disait vrai. Mais laquelle des deux femmes se réjouissait-il surtout d'escorter ? La ravissante jeune fille... ou son impressionnante mère ?

En quittant le bureau, Brand était trop préoccupé pour prêter attention à l'homme qu'il avait croisé en entrant. Ce dernier allait et venait dans la pièce, et Timmons le fit entrer chez Miranda aussitôt après avoir accompagné le baron à la porte.

— Monsieur Aimesley, je croyais que vous étiez parti ! s'étonna Miranda. Quelque chose ne va pas ?

Kent Aimesley était grand, maigre, avec de fins cheveux châtains et des yeux pâles. Il avait failli succomber à la tuberculose à l'âge de vingt-deux ans, et n'avait jamais retrouvé la vigueur de sa jeunesse. Il avait débuté comme simple comptable, puis avait grimpé les échelons jusqu'à devenir l'un des éléments clés de la compagnie. Il avait travaillé d'arrache-pied des années durant si bien que son visage s'était précocement marqué. Bien qu'il n'eût que trente-huit ans – deux ans de plus que Miranda –, on lui en aurait donné cinquante.

— Dans ma précipitation, j'ai oublié de vous faire signer les offres pour l'achat du matériel des chemins de fer.

Il fouilla dans une pile de documents tirés de sa vieille serviette en cuir.

Après que Will l'eut embauché, Miranda s'était sentie mal à l'aise avec Kent Aimesley. Mais à l'époque, elle était une jeune mère qui ne s'occupait pas des affaires de son mari. Cependant, depuis qu'elle avait remplacé ce dernier, elle avait pris conscience des sentiments qu'Aimesley éprouvait pour elle, et qui n'étaient plus réciproques.

Il s'était toujours montré fort discret, et ne s'était risqué à lui parler que longtemps après la fin de son deuil. Elle lui avait expliqué qu'il était un merveilleux ami, un employé de valeur dont elle appréciait les conseils, mais qu'il ne serait jamais rien de plus. Il s'était montré très compréhensif.

Mais il ne s'était jamais marié.

D'une certaine façon, elle avait toujours ressenti une certaine culpabilité. C'est peut-être pour cette raison qu'elle l'avait envoyé aux États-Unis afin qu'il se renseigne sur les investissements dans le domaine des chemins de fer. Après le triomphe des forces de l'Union, la promesse d'une expansion vers l'ouest était devenue une réalité lucrative. Kent Aimesley était en fait son bras droit. Il faisait régulièrement le voyage entre Philadelphie et Londres.

— Tout est en ordre concernant notre offre de capital pour l'Union Pacific. Voici le document pour le transport d'acier, ainsi que les accréditations pour les deux navires qui partent de Liverpool, murmura-t-il en vérifiant une nouvelle fois les divers papiers.

Miranda prit ceux concernant les locomotives et les wagons, et les signa après les avoir relus.

— Comment avons-nous pu oublier une chose aussi évidente ? dit-elle avec un sourire.

— C'est la plus grosse opération américaine que vous ayez jamais tentée, madame Auburn. Si les directeurs de l'Union Pacific acceptent notre offre, nous allons faire un profit important en vendant notre acier, sans parler des profits à venir en tant qu'actionnaires. Il n'est guère étonnant que vous ayez omis une petite signature. Quant à moi, je suis inexcusable.

— Vous avez rattrapé l'erreur à temps, c'est tout ce qui compte, et je vous en remercie. Cela aurait fait mauvaise impression d'arriver dans le bureau de Durant avec des documents incomplets. Je suis sûre que ces entrepreneurs américains auraient été confortés dans leur opinion que les femmes ne sont pas faites pour les affaires.

— C'est parce qu'ils ne vous connaissent pas, madame Auburn, fit Aimesley en rangeant les papiers.

Il hésita un instant, sa serviette plaquée contre sa poitrine comme s'il s'agissait d'un bouclier.

— Qu'y a-t-il, monsieur Aimesley ? demanda-t-elle, un peu inquiète, car il se comportait étrangement.

— Veuillez pardonner mon audace, mais j'ai croisé le Baron Rebelle en sortant tout à l'heure.

Miranda se raidit, mais resta silencieuse.

— C'est que... bégaya-t-il, les joues empourprées. J'espère que vous n'envisagez pas de faire affaire avec un ancien sécessionniste, même s'il porte désormais un titre de noblesse.

Il pinça les lèvres, comme s'il redoutait une remontrance pour s'être montré aussi présomptueux.

Elle réprima sa colère. S'il s'était mêlé de sa vie privée ou de celle de Lorilee, sa remarque aurait été déplacée, mais il s'inquiétait seulement pour l'entreprise, ce qui n'avait rien d'anormal.

— Non, monsieur Aimesley. Je n'ai pas l'intention d'investir dans des courses de chevaux, rassurez-vous.

Elle travestissait la vérité. Au bout du compte, elle finirait par donner à Brandon Caruthers tout ce pour quoi Will et elle – et Kent Aimesley – avaient travaillé. Mais elle n'investissait pas dans ses chevaux... précisément.

Aimesley hocha la tête, le regard indéchiffrable.

Après son départ, Miranda ne put s'empêcher de s'interroger. Possédait-il des renseignements sur Brandon Caruthers que ne lui auraient pas fournis ses détectives privés ? Elle avait fini par comprendre, et pardonner, la réaction violente de Brand devant l'Opéra. Mais que penser de cette rencontre désagréable avec Reba Wilcox au concert ?

Le baron comptait-il épouser Lorilee, puis prendre la voluptueuse veuve comme maîtresse ? Après tout, la plupart des aristocrates avaient des liaisons. Et pourtant non, elle était persuadée que c'était un homme intègre. Son comportement avec Mme Wilcox en témoignait. Cette dernière, en revanche, n'avait pas froid aux yeux. Et c'était bien ce qui inquiétait Miranda.

Le lendemain matin, Miranda décida de faire la grasse matinée, un luxe qu'elle s'accordait rarement. Elle se réveilla à 9 heures, et sonna pour qu'on lui apportât son thé. Lorsque Tilda entra avec un plateau et le courrier, elle se brossait les cheveux devant sa coiffeuse.

— Laissez-moi vous aider, vous allez encore faire des nœuds, dit la servante. En attendant, cela ne vous ferait pas de mal de manger deux ou trois de ces délicieux scones. Vous êtes trop mince, et vous travaillez trop. J'espérais que vous dormiriez au moins jusqu'à 10 heures.

Miranda aimait les manières autoritaires de Tilda, qui était plus une confidente qu'une domestique.

— Tu sais bien que je ne dors jamais aussi tard, riposta-t-elle en lui abandonnant sa brosse.

— Vous avez des cheveux splendides.

— Je suis rousse.

— Et alors ? Le Seigneur n'a pas seulement créé des blondes. Si vous me laissiez vous faire les mêmes coiffures qu'à Mlle Lorilee…

— Je ne suis plus une jeune fille. Fais une natte, puis un chignon, comme d'habitude.

— Vos cheveux sont trop épais pour être coiffés ainsi. C'est pour cela que vous avez des migraines, croyez-moi.

— Dans ce cas, je vais les garder libres le temps de lire mon courrier.

Miranda sirota son thé parfumé au citron, mais ignora les pâtisseries et la confiture de framboises.

Tout en préparant ses vêtements et en s'occupant de lui faire couler un bain, Tilda se plaignait à haute voix de ces femmes têtues qui ne prenaient pas soin d'elles. Miranda n'y prêta pas attention, et se concentra sur son courrier. Parmi quelques invitations à des soirées qui pourraient faire plaisir à Lorilee, une enveloppe gravée aux armoiries des Rushcroft retint son attention.

— Quand cette lettre est-elle arrivée ? s'enquit-elle.

— Il y a une demi-heure. Un jeune Américain l'a déposée.

— Puisque tu ne daignes jamais parler aux valets de pied, comment sais-tu qu'il était américain ?

— Je ne suis pas aveugle. Il était aussi noir qu'un valet de pique dans un jeu de cartes.

— Mathias, murmura Miranda, qui se rappelait ce jeune jockey prometteur dont lui avait parlé le baron.

Brand les conviait à une promenade à cheval dans Hyde Park à 1 heure de l'après-midi. Il voulait s'assurer que la blessure de son étalon était guérie, et il se demandait si Mlle Auburn et sa mère lui feraient l'honneur de l'accompagner.

— Est-ce que Lorilee est levée ?

— Elle est encore au lit en train de lire un roman de Sir Walter Scott, répondit Tilda d'un air désapprobateur.

Elle avait grandi en lisant les classiques, et trouvait que la fiction populaire était une perte de temps.

— Demande-lui de venir me voir, tu veux, fit Miranda en retenant un sourire.

L'invitation ne suscita guère d'enthousiasme chez Lorilee, mais elle dut admettre que c'était une belle journée pour monter à cheval. Bien qu'elle aimât monter sa jument pour voir et être vue, la perspective de passer du temps avec Brandon Caruthers ne la réjouissait guère.

Comment parvenir à exprimer ce qu'elle ressentait sans paraître puérile ou ingrate. Certes, le baron leur avait sauvé la vie au péril de la sienne, mais sa violence l'avait profondément déstabilisée. De même que son étrange réaction avec les chats, sans parler de cette rencontre avec l'affreuse Américaine.

Mais ce qui l'ennuyait peut-être le plus, c'était de se sentir exclue des conversations qu'il avait avec sa mère, bien qu'ils s'efforcent de la faire participer. Elle avait l'impression d'être trop jeune, trop peu cultivée, pas assez... subtile. Même lorsqu'elle se comparait à l'Américaine, pourtant si mal élevée, elle ne se trouvait pas à sa place. Alors que le baron et sa mère avaient si facilement remis cette harpie à sa place, elle-même était restée muette comme une carpe.

Elle n'avait jamais ressenti un tel malaise avec les jeunes gens qui l'avaient courtisée. Si aucun n'avait trouvé grâce à ses yeux, personne cependant ne lui avait donné le sentiment de ne pas être à la hauteur.

Elle savait qu'on considérait le baron comme l'un des trophées de la saison, un mystérieux et fringant cavalier qui avait participé à un terrible conflit. La plupart des débutantes trouvaient son histoire terriblement romantique. Les journaux étaient remplis d'anecdotes le concernant, et les gentlemen férus de courses hippiques parlaient avec enthousiasme de son écurie remarquable et de ses succès.

À présent, on le traitait aussi en héros, pour avoir fait échouer une tentative de vol et un possible enlèvement. Non, elle n'avait pas le choix. Elle serait obligée de monter à cheval avec lui, et de l'accompagner à Ascot. En priant pour qu'au fil des jours le baron et sa mère comprennent qu'ils n'étaient pas faits l'un pour l'autre. Cela dit, si on la voyait au côté d'une pareille célébrité, elle aurait davantage d'occasions de rencontrer le jeune homme de ses rêves.

Soudain, une pensée lui traversa l'esprit. Le baron cherchait une femme fortunée pour renflouer la propriété familiale. Et si elle lui dénichait la candidate idéale ? Une femme plus âgée et plus subtile qu'elle. Voilà qui résoudrait tout !

Enchantée par son projet, elle entreprit de choisir une tenue d'équitation.

— Elle possède une bonne assiette, dit Brand à Miranda tandis qu'il regardait Lorilee franchir une haie avec grâce. Êtes-vous certaine que vous ne voulez pas apprendre à monter à cheval ? C'est facile et amusant.

Miranda, qui conduisait le petit attelage de sa fille, secoua la tête.

— Je sais tenir les rênes d'un cheval en étant confortablement installée dans une voiture. Cela me suffit amplement.

— Comment se fait-il que vous n'ayez pas pris de leçons d'équitation ? Votre famille a pourtant été très attentive à votre éducation.

— Nous étions des roturiers. Les propriétaires d'une aciérie à Liverpool n'ont pas besoin de chasser le renard. En outre, mon père n'avait pas de temps à consacrer à ce genre de bêtises.

— Vous parlez comme une vraie puritaine. Ne seriez-vous pas calviniste, par hasard ? la taquina-t-il.

Lorsqu'il lui souriait de cette manière, Miranda sentait quelque chose se nouer en elle.

— Pas du tout ! Et pour en revenir aux chevaux, j'ai peur de tomber.

— Vous n'avez peur de rien, répliqua-t-il, l'air soudain grave. À l'Opéra, vous vous êtes montrée d'un sang-froid exemplaire.

Miranda rougit telle une débutante avant de détourner les yeux.

— Je vous ai dit que j'avais eu une peur bleue...

Elle se tut. Elle mourait d'envie de partager avec lui un peu de son passé. Un jour, il appartiendrait à leur famille, mais c'était encore trop tôt pour les confidences. Elle n'était pas encore prête et ne le serait peut-être jamais. Seule Tilda connaissait la vérité.

— Quelque chose est arrivé à votre famille. Je sais, cela ne me concerne en rien, ajouta-t-il vivement. À moins qu'un jour nous ne soyons apparentés...

Ce n'était pas la première fois qu'il lui semblait lire dans ses pensées. Mais il n'y avait pas trace de curiosité déplacée dans son attitude, juste un souci sincère.

— Mon père possédait une entreprise prospère, puis il y a eu la crise financière des années 40, et il a dû se battre pour la maintenir à flot.

Brand se demanda à quels sacrifices la jeune Miranda Auburn avait dû consentir. D'après ce qu'il avait compris, Will Auburn n'était plus un jeune homme lorsqu'il l'avait épousée, car il avait bien plus de soixante ans à sa mort, et ils n'étaient mariés que depuis cinq ans.

Ils regardèrent Lorilee discuter avec deux jeunes filles.

— Vous avez été obligée de vous marier pour des raisons financières, n'est-ce pas ?

Elle retint une exclamation comme s'il l'avait giflée.

— Cela ne regarde que mon mari et moi. Vous n'avez pas le droit...

— Je fais la même chose, coupa-t-il. Je pense que cela me donne tous les droits.

Sa voix était à la fois douce et anxieuse.

Elle s'adossa à la banquette, haletante, et étudia son visage.

— C'est vrai, lâcha-t-elle enfin. Mon père était au bord de la ruine quand M. Auburn a demandé ma main. Nous avons établi... une forme de relation au fil des années. Il était très gentil...

Elle ravala les larmes, qui inexplicablement perlaient à ses paupières.

Gentil. Quel mot faible et pitoyable pour illustrer la relation la plus intime qui pût exister entre un homme et une femme.

— Et vous désirez tellement plus pour votre fille, murmura-t-il, cherchant quoi dire d'autre pour la rassurer. Je vous promets d'être très gentil avec elle... mais je ne peux vous promettre de tomber amoureux d'elle. Après toutes les épreuves que j'ai traversées, je doute de savoir ce qu'est l'amour, si tant est que je l'aie jamais su.

Leurs regards se verrouillèrent.

— Peut-être que l'amour romantique qu'on décrit dans les livres n'existe pas, hasarda-t-elle. Je ne sais pas. J'y croyais autrefois... mais je me suis aperçue que c'était une chimère. Les mariages de raison sont beaucoup plus sûrs.

— Si c'est la sécurité que vous recherchez.

Il se serait giflé. Pourquoi avait-il dit une chose pareille ? Et qu'entendait-il par là ?

Après avoir parlé avec ses amies, Lorilee rejoignit au petit trot sa mère et le baron qui semblaient plongés dans une conversation... intense. Sa mère le regardait bizarrement, tandis qu'il semblait interloqué. Lorsqu'ils l'entendirent approcher, le charme fut rompu, et ils l'accueillirent avec des sourires contraints.

— Vous êtes une cavalière-née, mademoiselle Auburn, déclara-t-il.

— J'aimerais convaincre maman d'apprendre à monter, mais elle n'aime pas les chevaux.

— J'ai déjà du mal à maîtriser un cheval attelé, et elle veut que je me fasse secouer par une bête surexcitée. À croire que ma fille désire que je me rompe le cou.

À l'étincelle dans ses yeux, Lorilee comprit que sa mère la taquinait.

— Tu réussis toujours tout ce que tu entreprends, maman.

— Je suis d'accord avec vous, intervint Brand.

— Je me contenterais de vous regarder monter tous les deux, décréta Miranda.

S'ils étaient vus tous les trois dans Hyde Park, tout le monde saurait que le baron courtisait Lorilee avec la bénédiction de sa mère.

— Pouvons-nous avoir un aperçu des talents de ce bel étalon ? demanda Lorilee en souriant. Que diriez-vous de faire une course ? Si vous acceptez de vous mesurer à une dame, bien sûr.

Il effleura le bord de son chapeau.

— Nous acceptons avec joie, pas vrai, Reiver ? fit-il en flattant l'étalon. Je vous laisse un peu d'avance. Nous devons atteindre les haies près de l'étang et revenir. D'accord ?

Lorilee ne se le fit pas dire deux fois. Penchée sur l'encolure de sa jument, elle partit au galop.

Brand attendit un certain temps avant de talonner sa monture.

Miranda le regarda retenir le puissant étalon pour laisser gagner Lorilee. Et songea qu'ils n'avaient pas pris de paris, ce qui l'attrista. Si Lorilee avait été amoureuse, elle n'aurait pas hésité à proposer quelque pari audacieux. Miranda et sa fille connaissaient les us et coutumes de la société.

Il ne s'agissait pas ici de séduction, mais de raison, se rappela-t-elle, le cœur serré. Elle sursauta soudain, car son cheval venait de faire un écart.

— Doucement ! fit-elle en tirant sur les rênes tandis que l'animal commençait à ruer et à se cabrer.

Tout à coup, le cheval prit le mors aux dents et s'élança en direction d'un fossé entouré d'arbres à une centaine de mètres. Miranda tira frénétiquement sur les rênes, et s'aperçut avec horreur qu'elle n'avait aucun moyen de contrôler l'animal. Emmêlées dans le harnais, les rênes flottaient entre ses jambes.

Le jeune cheval était puissant et rapide, et l'attelage, léger comme une plume, bringuebalait sur l'herbe. La terre défilait à toute allure sous les roues, tandis que les arbres se rapprochaient à une vitesse alarmante. Devait-elle sauter de l'attelage en marche plutôt que de risquer de s'écraser contre un arbre ou de verser dans le fossé ? Et si ses jupes se prenaient dans les roues ? Elle serait broyée.

Brand et Lorilee avaient fait demi-tour à l'étang. Lorilee était toujours en tête quand Brand entendit les cris de Miranda. Vif comme l'éclair, il fit obliquer Reiver et le talonna pour tenter d'intercepter l'attelage.

Couché sur l'encolure, il ne jouait plus, mais poussait son étalon dans ses retranchements. Comparé à ce qui se passait sous ses yeux, la course royale d'Ascot n'avait plus aucune importante. La vie de Miranda Auburn était en jeu.

Le cœur battant à tout rompre, elle entendit le cheval se rapprocher dans un fracas de sabots. Elle tourna la tête et vit Brand, le visage déterminé tandis qu'il éperonnait follement Reiver.

Puis elle regarda devant elle, et retint un hurlement. Son cheval se dirigeait droit sur le tronc d'un immense chêne.

8

Lorsque Miranda tourna la tête, Band vit qu'elle était blême de peur. Il se trouvait encore à une dizaine de mètres derrière l'attelage qui fonçait sur un arbre. Jamais Reiver n'aurait le temps de le dépasser. Il pouvait tout juste espérer le rattraper.

Brand exigea un effort supplémentaire de son étalon qui répondit aussitôt, allongeant encore sa foulée de manière presque miraculeuse.

— Miranda ! Sautez ! hurla-t-il.

Elle cria quelque chose qu'il ne comprit pas. Au même moment, le cheval attelé dévia sa course pour éviter l'obstacle. Arrivé à la hauteur de Miranda, Brand se pencha vers elle, les bras tendus. Sans hésiter, elle se jeta dans le vide. Son corps sembla demeurer suspendu dans l'air pendant une fraction de seconde.

Il réussit à la saisir à la taille. Reiver fit un écart tandis que l'attelage s'écrasait contre le tronc du chêne dans un fracas épouvantable. Le hongre affolé se mit à hennir et à se débattre comme un beau diable pour se libérer de son harnais. Lorsqu'il y fut enfin parvenu, il s'éloigna au triple galop.

Ni Brand ni Miranda ne lui prêtèrent attention. Les flancs couverts de sueur, Reiver ralentit sa course avant de s'immobiliser, à bout de souffle.

Dans un recoin de son esprit, Miranda songea que le baron avait failli à toutes les règles de la bienséance en l'appelant par son prénom. Son corps était pressé contre le sien. Sans réfléchir, elle enfouit le visage au creux de son cou, respira l'odeur de cet homme qui lui avait sauvé la vie une fois de plus.

Elle respirait le parfum viril, légèrement musqué, de sa peau, et sentait sa barbe naissante contre sa joue. Jamais elle n'avait été à ce point consciente du corps d'un homme. Il lui semblait si musclé, si différent du sien. Elle n'avait jamais rien éprouvé de tel avec son mari, même dans l'intimité du lit conjugal. Et encore moins avec Kent Aimesley. Si elle n'avait été aussi bouleversée, elle aurait eu honte de nourrir de telles pensées. Mais elle venait d'échapper à la mort.

Elle se cramponna à Brand.

Et il resserra son étreinte.

Alertée par le martèlement des sabots de Reiver, Lorilee avait jeté un coup d'œil par-dessus son épaule. La vision de l'attelage fonçant droit sur l'arbre l'avait terrifiée. Elle avait fait demi-tour et tenté désespérément de le rattraper, priant de toutes ses forces pour que le baron réussisse à éviter une tragédie.

Aveuglée par les larmes, elle avait vu l'attelage s'écraser contre l'arbre quelques secondes seulement après que Brand en eut arraché sa mère, la sauvant d'une mort certaine.

Le baron et sa mère étaient encore agrippés l'un à l'autre, puis, comme à regret, ils se séparèrent.

Il la laissa glisser sur le sol, et descendit en hâte de sa monture pour la soutenir, comme s'il craignait qu'elle ne s'évanouît. Mais Lorilee savait que Miranda Auburn ne s'était jamais évanouie de sa vie.

À présent, tous deux se regardaient, les yeux dans les yeux, et aucun ne semblait décidé à lâcher l'autre. Lentement, leurs mains se joignirent telles celles d'un couple de danseurs. Et soudain, c'est ainsi que Lorilee les vit : sa mère en jeune femme qui s'apprêtait à valser avec le plus séduisant des cavaliers, impatiente de... de quoi, au juste ?

D'être courtisée ? Certainement pas ! Après tout, elle venait d'avoir trente-six ans ! Lorsqu'on avait à peine dix-huit ans, cela lui paraissait affreusement vieux. Le baron, lui, en avait trente. Soit douze ans de plus qu'elle-même, songea Lorilee, que cette différence d'âge ennuyait, quand bien même elle n'avait rien d'exceptionnel dans son milieu. Comparé aux quarante-deux ans qui séparaient ses parents, cependant, ce n'était pas énorme.

Sa mère et le baron n'avaient que six ans d'écart, mais il était le plus jeune des deux. Ce genre de situation était-il acceptable ? Après les avoir étudiés avec attention, la jeune fille décida que ce n'était pas gênant.

Tous deux partageaient le même goût pour les affaires et étaient des travailleurs infatigables. C'était d'ailleurs ce qui avait justifié le choix de sa mère en tant que prétendant. Ils possédaient le même sens de l'humour et aimaient débattre de questions politiques auxquelles elle ne comprenait rien. La seule chose qu'ils n'avaient pas en commun, c'était l'amour des chevaux.

Oui, cela pourrait marcher !

Lorilee sauta à terre juste après qu'ils se furent séparés. Sa mère essayait de remettre de l'ordre dans sa tenue, ce qu'elle ne faisait jamais. Quant au baron, il caressait Reiver tout en lui murmurant à l'oreille des paroles apaisantes. Ils étaient visiblement encore sous le choc – non seulement parce qu'ils avaient frôlé la mort, mais aussi à cause de ce qu'ils avaient ressenti ensuite. Or, Lorilee devinait déjà qu'aucun des deux ne serait prêt à l'admettre.

— Maman, ça va ? s'écria-t-elle en se jetant dans les bras de sa mère.

— Oui, ma chérie... Je suis juste un peu secouée.

Miranda esquissa un faible sourire.

— J'ai eu si peur. Comment as-tu pu perdre le contrôle de Bally ?

— Votre mère n'a pas perdu le contrôle, intervint Brand en montrant l'une des rênes à demi sectionnée. Si l'autre rêne a subi le même traitement, c'est que quelqu'un a délibérément tenté de provoquer un accident.

Tous repensèrent à l'agression devant l'Opéra.

Lorilee pâlit, mais Miranda expliqua d'un ton calme :

— Quand Bally a sursauté et commencé à se cabrer, j'ai été obligée de tirer brutalement sur les rênes. Elles ont cédé quand il s'est emballé.

Si quelqu'un avait volontairement effrayé le cheval pour qu'il prenne le mors aux dents, c'est qu'il visait Miranda et non sa fille.

— Allons voir ce qui a fait réagir Bally aussi violemment, décida Brand en remontant sur Reiver.

Il partit au petit trot en direction du cheval qui broutait non loin de là, et le ramena.

Un attroupement s'était formé autour de Miranda. Elle rassura tout le monde de son mieux, et la foule se dispersa peu à peu. Les amies de Lorilee, Abbie et Marian, étaient tout excitées, et tandis que la jeune fille essayait de les calmer, Brand retira ses gants et examina le cheval. Il trouva des traces de sang sur son antérieur droit.

— De toute évidence, il a reçu une pierre ou un autre objet dur, déclara-t-il.

— Je crois me rappeler avoir entendu un sifflement juste avant qu'il ne se cabre, dit Miranda.

Brand étudia les alentours, les cavaliers, les attelages, les promeneurs. La plupart d'entre eux étaient vêtus avec élégance, mais il repéra aussi quelques vendeurs dépenaillés et des passants plus suspects. Un homme armé d'un lance-pierres ou d'une sarbacane aurait pu aisément se dissimuler derrière un buisson.

Après avoir salué ses amies, Lorilee rejoignit sa mère et le baron. Elle retint un cri en voyant la jambe de Bally commencer à enfler.

— Quelqu'un a essayé de te tuer, maman, murmura-t-elle, incrédule.

— Nous n'avons aucune preuve, répliqua sa mère en hâte.

Mais quelques secondes plus tard, Brand, qui avait effectué le parcours emprunté par l'attelage, revint vers elles, la seconde rêne sectionnée à la main.

— Voici les preuves que je redoutais de trouver, annonça-t-il d'un air sombre. Madame Auburn, je sais que vous n'avez nullement envie de remonter à cheval, et je ne peux guère vous le reprocher, mais vous devez rentrer chez vous. Accepteriez-vous de monter avec moi ?

— Eh bien, étant donné que la jument de Lorilee est trop petite pour nous porter toutes les deux, et que la selle d'amazone rend de toute façon l'exercice impossible, je n'ai d'autre choix que d'accepter votre aimable proposition, répondit-elle avec un sourire crispé. J'enverrai un valet chercher Bally.

Brand aida Lorilee à remonter en selle, puis grimpa sur Reiver et installa Miranda devant lui.

Lorilee savait parfaitement qu'ils auraient pu demander à l'un des gentlemen qui se promenaient dans le parc de les ramener à la maison. Plusieurs l'avaient d'ailleurs proposé, mais Miranda avait poliment refusé. La jeune fille esquissa un sourire. Un plan commençait à naître dans sa tête. Tout aurait été pour le mieux dans le meilleur des mondes, si seulement il n'y avait eu cet inconnu qui semblait en vouloir à sa mère. Mais peut-être pourrait-elle se servir de cela à son avantage...

Après tout, le baron s'était déjà institué le protecteur de sa mère, et il faisait du bon travail.

— Tu m'aideras, Tilda ? Allez, dis oui, je t'en prie.

Lorilee implorait la domestique, la cajolant comme lorsqu'elle était enfant. Elle lui tendit la magnifique robe de soie turquoise comme une offrande.

L'Indienne étudia la jeune fille d'un regard pénétrant. Depuis des années qu'elle vivait avec elles, elle connaissait toutes les astuces que Miranda, puis aujourd'hui Lorilee avaient en réserve pour tenter de l'infléchir.

— D'où vient ce soudain intérêt pour les tenues de ta mère ? demanda-t-elle d'un air soupçonneux.

— Tu es la première à te plaindre qu'elle ne porte que des horreurs, riposta Lorilee. Tu ne vas pas me reprocher d'être d'accord avec toi tout de même !

Tilda comprit que la jeune fille cherchait à éluder la question.

— Ta mère prétend que ses vêtements sont adaptés à son travail, et qu'elle n'a pas le temps de s'intéresser à la mode. Est-ce que tout cela n'aurait pas un rapport avec le baron, par hasard ?

Lorilee poussa un soupir. Tilda était la perspicacité incarnée. Autant lui avouer tout de suite la vérité.

— Tu as raison. Je pense que... Comment dire...

Elle bafouillait, cherchait ses mots.

— Tu penses que ta mère va mieux avec le baron que toi, c'est cela ?

— Co... comment l'as-tu deviné ?

— Encore l'un des mystères de l'Orient, plaisanta Tilda.

— Ne te moque pas de toi, tu as quitté les Indes quand tu étais petite, protesta Lorilee. Tu es intelligente, c'est tout, mais puisque tu avais deviné mes intentions, pourquoi ne l'as-tu pas dit tout de suite, qu'on ne perde pas de temps ?

— Je voulais comprendre ce qui te poussait à agir ainsi, expliqua Tilda, soudain sérieuse. Est-ce que tu pleures encore ce Winters ?

— Ciel, non ! s'écria Lorilee. Cette aventure m'a servi de leçon. Je crois que je suis trop jeune pour me marier. J'aimerais me donner un an ou deux, et peut-être plus, pour trouver l'homme idéal. Quand je pense que j'ai failli connaître le sort de la pauvre fille de Falconridge !

Elle frémit.

— J'ai tellement souffert que j'ai cru que mon cœur allait se briser, avoua-t-elle.

— Les jeunes cœurs cicatrisent vite, déclara Tilda.

— Je ne sais pas comment l'expliquer, mais j'ai l'impression d'être libre. Je ne suis pas obligée d'épouser le baron ou qui que ce soit d'autre si je n'en ai pas envie.

— Qu'est-ce qui te fait croire que ta mère acceptera ce changement de plan plutôt inattendu ?

Comprenant que Tilda n'était pas opposée à son idée, Lorilee reprit espoir.

— Tu aurais dû les voir hier, après qu'il lui a sauvé la vie ! s'exclama-t-elle.

Elle entreprit de décrire la scène dans le moindre détail. Miranda aurait été rouge de confusion si elle avait été consciente de s'être à ce point abandonnée. Lorilee, quant à elle, ne trouvait pas l'attitude de sa mère scandaleuse, mais simplement romantique. Et elle avait désormais la certitude que celle-ci était autant attirée par le baron que lui l'était par elle.

Tilda hocha la tête.

— Tu as peut-être raison, mademoiselle Cupidon. Mais je doute que ta mère aimerait te voir jouer les entremetteuses. Tu as tout intérêt à te montrer discrète.

— Je vais continuer à me comporter comme si de rien n'était. Maman ne saura pas que les rôles sont inversés, et que je suis devenue son chaperon.

Elle éclata de rire.

— Mais je ne serai pas un chaperon très doué.

— Tu oublies une chose : ta mère se sentira terriblement coupable quand elle s'apercevra que le baron s'est attaché à elle plutôt qu'à toi.

— Le moment venu, je lui expliquerai que lui et moi ne sommes pas faits l'un pour l'autre. Mais pas avant qu'elle ait compris dans quel sens soufflait le vent, bien entendu.

Tilda eut un signe de tête approbateur. La perspicacité de la jeune fille la sidérait. Mais elles devraient veiller à ce que Miranda ne devine rien de leurs manigances, sinon elle renverrait définitivement le baron. Leur plan avait des chances de marcher à la seule condition que Miranda croie tolérer le baron pour le bien-être de sa fille.

— Nous allons commencer par la convaincre de porter cette robe à Ascot, déclara Tilda en posant la tenue sur le lit. Je me rappelle la dernière fois où je l'ai vue avec… C'était lors d'un bal organisé par l'un des associés de ton père.

— Je m'en souviens aussi, fit Lorilee avec un soupir. Elle était si belle. Une vraie princesse de conte de fées. Mais est-ce qu'elle n'est pas un peu démodée ?

— Nous n'avons pas le temps d'en commander une nouvelle. Je vais la retailler, et orner les manches et le décolleté de dentelle.

— Il lui faut aussi une ombrelle et un joli chapeau, ajouta Lorilee avec enthousiasme. Impossible d'aller à Ascot sans chapeau.

Les deux complices se mirent au travail sans attendre.

— J'ai l'air déguisé, commenta Miranda qui examinait son reflet dans le miroir d'un œil critique.

La couleur était trop vive et la coupe qui soulignait ses courbes trop audacieuse à son goût. Elle rougit en imaginant ce qu'en diraient ses associés. Si le major la voyait… D'où lui venait une telle pensée ? Elle la chassa en hâte.

— Franchement, Tilda, je ne crois pas que…

— Tu es superbe, maman ! s'exclama Lorilee. Tilda a passé une partie de la nuit debout pour terminer les retouches à temps. Du reste, tu n'as rien d'autre à te mettre, et c'est un jour tellement important.

— Je ne comprends pas ce qui est arrivé à ma robe en popeline. Je suis certaine de ne pas avoir renversé de café la dernière fois que je l'ai portée. Je bois rarement du café, ajouta-t-elle d'un air soupçonneux.

— Peut-être que quelqu'un d'autre l'a tachée, suggéra Lorilee. Ce qui ne change rien au fait qu'elle est importable. De toute façon, celle-ci est bien mieux pour Ascot. Souviens-toi, maman, que c'est un endroit où toutes les dames de la haute société se rendent pour voir et être vues. Ce n'est pas le bureau d'une compagnie maritime.

— Le chapeau n'ira pas, décréta Miranda, luttant contre une émotion qu'elle avait peur de nommer.

— Bien sûr que si, rétorqua Tilda en s'emparant de la brosse à cheveux avec autorité.

Elle attacha les cheveux soyeux de sa maîtresse en un chignon lâche d'où quelques boucles s'échappaient.

— Je vais ressembler à une fillette.

— Vous êtes encore jeune. Vous vous inquiéterez de ressembler à une jeune fille quand vous serez vieille.

— Je compte sur toi pour me prévenir à temps.

Tilda hocha la tête, ses doigts agiles continuant à s'activer. Elle posa le chapeau de paille turquoise de biais, et recula pour admirer son œuvre.

Lorilee était bouche bée. Elle avait l'impression de voir sa mère pour la première fois. Les mains tremblantes, elle lui tendit une ravissante ombrelle en songeant qu'on la prendrait davantage pour sa sœur aînée que pour sa mère.

Lorsque Miranda avisa le regard admiratif de sa fille, une bouffée d'angoisse l'envahit. Que faisait-elle ? C'était de la folie, une grave erreur. Elle n'avait pas fermé l'œil de la nuit, rejouant chaque seconde de sa terrifiante mésaventure dans le parc, essayant de se persuader qu'elle cherchait seulement à découvrir qui voulait la tuer.

Mais en fait, elle ne pensait qu'à ce qu'elle avait ressenti quand elle s'était retrouvée plaquée contre le corps ferme de Brandon Caruthers. Elle se rappelait son parfum, l'odeur du sang de Bally sur sa main… Cette main aux longs doigts racés. C'était le prétendant de sa fille ! Un jour, il serait son gendre.

Comment pouvait-elle supporter une telle situation ?

Elle redressa les épaules et étouffa ses craintes. À voir l'expression ravie de Lorilee, elle comprit qu'elle était prête à tout sacrifier pour son bonheur. Même le major. Surtout le major.

— Très bien, céda-t-elle. Je porterai cette robe à Ascot.

— Il faut absolument que tu renouvelles ta garde-robe si nous devons sortir en société. Je t'en prie, maman, accepte, implora Lorilee avant d'abattre sa carte maîtresse. Rappelle-toi que tu n'es pas en train de régler des affaires avec de vieux barbons. Tu évolues parmi la crème de l'aristocratie.

— Je vais prendre rendez-vous avec la couturière, renchérit Tilda avant que Miranda pût protester.

— Pourquoi est-ce que je ressens la même chose que le jour où Lionel Wingate a réussi à racheter les Aciéries de Wrexham sous mon nez ? demanda Miranda.

Si elle n'avait été aussi préoccupée par son sentiment de culpabilité et la douleur de devoir se sacrifier, sans doute aurait-elle remarqué les sourires complices qu'échangeaient Lorilee et Tilda derrière son dos.

Brand était assis à côté de Lorilee sur la banquette inconfortable du train, durant le court voyage jusqu'à Windsor. Là-bas, un attelage les emmènerait jusqu'à Ascot, mais pour l'heure, il ne pensait pas aux courses. Mme Auburn et sa femme de chambre lui faisaient face. La mère et la fille discutaient du temps magnifique qui offrait un répit bienvenu après les pluies diluviennes du printemps.

— Je craignais que toute la saison d'été ne soit gâchée par le mauvais temps, avoua Lorilee.

— Il y a des choses bien plus graves en jeu que la saison mondaine, observa Miranda. Les récoltes pourrissent dans les champs, et les conséquences économiques pourraient être désastreuses.

— Maman ramène toujours tout aux affaires, dit Lorilee à Brand.

— Votre mère a raison. Si la pluie recommence à tomber, je perdrai toutes mes récoltes.

Mais pour le moment, même cette menace lui était indifférente. Il essayait de ne pas dévorer Miranda des yeux, mais il ne pouvait s'en empêcher. Sa silhouette, son visage, son regard lumineux l'obsédaient.

La métamorphose était à peine croyable. La femme d'affaires austère, distante, aux tenues peu seyantes, s'était transformée en une femme élégante, incroyablement séduisante. Il était trop fasciné par cette nouvelle Miranda pour remarquer le sourire qui se jouait sur les lèvres de la domestique indienne.

Était-ce la couleur ou la coupe de la robe ? Peut-être sa nouvelle coiffure ou son large chapeau drapé de tulle ? Ses yeux brillants ressemblaient à deux lacs d'argent... même son sourire avait changé. Le sourire radieux qu'elle ne réservait qu'à Lorilee semblait s'adresser désormais au monde entier. Elle paraissait soudain si jeune. Il était évident qu'elle s'était mariée et avait eu un enfant très tôt. Alors pourquoi avait-elle pris l'habitude de se dissimuler derrière une façade aussi sévère ? La question le taraudait, et il se jura de résoudre l'énigme Miranda Auburn.

— La nouvelle tenue de maman ne lui va-t-elle pas à ravir ? demanda Lorilee ingénument.

Brusquement tiré de ses pensées, Brand sursauta. Il se sentit aussitôt coupable d'être envoûté par la mère alors qu'il aurait dû s'intéresser à la fille.

— En effet, dit-il avec un sourire qu'il espéra le plus neutre possible. Le bleu vous sied à merveille, madame.

— Oh, mais ce n'est pas un bleu courant ! s'exclama Lorilee. Pourquoi les hommes sont-ils aussi aveugles dès qu'il s'agit de couleurs ? C'est un superbe turquoise qui rehausse la couleur de ses cheveux, flatte son teint et donne à ses yeux des reflets argentés.

— Je retiendrai la leçon, dit-il, songeant qu'il ne l'aurait pas mieux décrite.

— Pour ma part, je trouve que le gris est plus approprié, mais je n'ai pas eu voix au chapitre, expliqua Miranda.

— Curieux, mais j'ai le sentiment que cela vous arrive rarement, plaisanta-t-il, le regard espiègle.

— Jamais en affaires, soyez-en assuré, répliqua-t-elle d'un air de défi.

— C'est une bonne chose que vous acceptiez des conseils... de temps en temps.

— Seulement lorsqu'il s'agit de choses aussi futiles que la mode, déclara-t-elle en lançant un regard amusé à sa fille et à sa femme de chambre. Je peux me laisser influencer… jusqu'à un certain point. Mais il n'empêche que le gris est beaucoup plus adapté à mon travail.

— Peut-être, mais aujourd'hui nous allons à Ascot, conclut Brand.

Miranda avait-elle besoin de s'habiller de manière austère pour assumer son rôle ? Il en doutait. Peut-être ce masque lui permettait-il de se sentir plus en sécurité dans ce monde d'hommes ? Quant à lui, il était certain que si elle se montrait comme elle était en ce moment à ses associés, ils lui obéiraient sans discuter. Mais Miranda Auburn n'utiliserait jamais ses charmes pour mener ses affaires. Elle trouverait cela méprisable.

— Lorsqu'on se rend à Ascot, il faut s'habiller en conséquence, décréta Lorilee. Abigail Warring et moi avons passé des heures à choisir nos tenues, à assortir nos souliers, nos réticules et nos ombrelles. Sans oublier les chapeaux. Il ne faut surtout pas commettre d'erreurs…

Tout en continuant à parler de mode, Lorilee feignit d'ignorer l'attention que le baron portait à sa mère, mais elle fit un clin d'œil à Tilda. Les choses se déroulaient comme prévu.

Mal à l'aise sous le regard de Caruthers, Miranda décida de changer de conversation. Elle s'étonnait d'entendre Lorilee babiller ainsi. Que diable arrivait-il à sa fille d'ordinaire si peu loquace ? Un homme tel que le major devait trouver cette attitude agaçante. Peut-être pourrait-elle amener Lorilee à parler de chevaux ?

Alors que Miranda s'exprimait avec aisance et esprit, et qu'aucun débat sérieux ne l'effrayait, voilà qu'elle était incapable de dire un mot. Si seulement le major cessait de la dévisager ainsi. Elle se sentait comme paralysée par son regard intense, tel un papillon cloué au mur.

— Est-ce que les Américains organisent des courses de chevaux semblables à celles d'Ascot, milord ? réussit-elle enfin à articuler.

— Là où j'ai grandi, les gens ont toujours aimé les courses, mais elles ne sont pas comparables à celle-ci.

Il parlait d'une voix lente, subtilement moqueuse, comme s'il était conscient de l'effet que son regard provoquait en elle.

— Vraiment ? marmonna-t-elle, troublée.

— Il n'y a pas de déploiement d'élégance, pas de loges ni d'espaces réservés où l'on évite de se mélanger à la racaille.

— La racaille ? Bravo pour votre démocratie tant vantée, persifla Miranda.

— Oh, mais vos vêtements gris conviendraient parfaitement, dans ces endroits reculés, répliqua-t-il du tac au tac.

— Vous voulez dire qu'il n'y a pas de loge royale ? intervint Lorilee avant que sa mère ait le temps de rétorquer.

— Pas non plus de loge pour le président, la taquina Brand. Nous n'avons même pas de charmantes barrières peintes pour canaliser la foule. Il arrive que des personnes se précipitent sur le champ de courses et en viennent aux mains.

— C'est à peine croyable ! s'exclama Lorilee. Cela doit être très excitant.

— Vous n'aimeriez pas du tout. Selon le temps, les champs de courses sont boueux ou poussiéreux. Les hommes parient de grosses sommes d'argent, mais il n'y a pas de réceptions élégantes comme à Ascot. Les planteurs du Kentucky ont pourtant créé un Jockey Club en 1797.

Miranda arqua un sourcil avec un sourire ironique.

— Mon Dieu, mais cela remonte à loin ! murmura-t-elle.

— Je sais bien que soixante-dix ans ne représentent rien pour des Anglais. Je suppose qu'un titre vieux de trois siècles est aussi considéré comme affreusement récent, hasarda Brand, dont la famille portait son titre depuis deux fois plus longtemps.

Miranda ne l'ignorait pas, il le savait. Elle sourit.

— Il m'arrive de me demander de quoi vous êtes le plus fier, major. De votre titre de noblesse ou de vos chevaux ?

— Des deux. Sans mes chevaux, je n'aurais aucun espoir de prouver que je suis digne de porter le nom de Caruthers en Angleterre.

— Mais puisque vous êtes baron, vous n'avez pas besoin de *faire* quoi que ce soit, s'étonna Lorilee qui ne comprenait décidément rien à cet homme.

— En bon Américain, le baron Rushcroft accorde de la valeur à la notion de travail, expliqua Miranda. Qui est le puritain à présent, major ? ajouta-t-elle d'un ton suave.

— Je fais mon possible pour que cela n'interfère jamais avec le plaisir, répliqua-t-il, ce qui la fit rougir.

Lorilee ne saisit pas l'allusion, mais elle devina qu'ils flirtaient, ce qui l'enchanta. Si elle avait pu, elle se serait frotté les mains. Tilda, quant à elle, se contenta de sourire telle une mystérieuse déesse indienne.

9

À leur descente du train, ils furent accueillis par un métis à la peau claire et aux cheveux grisonnants. Son sourire franc et ouvert, et son pas alerte témoignaient d'un bel appétit de vivre.

« Voici donc le fameux M. Saint-John », songea Miranda, avant de se concentrer de nouveau sur la silhouette élancée du baron. C'était toujours un plaisir de l'observer à son insu.

Elle avait été agacée en voyant arriver Abigail Warring et son fiancé, Jonathon Belford, l'héritier Varley, accompagné de toute sa bruyante famille. Mais Abbie demeurait l'une des meilleures amies de Lorilee, et maintenant que cette dernière était courtisée par un aristocrate, cette petite snob acceptait à nouveau de lui parler. Miranda méprisait ce genre d'attitude, mais elle devait s'incliner puisque sa fille pardonnait à Abbie.

Elle se demanda de quoi le major et son ami pouvaient bien discuter de manière si animée. C'était sûrement plus intéressant que la conversation des jeunes filles.

— J'ai étudié les différents paris et tu avais raison. Winters dépense de l'argent qu'il ne possède pas, annonça Sin.

— As-tu une idée d'où lui vient l'argent ? demanda Brand. Et qu'en est-il d'O'Connell ?

Saint-John haussa les épaules.

— Il semble s'être volatilisé. On ne le trouve sur aucun champ de courses.

— J'aimerais bien en savoir davantage. J'ai aussi besoin de ton aide pour protéger Mme Auburn. Il y aura foule à Ascot, et quelqu'un pourrait de nouveau essayer d'attenter à sa vie.

— Je doute qu'on ait besoin de nous comme gardes du corps. Tu n'as pas vu sa domestique ? Elle a un regard de tueuse. Malheur à celui qui oserait lever la main sur ses deux protégées.

— Tilda ? fit Brand en jetant un coup d'œil par-dessus son épaule à la femme de chambre indienne qui se dressait, telle une sentinelle, derrière Miranda et Lorilee.

— Elle s'appelle donc Tilda, murmura Saint-John d'un air songeur. Elle semble aussi redoutable qu'une Walkyrie.

— Tu ferais mieux de dire Kali, vu ses ancêtres. Ne me dis pas que tu es tombé sous son charme ? plaisanta Brand.

Saint-John se caressa le menton.

— J'ai toujours aimé les grandes femmes. Ainsi, elle vient des Indes...

Comme si elle avait deviné qu'ils parlaient d'elle, Tilda tourna la tête et fixa Saint-John de ses yeux noirs pénétrants, mais son visage demeura indéchiffrable.

— Tu vas avoir du pain sur la planche, le prévint Brand.

— Toi aussi, répliqua son ami qui avait remarqué que Mme Auburn étudiait discrètement le baron.

La loge privée des Mountjoy offrait une vue imprenable sur la dernière ligne droite avant l'arrivée, mais ces dames s'en souciaient fort peu, tout occupées qu'elles étaient à parader ou à saluer leurs amis avec effusion. Des ombrelles virevoltaient, des éventails brassaient l'air, et d'immenses chapeaux s'agitaient un peu partout, telles des petites barques à marée haute.

Sous le soleil de plomb, les soies émeraude rivalisaient avec les lins violets, les tenues pastel avec les robes blanches des débutantes. Les dames détaillaient les toilettes à la dernière mode, tandis que les hommes en redingote et haut-de-forme étudiaient les programmes, plaçaient des paris et discutaient des mérites respectifs des différents concurrents.

— Est-ce que l'un de vos chevaux va courir l'année prochaine, Rushcroft ? demanda le comte Varley, un homme corpulent à la mine renfrognée.

Brand le trouvait prétentieux et ennuyeux, mais puisqu'ils étaient tous deux à la Chambre des lords, il décida de se montrer aimable.

— J'ai plusieurs poulains prometteurs. Tout dépendra de la décision de mon entraîneur.

— Vous parlez de ce nègre qui était à la gare ? Était-ce l'un de vos esclaves en Amérique ?

— M. Saint-John a toujours été un homme libre. En outre, il est anglais, pas américain.

Parce qu'elle trouvait la comtesse et ses amies insupportables, Miranda avait écouté la conversation. En entendant Brand évoquer les origines de son ami et ses dons incomparables, elle esquissa un sourire.

De son côté, Lorilee cessa d'observer le défilé de mode lorsque commença la procession des carrosses royaux. Bien qu'impressionnée par ce déploiement fastueux, elle remarqua néanmoins que l'attention de sa mère se portait à nouveau sur le baron. Elle aurait été parfaitement heureuse si, à cet instant, Geoffrey Winters ne s'était installé dans la loge attenante avec sa femme.

La jeune Mme Winters était laide, avec un visage grassouillet et des cheveux filasse. Rien ne semblait échapper à ses petits yeux perçants. Lorilee tourna ouvertement le dos à Geoffrey quand ce dernier se permit de la saluer d'un signe de tête. Puis, alors que tous les regards convergeaient vers la procession qui approchait de la loge royale, l'un des valets de pied des Mountjoy apporta un message à Lorilee.

Elle le déplia, et retint une exclamation stupéfaite. Elle sentait le regard de Geoffrey Winters peser sur elle. C'était un mot de sa main lui proposant l'insigne honneur de devenir sa maîtresse.

— Qu'y a-t-il, ma chérie ? murmura Miranda en se penchant vers sa fille.

Sans hésiter, Lorilee lui tendit le mot, ravie de voir Winters blêmir. Il était donc si sûr que sa réponse serait favorable ? Quelle arrogance ! Quelle bêtise ! Sans laisser à sa mère le temps de réagir, Lorilee lui reprit le mot et se leva.

— Lorilee, ne fais rien qui…

Mais la jeune fille s'approcha tranquillement de la barrière qui séparait leur loge de celle des Falconridge. Elle attira l'attention de Mme Winters.

— Votre mari m'a envoyé ceci par erreur. Peut-être devriez-vous voir avec lui ce qu'il en est ?

À contrecœur, la fille du comte fit signe à un valet d'aller chercher le mot que lui tendait Lorilee. Aussitôt, son mari quitta précipitamment la loge, le visage empourpré, marmonnant des jurons.

Avec un grand sourire, Lorilee regagna sa place.

— Ce n'était pas un geste très charitable, mais j'aurais agi exactement comme toi, avoua Miranda.

— J'espère que le père de la jeune femme coupera les vivres à ce goujat, déclara Lorilee d'un air satisfait.

Miranda était soulagée. Sa fille en avait réellement terminé avec ce garçon indigne.

De son côté, Brand avait observé la scène, et en avait tiré ses propres conclusions : il allait garder le jeune Winters à l'œil.

Quelques loges plus loin, Reba Wilcox, elle non plus, n'avait rien perdu de l'échange. Elle était curieuse de voir comment Brand traitait la jeune Lorilee Auburn. Poli et distant, il ne ressemblait en rien à l'homme qui l'avait courtisée. À vrai dire, il semblait plus intéressé par la mère que par la fille ! Et Mme Auburn lui prêtait une attention qui allait au-delà de ce que l'on attendait d'une future belle-mère.

Reba esquissa un sourire perfide. C'était à peine croyable… et pourtant. La jeune fille ennuyait visiblement Brand, ce qui n'avait rien d'étonnant. En revanche, que la riche veuve fût tombée sous son charme ne la surprenait pas. Si elle se montrait habile, cette situation pouvait lui être très favorable, songea-t-elle. Contrairement au jeune Geoffrey Winters, elle était une excellente joueuse…

— N'est-ce pas votre compatriote, Mme Wilcox ? demanda Miranda à Brand, dont le regard avait été attiré par la robe rouge vif de l'Américaine.

— On peut faire confiance à Reba pour se trouver au plus près de la loge royale. Elle repère toujours les vainqueurs, ajouta-t-il, cynique.

— Vous étiez davantage que des amis au Kentucky, n'est-ce pas ?

— Vous savez parfaitement que nous avons été fiancés… avant ce petit désagrément que fut la guerre. Reba n'apprécie pas les désagréments.

À vrai dire, Miranda voulait savoir s'il avait été l'amant de la sorcière, mais elle ne pouvait décemment pas lui poser une pareille question. Elle était choquée de seulement y songer, et, pis encore, d'imaginer Brand et Reba échangeant des baisers torrides. Miranda n'avait jamais été jalouse, aussi la virulence de ce qu'elle éprouva en cet instant la surprit-elle. Pourquoi diable avait-elle soulevé le sujet de cette détestable femme ?

— Je n'arrive pas à croire que la comtesse Ashworth l'ait invitée alors qu'elle est veuve depuis moins d'une année.

— Et qu'elle s'habille en rouge, ajouta-t-il, sachant que Miranda trouvait ce manque de retenue choquant.

— Oh, mais elle a ajouté un peu de dentelle noire aux manches pour montrer l'ampleur de son chagrin.

— Méchante femme, rentrez vos griffes ! la tança Brand avec un sourire.

Elle ne le lui rendit pas, stupéfaite de se montrer aussi peu charitable envers cette inconnue, sans parler de ses autres péchés, bien plus graves.

— Je dois vous prévenir, major, que ma fille a hérité de ma nature vindicative.

Se doutant que cela l'amuserait, elle lui raconta comment Lorilee avait remis Winters à sa place. Après tout, elle était là pour promouvoir le bonheur de sa fille, non pour le lui dérober.

Mais de qui se moquait-elle ? Comme si elle avait la moindre chance de détourner l'attention d'un aristocrate aussi séduisant que Caruthers d'une beauté telle que Lorilee !

Ils passèrent l'après-midi à regarder les courses et à encourager les chevaux des écuries des Mountjoy. De nombreux aristocrates férus de chevaux vinrent discuter avec le baron de son célèbre Midnight Reiver.

En fin de journée, les spectateurs avaient la voix cassée d'avoir trop crié et parlé. Épuisés, ils reprirent le chemin de la gare. Les Varley, qui étaient venus de leur château mais rentraient à Londres, invitèrent les Auburn et le baron à partager leur compartiment. Sin quant à lui voyageait dans le wagon réservé aux domestiques en compagnie de la hautaine Tilda. Brand les suivit du regard tandis qu'ils s'éloignaient dans l'étroit corridor. Quoique mince, elle dominait l'entraîneur d'une tête.

« Voilà un beau défi à relever pour Sin », songea-t-il en pénétrant dans le wagon privé des Varley, se préparant à un voyage mortellement ennuyeux.

Dans le compartiment des domestiques, Tilda Shankhar regarda approcher l'entraîneur du baron comme s'il s'agissait d'une invasion de fourmis.

Sin s'inclina avec panache.

— Gideon Hercules Saint-John, pour vous servir. Je suis l'entraîneur et le maître d'écuries du baron Rushcroft. Puis-je m'asseoir à vos côtés ? demanda-t-il en indiquant la place libre.

— Je connais votre position, monsieur Saint-John. Après tout, elle est beaucoup moins élevée que la mienne.

Sur ce, elle tourna la tête vers la fenêtre, le congédiant ouvertement.

— S'il est question de proximité avec le ciel, je suis d'accord avec vous, mais ici sur terre…

Il haussa les épaules.

— Vous êtes une femme de chambre et moi un entraîneur qui a remporté des prix prestigieux. Ma taille m'a beaucoup aidé au cours des années… de plus de manières que vous ne l'imaginez.

Tilda redressa les épaules et le fusilla du regard.

— En dépit de vos grands airs, vous êtes un homme vulgaire sans égards envers les dames.

— Montrez-moi une dame, et je saurai me comporter en conséquence.

— Vous êtes aussi grossier que vulgaire !

— C'est vous qui avez été grossière la première, mais qu'importe, fit-il en s'asseyant. Je préfère les chevaux et les femmes qui ont du répondant.

— Si vous aviez la taille de votre orgueil, vous feriez trois mètres de haut ! Espèce de moucheron, comment osez-vous supposer que je fréquenterais jamais une racaille du monde des courses ?

Elle jeta un coup d'œil autour d'elle, mais, apparemment, personne n'avait fait attention à son éclat.

— J'ose, car vous avez parfaitement compris mes intentions, n'est-ce pas ?

Il sourit, dévoilant une rangée de dents blanches.

Tilda se rapprocha de la fenêtre, et il ne fit rien pour combler l'espace entre eux sur la banquette.

— Allez-vous-en, siffla-t-elle.

— Et vous priver d'informations vitales pour la sécurité de nos employeurs ? Ce serait une erreur de notre part à tous deux. Je crois que nous devrions travailler ensemble.

Bien que furieuse, elle daigna lui lancer un regard.

— De quelles informations s'agit-il ? demanda-t-elle, une lueur suspicieuse dans le regard.

— Quelqu'un veut du mal à Mme Auburn.

— Balivernes ! C'était un accident.

— Et que pensez-vous de l'attaque devant l'Opéra ?

Elle fut soulagée de constater que personne ne les écoutait.

— Bon, d'accord. Que savez-vous ? Et rappelez-vous que je ne serai jamais votre… maîtresse.

Saint-John commença à parler, convaincu qu'il la tenait, et de plus d'une manière.

Pendant le voyage, Lorilee sentit sur elle le regard attentif de sa mère alors qu'elle parlait chapeaux, carrosses et autres frivolités qu'affectionnaient les jeunes filles au grand dam de leurs prétendants. Elle bavardait de tout et de rien, évitant sciemment d'évoquer les chevaux. Elle voulait que le baron se rende compte qu'ils n'étaient pas faits l'un pour l'autre, mais pas avant d'avoir réalisé combien sa mère et lui s'entendaient bien.

Hélas, sa mère la connaissait par cœur, et s'étonnait visiblement de sa soudaine volubilité. En outre, si elle en faisait trop, Lorilee songea qu'elle risquait de faire fuir le baron. Elle devait discuter avec Tilda au plus vite afin de trouver la juste mesure.

Dès leur arrivée à Londres, ce soir-là, Miranda se rendit à son bureau, car elle attendait des câbles d'Aimesley. Lorilee, elle, alla s'enfermer dans sa chambre pour réfléchir.

— Qu'est-ce qui ne va pas ? s'enquit-elle en voyant l'expression soucieuse de Tilda qui entrait dans sa chambre.

La domestique commença à lui préparer sa chemise de nuit en marmonnant quelque chose à propos des palefreniers arrogants.

— Tu parles de ce M. St. John, l'entraîneur qui travaille pour le baron, n'est-ce pas ? Vous avez fait le voyage de retour ensemble.

Elle savait l'importance que Tilda attachait à son indépendance. Après le décès de son mari, elle avait échappé de justesse à la cérémonie indienne du *suttee* où l'on brûlait les veuves, et elle s'était juré de ne jamais se remarier.

— Le voyage m'a paru interminable, soupira Tilda.

— Le baron assure que c'est le meilleur entraîneur d'Angleterre et d'Amérique. Il est très bien élevé, et j'espérais que tu lui trouverais du charme, la taquina Lorilee.

Tilda secoua un oreiller qui menaça de rendre l'âme.

— Concentre-toi sur ta mère, jeune fille. Si jamais, et je parle au conditionnel, si jamais j'envisageais de me remarier, je n'épouserais sûrement pas un prétentieux de ce genre.

Lorilee jugea plus judicieux de changer de sujet.

— Je crains que maman ne commence à soupçonner quelque chose. Nous devons trouver un moyen de les rapprocher avant que le pauvre baron ne perde patience avec moi.

— Et avant que ta mère ne devine tout, ajouta Tilda en s'asseyant sur la chaise à bascule tandis que Lorilee se déshabillait derrière un paravent.

— Nous pourrions donner un dîner et inviter des amis politiciens du baron, suggéra la jeune fille. Ils discuteraient politique et m'oublieraient.

— Peut-être. Mais il te faudra bientôt parler au baron.

Lorilee sortit de derrière le paravent et s'empara du verre de lait chaud que Tilda lui avait apporté.

— Comment cela, « lui parler » ?

— Lui dire la vérité. Et l'encourager à nous aider s'il veut conquérir ta mère.

Lorilee avala de travers, et se mit à tousser.

— Lui dire la vérité ! s'exclama-t-elle. Que je ne veux pas l'épouser, mais que ma mère le voudrait bien ?

— C'est cela.

— Mais… comment veux-tu… Qu'est-ce qu'il… ? Mon Dieu…

Lorilee sentit ses joues s'enflammer. Ce qui n'avait été qu'un jeu amusant menaçait de se transformer en une confrontation avec un homme qui continuait à lui faire peur.

— Crois-moi, nous n'avons pas de temps à perdre.

Tilda fronça les sourcils en se remémorant les paroles de l'horrible Saint-John au sujet du danger que courait Miranda.

— Il est impératif que le baron ou quelqu'un de son entourage accompagne ta mère lorsqu'elle sort.

Elle rapporta à la jeune fille les propos de Sin qui voyait un lien entre l'attaque devant l'Opéra, la tentative de mettre le feu aux écuries du baron et l'accident avec l'attelage. Sentant monter en elle une indicible angoisse, Lorilee se laissa choir sur son lit.

— À Hyde Park, le baron semblait persuadé que quelqu'un avait voulu blesser maman. Et moi aussi. Mais qui pourrait être derrière tout cela ?

— C'est ce que le baron et son entraîneur tentent de découvrir. Ils suspectent Geoffrey Winters d'être impliqué.

— Voilà qui ne m'étonnerait pas, répliqua froidement Lorilee.

Brand discutait du projet de réforme électorale avec le comte Peel et l'Honorable M. Reed, membres du Parlement. D'autres membres de la Chambre des lords ou des communes les rejoignirent dans le salon des Auburn. Il connaissait deux des gentlemen, mais les trois autres étaient des associés de Miranda. Il y avait plus de libéraux que de conservateurs, et le débat était vif.

Tandis que les hommes parlaient entre eux, leurs femmes et leurs filles se tenaient à l'autre bout de la grande pièce, regardant un album de photos. Comme d'habitude, Lorilee était au centre de l'attention, commentant les photos en riant et en plaisantant. Miranda n'était pas là, car elle avait été retardée au bureau. Brand s'aperçut qu'il ne cessait de jeter des regards en direction de la porte.

Quel personnage jouerait-elle ce soir ? La femme d'affaires distante ou la créature sensuelle qui l'avait captivé à

Ascot ? Avec un pincement de culpabilité, il observa Lorilee. Elle était si jeune. « Trop jeune pour toi », s'avoua-t-il avec un soupir.

Comme la vie s'était compliquée ! Il avait donné sa parole à Miranda Auburn qu'il courtiserait sa fille. Un accord verbal qui mettait en jeu l'avenir des centaines de personnes qui dépendaient de lui. Une chance qu'on ne jetât pas en prison les aristocrates criblés de dettes... Peut-être parviendrait-il à gagner suffisamment avec les courses pour maintenir la propriété familiale à flot ? À Ascot, il avait discuté avec plusieurs personnes qui s'étaient révélées prêtes à payer des sommes exorbitantes pour utiliser Reiver comme étalon.

Mais cela ne résoudrait pas le dilemme de Mlle Auburn. Il était de son devoir d'aller jusqu'au mariage. Il avait accompagné Lorilee dans tant de réunions mondaines, il ne pouvait décemment pas se rétracter. Ce serait humilier une jeune fille innocente qui croyait ses intentions honorables. Il ne voulait pas blesser Lorilee, mais il ne pouvait pas non plus l'épouser. Ce serait une erreur pour l'un comme pour l'autre. Il faudrait que ce soit elle qui rompe avant l'annonce officielle de leurs fiançailles, que Miranda avait prévue pour dans quelques semaines.

Mais comment diantre la convaincre sans lui faire de mal ?

De l'autre côté de la pièce, Lorilee dissimulait sa nervosité sous un masque désinvolte. Le mot qu'il lui avait fallu tant de temps pour rédiger semblait la brûler dans sa poche. Elle avait décidé de parler ce soir même au baron.

Mais même s'il lui préférait sa mère, comment l'amener à le reconnaître sans heurter son orgueil masculin ?

Miranda fit son apparition avec une heure de retard et s'excusa d'avoir fait attendre ses invités. Elle s'était déjà excusée auprès de la cuisinière qui faisait de son mieux pour garder le dîner au chaud. D'emblée, elle sentit le regard du baron sur elle. Il se tenait sous le grand lustre de cristal, et la lumière allumait des reflets dans ses beaux cheveux blond foncé. Toujours aussi rebelle, il les portait plus longs que ne le dictait la mode. Il était aussi le seul homme présent à ne pas arborer de barbe.

Elle appréciait ce choix, de même qu'elle appréciait la coupe sobre de sa tenue qui mettait en valeur sa silhouette athlétique. La plupart des gentlemen semblaient sortir du lit, leur corps gras entortillé dans d'épais tissus ornés d'épingles de cravate en pierre précieuse et de boutons de manchette scintillants. Les seuls bijoux du baron étaient ses yeux d'ambre rivés sur les siens.

Brand avait la réponse à sa question. Miranda était magnifique dans sa robe de taffetas bronze. La coupe austère, dépourvue des dentelles en vogue, lui allait à ravir, et la couleur rehaussait sa chevelure. La merveilleuse Tilda avait réussi un superbe chignon bouclé qui soulignait ses pommettes et atténuait la sévérité de sa mâchoire. Elle portait un collier d'opale et des boucles d'oreilles également d'opale qui rivalisaient d'éclat avec ses beaux yeux aux reflets d'argent.

Mais en dépit de cette nouvelle apparence, il devinait la femme qui se cachait derrière cette façade. Ne rougissait-elle pas légèrement tandis qu'elle évitait son regard et traversait le salon pour aller saluer les dames ? Il se ressaisit et se concentra sur ce qu'il allait dire à sa fille, conscient que, cela fait, Miranda le mépriserait. Ce qui signifierait la fin de… De quoi exactement ?

Aucun doute, elle ferait une ennemie redoutable. Mais elle avait aussi des ennemis tout aussi redoutables, et il ne la laisserait pas avant d'avoir découvert leurs noms. La nuit serait longue, songea-t-il alors que Miranda annonçait qu'ils pouvaient se rendre dans la salle à manger.

Il offrit le bras à Lorilee. Le comte Peel, en tant qu'aristocrate le plus titré, escortait Miranda. Le veuf avait au moins soixante-dix ans. Brand regarda la tête chauve qui se penchait vers Miranda. Tous deux riaient. Pourquoi diable était-elle attirée par des hommes plus âgés ?

Tandis que les plats se succédaient, Lorilee tentait de rassembler son courage pour glisser à lord Rushcroft le mot qu'elle triturait entre ses doigts. Ce dernier était engagé dans une discussion animée avec sa mère et M. Baggins.

Et si elle le touchait à un endroit inconvenant en lui tendant le mot sous la table ? Quelle horreur ! Elle avala une gorgée de vin pour se calmer. Elle ferait mieux d'attendre la fin du repas. Mais c'était le moment où les dames se retiraient au salon pour laisser les hommes boire leur porto.

Brusquement, elle eut une inspiration. Elle demanderait à l'un des valets de pied de remettre le mot au baron. Pourquoi n'y avait-elle pas pensé plus tôt ? Parce qu'elle avait tellement peur qu'elle n'en avait même pas parlé à Tilda.

En dépit de la brise qui entrait par les fenêtres ouvertes, il commençait à faire chaud. Elle prit une autre gorgée de vin, et sourit au valet qui l'avait servie.

Charles ! C'est à lui qu'elle devait donner le mot. Lorsque le baron l'aurait lu, ils pourraient s'éclipser pendant que tout le monde discutait au salon. Quand Charles revint prendre son assiette, à laquelle elle avait à peine touché alors qu'elle avait vidé son verre, Lorilee lui glissa le mot. Profitant que les invités riaient d'une anecdote amusante que racontait sa mère, elle lui murmura ses instructions.

Charles hocha la tête. Il était à leur service depuis deux ans, et secrètement amoureux d'elle. Lorsqu'il apporta le plat suivant, elle le regarda glisser le mot sous l'assiette du baron. Celui-ci s'en saisit discrètement et le fit disparaître dans sa redingote. Lorilee laissa échapper un soupir de soulagement, et but de nouveau un peu de vin.

Charles était tellement charmant.

Lorsque vint l'heure d'abandonner les messieurs, Lorilee était plus que pompette, nota Miranda. Jamais sa fille n'avait agi de manière aussi inqualifiable. Elle aurait mis cette conduite sur le compte de la nervosité, si elle ne l'avait vue faire passer un mot au baron par l'intermédiaire de cet imbécile de Charles. Elle le convoquerait dès le lendemain pour le sermonner, sans oublier de mentionner qu'il n'avait pas à remplir le verre de vin de sa fille comme s'il s'agissait d'un tonneau sans fond !

Entre-temps, elle devait parler à Lorilee avant que celle-ci ne se couvre de ridicule. Alors qu'elles se dirigeaient vers le salon, elle lui prit le bras et l'entraîna dans une petite pièce annexe.

— Tu ne te sens pas bien et tu dois immédiatement aller t'allonger, décréta-t-elle en refermant la porte derrière elles. Je transmettrai tes excuses à nos invités.

— C'est que je… bafouilla Lorilee, qui s'aperçut qu'elle n'arrivait pas à penser de manière cohérente.

— Tu as trop bu, et je crains que tu ne dises des sottises. Sans parler du mot que tu as fait passer au baron.

— Tu l'as vu ? s'exclama Lorilee alors que la pièce se mettait à tournoyer autour d'elle.

— Où avais-tu l'intention de le retrouver ? Dans le jardin ? lâcha Miranda, partagée entre la colère que lui inspirait la conduite scandaleuse de sa fille et l'étonnement que celle-ci ait eu le cran d'organiser un rendez-vous galant.

Il se passait là quelque chose d'anormal.

Cependant, elle ne pouvait s'empêcher de se demander si elle s'inquiétait pour la réputation de Lorilee, ou si elle était tout simplement jalouse. Elle chassa cette idée absurde. N'était-elle pas Mme Will Auburn, femme d'affaires avisée qui ne perdait jamais le contrôle d'elle-même ?

— Je me chargerai du baron s'il ose se rendre à votre rendez-vous secret, déclara-t-elle d'une voix ferme. Quant à toi, tu vas te coucher.

Mais Lorilee n'était pas aussi éméchée que le supposait sa mère. Elle imagina celle-ci et le baron seuls dans le jardin. Peut-être les choses allaient-elles s'arranger en dépit de sa maladresse ?

— Oui, maman, acquiesça-t-elle docilement.

Brand relut le mot pour la dixième fois tandis qu'il fumait un cigare dans un coin sombre de la bibliothèque. Comme s'il n'avait déjà pas assez de soucis, la maudite Callie, la mère de l'armée de chatons qui l'avaient attaqué, était assise sur le manteau de la cheminée et le fixait sans ciller, comme si elle se moquait de lui.

Pour lui prouver qui était le maître, il s'approcha d'elle et tendit la main pour la caresser. Elle arqua le dos, et Brand sursauta. Il s'écarta vivement, espérant que personne ne l'avait remarqué. Puis il s'aperçut qu'elle ronronnait. Elle réclamait d'autres caresses, c'était à peine croyable.

Callie l'observait avec cette expression hautaine que les chats affichent en général pour montrer à quel point ils se sentent supérieurs aux humains. Oserait-il continuer ? Prenant son courage à deux mains, il lui gratta la tête. Elle l'en remercia en lui léchant les doigts de sa langue râpeuse. Inimaginable ! Les chats pouvaient donc être aussi affectueux que des chiens ou des chevaux.

Enchanté, il lui accorda encore quelques caresses jusqu'à ce que l'un des gentlemen l'interpelle. Il le rejoignit, mais en dépit de son euphorie à l'idée d'avoir surmonté sa peur d'enfant, il demeurait préoccupé par le mot dans sa poche.

Il en ignorait l'expéditeur. La missive, écrite sur l'épais papier à lettres des Auburn, n'était pas signée. Il n'imaginait pas la timide Lorilee ayant l'audace de lui demander de la rejoindre dans le jardin sans chaperon, et en avait donc déduit qu'il s'agissait de sa mère. Mais qu'y avait-il de si urgent à discuter qui ne puisse attendre le lendemain ? Miranda avait-elle du nouveau au sujet des attaques dont elle avait été victime ?

Il avait hâte de le savoir.

10

Lorsque les dames et les messieurs se retrouvèrent au salon, Miranda excusa l'absence de sa fille, expliquant qu'elle souffrait d'une subite migraine. Brand essaya d'attirer son attention tandis qu'il s'approchait de la porte, mais Mme Frobisher, la femme du député, lui mit le grappin dessus avant qu'il pût s'échapper.

Il parvint à s'en débarrasser assez rapidement, et s'éclipsa dans le jardin. Il s'attendait que Miranda le rejoigne sans tarder, mais le temps passant, il songea qu'elle devait probablement faire attention à se montrer discrète.

Il se promena dans le jardin éclairé par quelques becs de gaz. La brise agitait les feuilles, et les ombres s'étiraient entre les massifs de buis taillé parmi lesquels se dressaient d'affreuses statues de marbre. Brand aurait mis sa main à couper que Will Auburn avait dessiné ce jardin pour impressionner les visiteurs. Même chose avec la maison qui était une monstruosité néogothique remplie de meubles hideux.

Le nouveau riche anglais n'avait rien à envier à son alter ego yankee : tous deux faisaient étalage de leur fortune et de leur pouvoir à travers des objets imposants. Chez ces gens-là, un simple couteau en argent massif pesait le poids d'un sabre, songea-t-il avec mépris. Il était néanmoins certain que Miranda Auburn ne partageait pas ces goûts ostentatoires et vulgaires. Il le devinait au choix de ses vêtements. Sans aucun doute, feu M. Auburn était seul responsable de ce mausolée et de ses ornements.

Il se demanda pourquoi elle n'avait rien changé. La plupart des femmes aimaient redécorer leur intérieur, mais Miranda avait conservé sa maison et ses bureaux tels qu'ils avaient été conçus par son mari. Brand était de plus en plus curieux d'en savoir plus sur la relation entre la jeune Miranda et son vieux mari. Quel pouvoir exerçait-il sur elle au-delà de la tombe ?

Oserait-il un jour lui poser une question aussi personnelle ? Lorsqu'il se montrait trop familier, elle n'hésitait pas à le remettre vertement à sa place, mais il voulait savoir pourquoi une femme aussi belle s'était littéralement cloîtrée derrière les murs d'un bureau. Une veuve aussi fortunée aurait pu se remarier, et passer le restant de ses jours à s'étourdir de mondanités. Il esquissa un sourire. Miranda n'aimait guère les mondanités, et n'était pas du genre à s'étourdir.

Il aurait juré qu'elle détestait ce protocole qui voulait qu'on place les gens à table en fonction de leur rang. À l'heure du dessert, elle semblait s'ennuyer à périr, et s'il n'y avait eu quelques débats animés sur des sujets de politique, que certains invités avaient trouvés déplacés, elle se serait endormie dès le potage. Et lui aussi.

Contrairement à sa mère, Lorilee aimait les bals, la mode et les commérages. Comment lui expliquer pourquoi il ne pouvait l'épouser sans lui faire une peine atroce ? Bien qu'elle n'en montrât rien, elle devait se croire amoureuse de lui. Lorsqu'ils avaient valsé au bal des Mountjoy, elle était certes tendue comme un arc. Mais, après tout, il était un excellent parti pour la fille d'un riche industriel, songea-t-il avec amertume. Grâce à lui, elle entrerait dans l'aristocratie. S'il rompait, il y aurait des rumeurs, des spéculations, le pire qui fût pour une débutante.

Il marchait de long en large, cherchant un moyen de dénouer ce nœud gordien tout en sachant qu'il ne pouvait trancher dans le vif.

Un miaulement l'arracha à ses pensées. L'un des chatons de Callie se dressait devant lui, prêt à grimper le long de sa jambe. Rasséréné par son succès auprès de la mère, il jugea que le chaton n'était pas une menace. Au clair de lune, il semblait même curieusement innocent. Il ramassa la boule de poils et se mit à la caresser en marchant. De nouveau, il fut récompensé par un ronronnement puissant. Peut-être était-il enfin guéri de sa peur des chats ? se dit-il, tout heureux. Mais il restait Marmelade…

Cachée dans l'ombre d'un saule, Miranda le regardait manier le chaton avec étonnement. Elle savait qu'elle disposait de peu de temps. Lorilee s'étant déjà retirée, on ne manquerait pas de remarquer son absence, ainsi que celle du baron. Mais elle ne pouvait s'empêcher de le contempler tandis qu'il caressait avec une infinie douceur le chaton qui tenait dans sa main... Cette main avec ses cicatrices et ses longs doigts élégants. « Tu n'as pas le droit de penser ces choses-là ! » se tança-t-elle.

Décidément, cette soirée tournait à la catastrophe. Alors qu'elle aurait dû réserver sa colère à sa fille, elle s'efforça de la diriger contre Brandon Caruthers. Comment osait-il répondre à une requête aussi inconvenante, et risquer de mettre en danger la réputation de Lorilee ! Emplie d'une juste indignation, elle quitta l'ombre de l'arbre pour s'avancer vers lui.

Sans se retourner, Brand reposa le chaton par terre.

— Je me demandais si ce serait vous ou votre fille.

— Comment saviez-vous que c'était moi ? s'étonna-t-elle.

Il pivota, et leurs regards se croisèrent. Elle retint son souffle.

— Votre parfum, répondit-il.

Elle recula d'un pas.

— Je ne me parfume pas, répliqua-t-elle froidement, mais elle savait qu'il évoquait autre chose.

— Je sais. Je parlais de votre essence, qui est unique. Votre fille porte un charmant parfum fleuri. Vous, vous n'avez besoin de rien d'autre que de la lavande avec laquelle vous vous rincez les cheveux.

Sans s'en rendre compte, Brand fit un pas vers elle.

— Je ne suis pas venue ici pour discuter parfums, mais bon sens et convenances. Comment osez-vous répondre à la requête insensée de ma fille ? Elle a eu tort, certes, mais elle est jeune et manque d'expérience. Tandis que vous, vous devriez être plus avisé.

— Comme le mot ne comportait pas de signature, j'ignorais laquelle d'entre vous...

— Vous avez cru que j'organisais un rendez-vous galant avec vous au clair de lune ? coupa-t-elle, outrée.

— Eh bien, j'avoue que cela me semblait assez improbable, s'amusa-t-il. Mais je ne pensais pas non plus que votre fille avait envie d'un rendez-vous galant avec moi. Au cas où vous ne l'auriez pas remarqué, elle n'est pas follement amoureuse de moi. À la réflexion, je pense que c'est la raison pour laquelle elle a abusé du vin. Elle avait besoin de courage pour m'affronter.

— Ainsi, vous l'avez remarqué, se désola Miranda. Je suppose que cela n'a pas échappé aux autres, dans ce cas. Je ne sais pas ce qui lui a pris.

— Ne vous a-t-elle pas dit pourquoi elle avait envoyé ce mot ?

— Non, malheureusement, elle n'était pas en état de s'expliquer. Il se trouve juste que j'avais remarqué le manège du valet de pied qui, lui, est amoureux d'elle.

— Si je puis me permettre, n'aurait-il pas été plus sage de me laisser mariner seul ici après l'avoir envoyée se coucher ?

La question était raisonnable, mais Miranda se sentait tout sauf raisonnable.

— Il me semblait que vous méritiez d'être réprimandé pour avoir essayé de profiter d'une innocente.

— Comme je vous l'ai dit, je doute que l'intention de votre fille ait été romantique. Je voulais simplement voir qui se présenterait…

Il laissa la phrase en suspens tandis que son regard quittait le visage de Miranda pour glisser le long de son cou jusqu'à sa gorge pleine que révélait la robe du soir. L'envie folle d'effleurer cette peau délicate qui s'empara de lui en cet instant le prit complètement de court.

— Miranda…

— Je ne vous ai pas donné la permission de m'appeler par mon prénom, major ! Je trouve votre attitude parfaitement déplacée.

Elle porta la main à sa gorge, comme pour dissimuler son émoi.

— C'est ma fille que vous courtisez, pas moi, reprit-elle comme pour les ramener tous les deux à l'ordre.

— Pardonnez-moi, madame. Vous avez parfaitement raison.

— Il me semble que notre accord ne prend pas la tournure souhaitée, fit-elle en s'efforçant d'adopter un ton hautain.

— Votre fille est aussi nerveuse qu'un poulain en ma présence, remarqua-t-il, songeant qu'on pouvait en dire autant de la mère. Croyez-vous qu'elle ait changé d'avis ? C'était peut-être ce qu'elle voulait m'annoncer ce soir.

Cela paraissait sensé, mais Miranda ne parvenait pas à réfléchir avec ces yeux de tigre rivés sur elle. Elle demeura plantée devant lui, incapable de bouger tandis qu'il s'approchait et levait lentement la main.

— C'est possible, articula-t-elle, et il laissa retomber son bras le long de son corps. Je… je vais devoir lui parler.

Le monde tourbillonnait autour d'elle et son cœur battait la chamade. Elle avait perdu l'esprit ou quoi ? Il était beaucoup plus jeune qu'elle, et c'était un gredin. Avait-elle rêvé ou avait-il failli la toucher de manière inconvenante ?

Une voix résonna soudain dans l'obscurité.

— Madame Auburn ?

C'était le majordome, Fitzsimmons.

— J'arrive, répondit-elle en se détournant.

Brand éprouvait un désir impérieux de la toucher, mais il savait que ç'aurait été pure folie que de s'y laisser aller. Il se contenta de souffler :

— Miranda… « Oh, ce monde nouveau qui comporte de pareilles créatures ! »

— Votre mémoire vous a trahi, répliqua-t-elle. Le vers exact est : « Oh, ce monde nouveau qui comporte de pareilles personnes. » Par ailleurs, c'est Miranda qui parle à Ferdinand et non l'inverse, ajouta-t-elle d'un ton sec avant de s'éloigner d'un pas vif.

Bon sang, qu'est-ce qu'il lui avait pris ? En cas de rupture de leur accord, il n'aurait pas d'argent pour rebâtir son domaine. Il était sur le point de tout perdre. Toute la soirée, il s'était demandé comment rompre avec Lorilee Auburn sans la heurter. Pourquoi ne l'avait-il pas tout simplement expliqué à sa mère ?

Mais non, il s'était comporté avec Miranda Auburn comme s'il avait voulu la séduire au clair de lune. Comme si ce genre de femme permettrait jamais une chose pareille ! Brand contourna le saule et se passa une main nerveuse dans les cheveux en tentant de mettre un peu d'ordre dans ses pensées. Lorsque le chaton réapparut, il le souleva sans réfléchir. Le caresser avait un effet apaisant.

Depuis Ascot, la beauté de Miranda ne cessait de l'éblouir. Mais même avant cela, quelque chose d'indéfinissable en elle l'avait attiré. Et à moins qu'il ne se trompât – ce qui lui arrivait rarement en matière de femmes –, elle était tout autant attirée par lui.

Où tout cela allait-il les mener ? C'était de la folie !

Il espérait qu'il avait raison, et que le message de Lorilee avait bien pour but de rompre avec lui. Autrement, elle était celle qui risquait de souffrir le plus, et c'était bien la dernière chose qu'il souhaitait. Il tenta de se rassurer. Avec une mère aussi protectrice que la sienne, la jeune fille devrait s'en sortir indemne. Si seulement il en allait de même pour lui !

— Oh, ma pauvre tête, gémit Lorilee, recroquevillée au fond de son lit. J'ai l'impression que je vais mourir...

— N'aie crainte, dans peu de temps, c'est de vivre que tu auras peur, répliqua Tilda en arrangeant ses oreillers.

— Que ferais-je sans ton tendre soutien ? croassa Lorilee alors que la servante l'aidait à s'asseoir.

— Bois cela.

— Beurk,

La jeune fille détourna la tête du breuvage qui sentait mauvais.

— Qu'est-ce que c'est ?

— Un vieux remède que le sergent-major se préparait quand il avait abusé du gin.

Le sergent-major était le parrain anglais de Tilda, l'homme qui lui avait sauvé la vie en Inde et l'avait ramenée en Angleterre quand il avait pris sa retraite.

— Tu crois que ça va me faire du bien ? s'enquit Lorilee, dubitative, en y trempant les lèvres.

— Je ne sais pas. Tu as bu du vin, pas du gin. Mais ça vaut sûrement la peine d'essayer. Si j'avais le teint aussi vert que le tien, je n'hésiterais pas.

Lorilee avala quelques gorgées en grimaçant.

— Je suis prête à tout pour soulager mon estomac et ma tête.

— Mais qu'est-ce qui t'a pris de te comporter aussi stupidement ? Toi qui n'aimes même pas le vin !

— Est-ce que maman a demandé de mes nouvelles ? risqua Lorilee, anxieuse.

— Elle a reçu un télégramme urgent de M. Aimesley et a dû se rendre très tôt à la City pour rencontrer ses associés. J'imagine qu'elle le fera dès son retour.

Lorilee termina d'avaler l'immonde breuvage.

— Dans ce cas, je dois en profiter pour rattraper mon erreur d'hier soir. Est-ce qu'elle t'a parlé du baron quand elle est allée se coucher ?

— Non, répondit Tilda tandis que Lorilee se levait tant bien que mal. Mais de quelle erreur parles-tu ?

— Je vais t'expliquer pendant que je me prépare.

Décidément, le remède du sergent-major semblait encore plus efficace avec le vin qu'avec le gin, nota Tilda. Mais peut-être que la jeunesse de Lorilee y était pour quelque chose. Elle écouta la jeune fille lui raconter sa mésaventure de la veille.

— Je suppose qu'elle a dû se rendre dans le jardin à ma place pour lui faire la leçon ou bien...

— Connaissant ta mère, je pense en effet qu'elle ne s'est pas gênée pour lui dire ses quatre vérités. Rien de romantique, crois-moi. Maintenant que j'y songe, elle était plutôt tendue et silencieuse hier soir. Puis ce télégramme est arrivé ce matin, et elle est partie comme une furie.

— Cela ne nous laisse pas beaucoup de temps.

— Nous ? répéta Tilda en haussant les sourcils.

— Je ne peux tout de même pas me rendre chez un célibataire sans être accompagnée, n'est-ce pas ?

Ce fut Sin qui ouvrit la porte. Par mesure d'économies, Brand avait donné congé à tous les domestiques, excepté une petite servante, un valet de pied et un cuisinier odieux.

Il fut étonné de découvrir l'altière Mlle Tilda sur le perron.

— Vous, fit-elle en guise de salut.

— Bonjour à vous aussi, ma Goliath des Indes, répliqua-t-il en s'inclinant.

— Est-ce que Sa Seigneurie reçoit ? marmonna-t-elle.
— Cela dépend qui.
Au même instant, Brand apparut dans le vestibule.
— Veuillez entrer, mademoiselle Tilda. Y aurait-il un problème chez les Auburn ?
— En effet. Et ce problème vous attend dans la voiture pour vous parler.
Avant que Tilda ait eu le temps de se retourner, elle entendit des pas rapides dans son dos. Une seconde plus tard, Lorilee s'arrêtait près d'elle, un peu essoufflée.
— Y a-t-il un endroit où nous pourrions parler en privé, milord ? demanda-t-elle d'un air inquiet.
Un peu surpris, il indiqua son bureau.
— Je vous en prie, mademoiselle Auburn. Est-ce que votre mère sait que vous êtes là ?
Il n'ignorait pas que Miranda Auburn les étriperait tous les deux si elle était au courant.
— Bien sûr que non, répliqua Lorilee comme s'il venait de lâcher une énormité.
Elle pénétra dans le bureau, bien décidée à dire ce qu'elle avait sur le cœur et à trouver une solution à cet imbroglio.
— Sin, pourrais-tu t'occuper de Mlle Tilda ? Je crois qu'il y a du café sur le feu.
Il ferma la porte, abandonnant les deux adversaires dans le vestibule.
— À l'heure qu'il est, le café est probablement aussi épais que la vase au fond de la Tamise, commenta Saint-John.
Le dos raide, Tilda le toisa.
— Je suppose qu'il est impossible d'obtenir une tasse de bon thé anglais dans cette maison.
— J'imagine que le cuisinier, en dépit de ses défauts, parviendra à trouver du thé. En revanche, je n'oserais assurer qu'il sera bon, répondit-il avec un sourire moqueur. Veuillez avoir l'obligeance de me suivre, ajouta-t-il en se dirigeant vers le salon.
Tilda demeura clouée sur place, effarée.
— Vous recevez dans le salon du baron ? s'étrangla-t-elle.
Saint-John haussa les épaules.

— Je vous accorde qu'il mériterait d'être dépoussiéré, mais je fais ce que je peux.

— Quel genre de domestique êtes-vous ? Je croyais qu'en Amérique, les gens de votre race étaient encore esclaves jusqu'à récemment.

Il entra dans le salon, tira sur le cordon pour appeler le cuisinier, puis lui fit face, l'air arrogant.

— Je ne suis pas un domestique, mais l'entraîneur des pur-sang de Brand et le maître d'écuries. Une position que j'ai occupée des années durant avant la guerre. Par ailleurs, je n'ai jamais été ni américain ni esclave. À présent, veuillez vous asseoir, s'il vous plaît.

Elle resta debout, visiblement mal à l'aise.

— Il n'empêche que vous travaillez pour le baron. Vous n'avez pas à prendre de grands airs.

— Je l'ai connu bébé, et je lui ai nettoyé les fesses. Il serait le premier à vous le confirmer.

— Je constate que vous êtes toujours aussi vulgaire, riposta-t-elle. Des domestiques de haut rang devraient apprendre à se comporter dignement.

Il s'approcha d'elle.

— Oh, je sais comment l'on se comporte dans cette bonne vieille Angleterre ! Ce n'est pas très différent de l'Amérique. La couleur de la peau détermine qui donne les ordres. Mon père m'a fait éduquer comme un homme blanc, mais j'ai appris à mes dépens que ni mon érudition ni l'arbre généalogique prestigieux de mon père ne me permettraient d'accéder à la haute société. Ni même à cette classe que vous appelez les domestiques de haut rang. Dites-moi, mademoiselle Tilda, est-ce que les domestiques à la peau blanche vous traitent comme leur égale ?

Le cuisinier, un type rougeaud dont le gros ventre était ceint d'un tablier sale, s'encadra dans l'embrasure de la porte.

— Qu'est-ce que vous voulez ? grommela-t-il.

— Du thé et de la crème, si possible encore fraîche, mon vieux, répondit Saint-John cordialement.

Le cuisinier se contenta de hocher la tête, et sortit en marmonnant.

Sin se tourna à nouveau vers Tilda.

— S'il possédait le moindre talent culinaire, il donnerait sa démission et trouverait une place ailleurs.

— À cause de vous.

Ce n'était pas une question.

— Assurément. Vous ne saviez pas que je renverse l'ordre du cosmos ? railla-t-il.

— Vous mettriez la patience d'un saint à l'épreuve, rétorqua-t-elle.

— Est-ce que nous devons continuer à nous contredire en restant debout ? Nous aurons du mal à boire notre thé en même temps.

— Vous voulez que je m'assoie parce que ma taille me donne un avantage sur vous, répliqua-t-elle en s'asseyant néanmoins sur le bord d'un fauteuil élimé.

— Vous en aurez peut-être besoin, ajouta-t-il avec un sourire.

Dans le bureau, Lorilee ne fut que trop heureuse de prendre un siège, car elle tenait à peine sur ses jambes. Elle avait dû faire appel à tout son courage pour entrer dans cette pièce où elle était désormais seule avec le baron. C'était la première fois qu'elle se retrouvait sans chaperon, en dehors de ces quelques instants volés avec Geoffrey Winters, dont le souvenir n'était pas pour calmer ses nerfs. Mais elle avait à l'entretenir de choses si personnelles qu'elle ne voulait même pas que sa bien-aimée Tilda en soit témoin.

Le baron ne dissipa pas son malaise bien qu'il lui eût proposé de partager le café et les scones qui se trouvaient sur son bureau. Il l'avait inquiétée dès leur première rencontre. À vrai dire, tout l'effrayait chez lui, sa démarche arrogante, ses yeux de tigre, son beau visage dur barré d'une cicatrice, témoignage d'une guerre dont elle ignorait tout.

Cependant, elle savait que sa mère ne partageait pas son opinion. Miranda le trouvait attirant, ce qui semblait inexplicable aux yeux de Lorilee, mais après tout les élans du cœur ne s'expliquaient pas. Elle se raccrocha à cette pensée tandis qu'elle cherchait ses mots.

Brand l'étudiait avec attention. Elle était si nerveuse. Elle ressemblait à un poulain à qui l'on passe un licol pour la première fois. Il eut envie de lui venir en aide.

— Désirez-vous que je cesse de vous courtiser, mademoiselle Auburn ? demanda-t-il doucement.

— Non. Au contraire.

Il haussa les sourcils, étonné. Il ne s'attendait pas à cette réponse. Il essaya de déchiffrer son expression, mais elle gardait les yeux obstinément baissés, triturant son réticule.

— Dans ce cas, souhaitez-vous m'épouser ? hasarda-t-il.

Elle releva brusquement la tête.

— Seigneur, non ! Je veux dire...

Elle devint écarlate. Cela commençait très mal !

Il éclata de rire, avant de réaliser qu'il l'avait offensée.

— Veuillez me pardonner. Je ne riais pas de vous, mais de ma propre arrogance – et de ma confusion. Si vous ne voulez pas m'épouser, pourquoi ne pas mettre un terme à notre arrangement ? C'est votre mère qui l'avait proposé, pas vous. Je ne ferai aucun scandale, c'est promis, et je jouerai le rôle de l'amoureux éconduit.

— Ce n'est pas une bonne idée. Comment maman et vous pourriez-vous continuer à vous voir ?

Il en eut le souffle coupé. Cette conversation n'avait ni queue ni tête. Il lui semblait impensable que cette innocente ait deviné l'attirance physique qu'il éprouvait pour sa mère.

— Pourquoi aurais-je envie de continuer à voir votre mère si ce n'était pour vous ?

— Ne jouez pas au plus fin, milord. Cela ne convient pas à un homme de votre expérience.

— Et de mon grand âge ? ajouta-t-il, pince-sans-rire.

— Vous êtes plus proche de maman que de moi, avouez-le.

Enfin, elle tenait les cartes en main ! Le pauvre homme ignorait qu'il était amoureux de sa mère, mais il n'allait pas tarder à le comprendre.

— Si vous continuez à nous voir et à nous accompagner à des réceptions, vous aurez l'occasion de la courtiser.

— Courtiser votre mère ! s'exclama-t-il. Pardonnez-moi, mais je n'y comprends rien.

— En aucune autre circonstance elle ne vous permettrait de l'approcher, expliqua Lorilee. Me croyez-vous aveugle uniquement parce que je suis jeune ?

Il secoua la tête.

— Corrigez-moi si je me trompe, mais vous pensez que je dois me servir de notre... arrangement pour courtiser votre mère, c'est bien cela ?

— En effet, répondit-elle d'un ton jovial. Vous êtes attiré par elle, et elle par vous. C'est une évidence.

— Pour vous peut-être, répliqua-t-il, sentant le rouge lui monter au visage.

Il ne pouvait nier que Miranda et lui partageaient une puissante attraction physique. Ce qui, pour une jeune fille innocente, devait se conclure par un mariage. Mais il lui paraissait hautement improbable qu'une femme aussi indépendante envisage de se remarier un jour.

— Je crains de vous avoir plongé dans l'embarras, milord, ce qui n'était certes pas mon intention, se défendit Lorilee, qui cherchait comment convaincre le baron de la justesse de sa cause. J'ai tout compris le jour de l'accident dans le parc. Cette façon que vous aviez de vous tenir...

— Est-ce ce jour-là que vous avez conçu ce plan ?

Le mariage ne faisait pas partie de ses projets lorsqu'il avait débarqué en Angleterre. Acculé, il avait accepté la proposition de Miranda. Il s'agissait alors de courtiser une jeune fille malléable. Épouser sa mère était en revanche une autre paire de manches. Comment l'expliquer avec tact à la fille ?

— J'ignore quand l'idée a germé dans ma tête, reprit-elle. Peut-être lors de l'attaque devant l'Opéra, quand...

Elle hésita.

— Quand vous avez été effrayée par mon comportement, risqua-t-il pour l'aider. La guerre change un homme, vous savez.

— Ma mère et vous avez affronté une adversité qui me fait peur, je l'avoue, fit-elle posément. Mais des expériences aussi amères vous ont façonnés de telle manière qu'il est naturel que vous soyez attirés l'un par l'autre.

Brand s'était toujours interrogé sur la relation de Miranda avec son mari. Elle prétendait que c'était un homme bon, mais il savait qu'il était impitoyable en affaires, aussi se demandait-il si Miranda disait la vérité.

— Est-ce que vous vous souvenez de votre père ?

— Très peu, hélas. J'étais fort jeune quand il est mort. Il était rarement à la maison avant de tomber malade. Puis on m'a empêchée d'entrer dans sa chambre. Maman a été si courageuse. Elle partageait son temps entre lui et moi, et veillait à ce que je ne me sente pas délaissée.

— Vous êtes partie pour ressembler à votre mère. Pendant tout ce temps, vous avez fait semblant d'être une jeune fille frivole, uniquement pour que je l'apprécie plus que vous. Est-ce que je me trompe ?

Il souriait, et elle ne put que hocher la tête.

De ce qu'elle avait dit de ses parents, il avait déduit un certain nombre de choses. Et il voulait en savoir plus. Non pas qu'il eût la moindre illusion : jamais Miranda ne le laisserait la courtiser. Cependant, quelqu'un en voulait à sa vie. Il commençait à l'expliquer à Lorilee, quand celle-ci l'interrompit.

— M. Saint-John et Tilda en ont discuté, et elle m'a tout raconté. Raison de plus pour ne pas vous éloigner de ma mère, vous ne croyez pas ?

— Je doute que votre mère envisage jamais de m'épouser, mais jusqu'à ce que nous ayons tiré cette histoire au clair, je vous promets de continuer à garder un œil sur vous deux.

— Ma mère et moi vous sommes grandement redevables, lord Rushcroft.

En quittant le bureau, Lorilee arborait un large sourire. Elle était bien la fille de sa mère, après tout.

11

— Si j'ai bien compris, un attelage a failli renverser votre voiture. Vous auriez pu être piétinée.

Brand se dressait dans l'embrasure de la porte du salon, posant un regard accusateur sur Miranda, assise dans un fauteuil, son chat sur les genoux.

— Je constate que vous êtes toujours aussi bien renseigné, milord. Mais ce n'était rien d'autre qu'une de ces mésaventures qui ont souvent lieu en fin de journée, lorsque les gens s'empressent de fuir la City. Il n'y a pas de quoi s'inquiéter, assura Miranda qui se leva et déposa Marmelade sur le coussin.

— Ne pas s'inquiéter ! rugit-il en pénétrant dans la pièce. Après tout ce qui s'est passé, vous ne croyez tout de même pas qu'il s'agissait d'un banal accident.

Il se retenait pour ne pas l'empoigner par les épaules et la secouer. À la lumière de sa conversation surprenante avec Lorilee, le matin même, il se demanda soudain s'il n'était pas en train de tomber vraiment amoureux de cette femme. Absurde. Mais alors, pourquoi avait-il eu si peur quand Sin lui avait relaté l'accident sur le Strand ? Pourquoi s'était-il précipité chez Miranda afin de s'assurer qu'elle n'était pas blessée ?

— Comment quelqu'un aurait-il pu préparer un tel chaos ? répliqua-t-elle, irritée par les manières arrogantes du baron. Au moins douze voitures ont été mêlées à l'accident. Je doute que tous les cochers me voulaient du mal.

— Il suffit d'un homme habile capable de saboter un harnais et d'effrayer un cheval. Il y a toujours une foule indescriptible sur le Strand à cette heure-là. Or ce n'est pas la première fois que ce genre d'« accident » vous arrive. À partir de maintenant, vous n'irez nulle part sans un garde.

Elle le regarda comme s'il venait de lui proposer de se promener en ville toute nue.

— Pardon ? lâcha-t-elle, sentant sa colère monter. Je me déplacerai comme je l'entends. Je n'appartiens pas à votre régiment, major. Et au cas où vous deviendriez un membre de cette famille, ce qui semble de plus en plus improbable, je ne tolérerai pas non plus de recevoir des ordres. Ici, c'est moi qui donne les ordres.

— Pas à moi !

Ils se défièrent du regard jusqu'à ce que le chat saute du fauteuil et s'approche tranquillement de Brand. Lorsque ce dernier s'écarta pour lui céder le passage, Miranda sourit.

— Lui non plus n'accepte pas les ordres.

— Alors nous sommes quittes.

Brand poussa un soupir, et fourragea dans ses cheveux. Elle retourna s'asseoir.

— Bon, d'accord, je vous demande pardon de m'être montré aussi autoritaire, fit-il. Mais vous auriez pu être tuée. Est-ce trop exiger que de vous demander d'être escortée par un valet de pied supplémentaire quand vous vous rendez à la City ? Et est-ce qu'il ne serait pas plus prudent de mener vos affaires depuis votre domicile jusqu'à ce que nous ayons trouvé qui est derrière tout cela ?

— Ne soyez pas ridicule !

Comme il se raidissait, elle reprit d'un ton plus conciliant :

— Je ne peux pas rester ici et demander aux gens de me tenir informée des événements comme si j'étais une reine en son palais. Du reste, je suis en train de négocier un contrat très important avec une compagnie de chemin de fer en Amérique.

— Vous parlez du transcontinental que financent Durant, Stanford et ces autres maudits Yankees ? demanda-t-il. Veuillez excuser mon langage, madame, mais je ne peux prononcer le mot *Yankee* sans lui accoler l'adjectif approprié.

Elle esquissa un sourire.

— Ces Yankees ont besoin d'aide pour financer leur chemin de fer, sans parler de rails en acier et d'autres matériaux de l'industrie lourde.

— Je suis impressionné.

Il disait la vérité. Il avait lu dans la presse des articles au sujet du chemin de fer qui devait relier l'Atlantique au Pacifique. Des capitaux britanniques étaient indispensables pour en assurer le succès.

— Vous pouvez l'être, rétorqua-t-elle. Si mon homme de confiance parvient à remporter le contrat, Auburn Aciéries empochera une petite fortune.

— Sans parler d'Auburn Shipping, votre compagnie maritime, observa-t-il avec un sourire.

— Vous aussi savez mener une enquête approfondie, n'est-ce pas, milord ? fit-elle en lui rendant son sourire.

Quand il la regardait ainsi, Miranda sentait son cœur s'emballer. Elle avait beau savoir que c'était un comportement d'écolière, elle ne put s'empêcher de lisser sa jupe de soie grise d'une main nerveuse. La tenue était austère, destinée au travail, certainement pas ce que Lorilee ou Tilda auraient voulu qu'elle porte pour un entretien de ce genre.

Mais c'était sa fille qui devait plaire au baron, pas elle. Pourquoi avait-elle sans cesse besoin de se le rappeler ? D'autant qu'elle doutait qu'il envisage jamais d'épouser une femme plus âgée que lui. Horrifiée par ses pensées, elle reprit d'un ton froid :

— Hormis me faire des remontrances, y a-t-il une autre raison à votre visite, major ?

— Oui, répondit-il, amusé par son ton très « reine Victoria ». Le manoir de Rushcroft a certes besoin de réparations, mais mes domestiques m'assurent que je peux recevoir des invités. Je souhaitais vous proposer, à votre fille et à vous, de m'y rejoindre en fin de semaine pour fêter la naissance de deux poulains de Reiver. J'ai pensé que Mlle Auburn apprécierait l'escapade.

— Je ne sais si je peux m'absenter en ce moment…

Aimesley lui avait envoyé un télégramme dans lequel il évoquait une offre concurrente qui retardait la signature du contrat.

— Il y a un bureau de poste à Dorking.

— Lorilee adorerait voir les poulains, admit-elle.

— Et vous ? Après tout, vous investirez peut-être un jour dans mon haras.

— Est-ce typiquement américain de manipuler les gens avec autant de charme, major ? fit-elle, incapable de résister à son lumineux sourire.

— Lorsque c'est bien fait, c'est typiquement sudiste, madame.

Comment refuser ?

— Très bien. Je poserai la question à ma fille, mais je crois que nous devinons tous deux quelle sera sa réponse.

— Je passerai vous prendre pour aller à la gare vendredi à 17 heures. J'ai réservé un compartiment.

— Êtes-vous toujours aussi sûr de vous, major... ou est-ce seulement avec les femmes ?

— Voilà une question piège à laquelle aucun gentleman sudiste ne se risquerait à répondre, dit-il en lui prenant la main pour y déposer un baiser.

À peine eut-il quitté la pièce que Miranda porta la main à ses lèvres, et sentit la chaleur de la bouche de Brand.

Une douleur si brutale la transperça qu'elle en eut le souffle coupé.

Tandis qu'ils remontaient l'allée qui menait au manoir de Rushcroft, Brand se demandait avec une certaine appréhension quelle serait la réaction des Auburn. Par ailleurs, il s'en voulait d'avoir cédé à l'insistance de Lorilee qui lui avait demandé d'inviter son amie Abigail Warring et son fiancé, Jonathon Varley. Non seulement ce garçon était prétentieux, mais le domaine de ses parents jouxtait le sien. Pour couronner le tout, il venait de les informer que Geoffrey Winters et sa femme passaient quelques jours chez eux !

Ils avaient loué trois voitures à la gare, la première pour les invités, la deuxième pour les domestiques et la troisième pour les bagages, en nombre impressionnant pour une visite de seulement deux jours.

Lors de sa dernière visite, les rosiers rendaient l'âme et le bassin à poissons rouges était si boueux qu'on n'avait l'espoir d'apercevoir un poisson que lorsqu'il flottait à la surface, mort. Brand espérait que l'homme à tout faire avait au moins filtré l'eau. Regardant autour de lui, il remarqua qu'une partie des mauvaises herbes avait disparu, mais les pelouses étaient toujours aussi miteuses, et les massifs à l'abandon.

Rushcroft Hall était autrefois magnifique. Malheureusement, cela remontait à l'époque élisabéthaine. Situé sur une colline, il était flanqué d'un bois de noyers et de chênes. Aux XVIIe et XVIIIe siècles, on avait rajouté des ailes, mais la structure principale demeurait celle d'un manoir de pierre calcaire typiquement anglais.

Les hautes fenêtres à petits carreaux étaient élégantes, mais plusieurs panneaux étaient cassés, et les charnières de la lourde porte d'entrée en chêne étaient rouillées.

— Je vous avais prévenues que la maison avait besoin de réparations, mais j'en ai peut-être sous-estimé l'importance, avoua Brand avec flegme tandis que l'attelage s'immobilisait devant le perron.

— Je l'imagine déjà reconstruit à la manière gothique avec une tour ici et des fenêtres à arceaux, lança Lorilee avec enthousiasme.

Brand réprima un frisson. Faisait-elle semblant ou avait-elle hérité du goût exécrable de son père ?

— Pour ma part, jamais je n'abîmerais les lignes pures de cette architecture. Ce n'est pas une église médiévale, ma chérie, mais un manoir de campagne. Il n'a besoin que d'être restauré pour retrouver son charme d'autrefois. Regarde comme la lumière éclaire les fenêtres. C'est merveilleux.

— La première fois que je l'ai vu, il m'a rappelé River Trails, avoua Brand.

— Votre plantation à Lexington ? demanda Miranda, tandis que Lorilee et Abbie discutaient rénovation.

— Oui. C'était une maison néoclassique à colonnades. Neuve selon des critères anglais, mais très belle. J'aimais sa simplicité.

— C'est tragique qu'elle ait été détruite.

Il acquiesça.

— Quand je suis arrivé ici, j'ai pensé… les maisons sont très différentes d'un point de vue architectural, mais j'ai pensé que c'était…

— Votre maison, acheva Miranda d'une voix douce.

— Oui. Les meubles que le dernier baron n'a pas vendus pour payer ses dettes sont en mauvais état, mais ils ressemblent au mobilier familial.

— Rien à voir avec les monstruosités de ma maison de Londres, déclara Miranda avec un sourire taquin.

Brand lui sourit à son tour.

— J'avoue que le canapé de votre salon est inoubliable.

— Je me suis si souvent infligé des bleus à cause des griffons hideux qui servent d'accoudoirs que je me demande pourquoi je n'en ai pas fait du petit bois pour la cheminée.

— La maison n'est de toute évidence pas à votre goût. La plupart des femmes n'auraient pas hésité à la redécorer ou à la vendre pour en acheter une autre. Pourquoi ne l'avez-vous pas fait ?

Il savait qu'il s'engageait sur un terrain dangereux en lui posant une question aussi personnelle, mais il brûlait de connaître la réponse.

Miranda avait l'impression qu'ils étaient seuls au monde. Lorsqu'il la regardait, les rires des jeunes gens, et même les voix qui leur parvenaient de l'autre attelage semblaient se dissoudre dans l'air. Et pourtant, elle ne pouvait lui offrir une réponse honnête. La connaissait-elle seulement ?

— Mes affaires ne me le permettent pas. Je n'ai ni le temps ni l'envie de chercher une autre maison ou de supporter l'intrusion de peintres et de plâtriers.

— Eh bien, nous voici arrivés, commenta Jonathon Belford d'un air dédaigneux.

Il lissa sa moustache, mais son expression aurait été plus insultante si celle-ci avait été plus fournie. Il ressemblait à un chien de troupeau efflanqué.

Le baron sauta à terre sans attendre que le valet de pied déplie le marchepied. Il donna des ordres pour qu'on décharge les bagages. Miranda se leva. La courtoisie exigeait qu'elle laisse le baron l'aider. Elle sentait son regard fixé sur elle, la mettant presque au défi de lui donner la main. Dieu merci, tous deux portaient des gants !

Elle tressaillit pourtant en percevant la chaleur de ses doigts. Et fut soulagée que Lorilee et ses amis la suivent en babillant gaiement, lui procurant une distraction bienvenue. Elle s'efforça de se concentrer sur la maison plutôt que sur le baron. La demeure avait été fort belle et pourrait l'être de nouveau.

Mais elle ne lui appartiendrait jamais. Elle avait menti sur la raison pour laquelle elle n'avait jamais redécoré sa maison. Si atroce qu'elle fût, celle-ci avait fait la fierté de Will. Et c'était l'héritage de son enfant. De même que cette maison reviendrait un jour aux enfants de Brand et de Lorilee. Elle essaya de songer à ses futurs petits-enfants avec joie. Sans succès.

Elle repoussa ces pensées dérangeantes lorsqu'ils pénétrèrent dans le vestibule. Le parquet avait été ciré et révélait un travail de marqueterie intéressant, de même que l'escalier qui menait au premier. Des bouquets de fleurs ornaient les tables, mais les murs étaient dénudés.

— Comme vous pouvez le constater, mon prédécesseur a vendu tout ce qui pouvait l'être, déclara Brand. Mais on me dit que les lits ont été préparés avec des draps propres, et que nous avons une table sur laquelle nous pourrons dîner.

Lorilee lui sourit.

— Alors tout va bien pour ce soir, mais demain à la première heure, je désire voir les poulains. S'il fait aussi beau qu'aujourd'hui, nous pourrons peut-être pique-niquer.

— Est-ce qu'on joue au croquet en Amérique ? demanda Jonathon. Mon valet a apporté un jeu, il pourrait l'installer… avec votre permission, bien sûr

— Quelle bonne idée, fit Brand. Je suis certain que ces dames seront ravies. Mais peut-être pourrions-nous nous offrir une activité plus stimulante. Que diriez-vous d'une séance de tir ? J'ai demandé à mon valet d'apporter une paire de revolvers Adams Conversion.

Sachant qu'il avait été battu à son propre jeu, le jeune homme ne put qu'acquiescer. Il savait que le Baron Rebelle avait la réputation de ne jamais rater sa cible.

Alors que chacun gagnait sa chambre pour se changer avant le dîner, Miranda murmura à l'oreille de Brand :

— C'était un coup bas. Il est de notoriété publique qu'il est incapable de viser.

Il la gratifia d'un clin d'œil.

— Je sais. Mais quant à moi, je suis nul au croquet.

Lorilee les entendit rire, ravie. Elle avait un plan pour le pique-nique du lendemain, c'est pourquoi elle avait invité cet insupportable Jonathon Belford, sans parler de son ancienne amie Abbie.

— Cet homme est le plus exaspérant, le plus mal élevé, le plus obstiné, le plus prétentieux...

— Tu n'aimes pas M. Saint-John, Tilda ? Dis-moi la vérité, la taquina Lorilee tandis que la femme de chambre la coiffait.

Miranda éclata de rire en voyant l'expression furibonde de Tilda.

— Votre dispute a failli effrayer les chevaux, remarqua-t-elle. M. Saint-John semble être entiché de toi, Tilda.

— Il est trop suffisant pour s'intéresser à moi, riposta-t-elle en arrangeant les boucles de Lorilee. De toute façon, je ne prête aucune attention à un joueur comme lui.

— Il est un peu petit pour toi, observa Lorilee pensivement.

— Ah, ça ! À côté de lui, je ressemble à la Tour de Londres ! À vous, maintenant, dit-elle à Miranda.

— Contente-toi de me faire une natte et de la rouler en chignon.

— Oh, non, maman ! Tilda et moi avons choisi la robe dorée pour le dîner. Tu ne peux pas te contenter de ton banal chignon de tous les jours.

Miranda protesta. En vain. Elle finit par céder, comme d'habitude, aux pressions conjuguées de Tilda et de sa fille. Elle ignorait que sa femme de chambre avait emporté cette robe audacieuse. Quelles autres mauvaises surprises l'attendaient donc dans ces bagages qui remplissaient la chambre ?

Lorsqu'elles descendirent dîner, Lorilee constata que le baron était subjugué par sa mère, ce qui l'enchanta. Elle s'était débrouillée pour que Miranda et lui fussent voisins à table. Elle-même était placée entre Jonathon et Abbie qui semblaient consternés par l'état du manoir. S'ils avaient vu la demeure londonienne du baron ! Mais elle ne leur en parlerait pas, sachant qu'elle ne devait pas trahir le secret de sa visite chez lui. Elle ne voulait pas non plus trahir le baron pour qui elle commençait à éprouver une vraie tendresse.

Tandis qu'elle parlait de choses futiles avec ses amis, le baron et sa mère se lancèrent dans une discussion sur les débats au Parlement, l'un de leurs sujets favoris.

— Pourquoi est-ce que vous refusez d'admettre que de donner le droit de vote à des gens qui ne possèdent rien est de la pure folie ? Qu'ont-ils en jeu dans la société ? lâcha Miranda, exaspérée.

— Empêcher leurs familles de mourir de faim, peut-être, répliqua Brand. La théorie du laisser-faire économique est parfaite... en théorie. Dans la pratique, elle ne sert que les intérêts des riches. Les capitaines d'industrie peuvent fixer les prix et payer les salaires qu'ils désirent. Les ouvriers sont contraints de mettre femme et enfants au travail pour survivre. Il y a de quoi provoquer une révolution.

— Et moi qui croyais que c'étaient les propriétaires terriens et les marchands américains qui s'étaient rassemblés sous la bannière « pas de taxes sans députés », ironisa Miranda.

— Je faisais allusion à la sanguinaire révolution de 1789, en France. En Amérique, la société est dirigée par les propriétaires terriens et les marchands, mais vu l'abondance de terres libres qui offrent à beaucoup de gens modestes la possibilité de réussir, ceux qui ont un rôle à jouer dans la société sont bien plus nombreux. Ici, dans la nation la plus riche du monde, des millions de personnes sont prisonnières du cycle sans fin de la pauvreté. Il suffit de regarder les conditions de vie déplorables dans des endroits comme Seven Dials.

— Et vous donneriez le droit de vote à des bandits dans les quartiers pauvres ? demanda-t-elle d'une voix suave.

— Pas pour l'instant. Mais le gouvernement peut éduquer et donner l'occasion de s'en sortir à ces malheureux avant qu'ils se soulèvent et mettent Londres à feu et à sang. Ne croyez pas que j'ignore ce qui se passe quand l'avidité humaine prend le dessus.

— Je pensais que la guerre de Sécession concernait l'esclavage des Noirs, intervint Jonathon.

— Elle concernait bien des sujets qui taraudent aujourd'hui l'Angleterre, et dont les plus importants étaient l'avidité des industriels nordistes et l'horreur de l'esclavage, une institution que beaucoup de Sudistes n'ont jamais défendue.

— Et vous, est-ce que vous avez possédé des esclaves ? s'enquit Jonathon, s'attendant visiblement que la réponse soit positive.

— Non. Ma famille payait des salaires corrects à tous les employés de River Trails, qu'ils soient blancs ou noirs.

— De même que je paye, moi aussi, des salaires corrects, intervint Miranda, pour mettre un terme à une conversation qu'elle savait douloureuse pour le baron et au sujet de laquelle Jonathon ignorait tout. C'est une simple question de bon sens.

— Touché, dit Brand en levant son verre. Je ne saurais dire mieux. Mais cela ne répond pas à la question des mesures débattues en ce moment au Parlement.

Lorilee avala une gorgée d'eau en réprimant un sourire. La soirée se déroulait exactement comme elle l'espérait.

Après le dîner, ils se retirèrent dans le salon de musique où Abbie essaya en vain de jouer sur le vieux piano désaccordé. Ces messieurs ayant prévu de se lever tôt le lendemain, tout le monde se retira. Après le départ de sa mère, Lorilee rejoignit Brand dans le jardin où il fumait un cigare.

— Tout s'est déroulé à merveille ce soir, non ? murmura-t-elle.

— Vous trouvez ? fit-il d'un air dubitatif.

— Je le sais. Maman et vous avez tellement de points communs !

Il éclata de rire.

— Si elle avait été américaine, elle aurait battu à plate couture tous les capitaines d'industrie, du vieux Jake Astor au jeune Jay Gould. Mais nos idées politiques sont diamétralement opposées.

Lorilee agita la main.

— Peu importe ! Elle traite vraiment très bien ses employés, vous savez.

— Je l'ai entendu dire, en effet. Elle est associée à M. Mundella, de Nottingham, n'est-ce pas ?

— Oui, et c'est un député libéral aux idées progressistes.

— Vous jouez fort bien les têtes de linotte, mais derrière votre ravissant visage se cache un cerveau brillant, n'est-ce pas ? sourit Brand.

— Tout ce que je sais, si tant est que je sache quoi que ce soit, je l'ai appris de ma mère.

— C'est un excellent exemple. J'espère seulement que vous n'aurez pas à payer le même prix qu'elle, ajouta-t-il doucement.

— Êtes-vous parvenu à découvrir pourquoi elle avait épousé mon père ?

Lorilee était intriguée, car sa mère avait toujours éludé la question, se contentant de répondre que Will Auburn était un homme bien dont sa fille aurait été fière.

— Un peu. Lorsque vous serez plus âgée, je suis sûr qu'elle vous en parlera. Mais c'est à elle de le faire, pas à moi.

— Vous aimeriez en savoir plus, vous aussi, n'est-ce pas ?

— Décidément, vous ne cesserez de m'étonner, déclara Brand. Votre mère n'aurait pas pu rêver fille plus merveilleuse.

Soudain, Lorilee eut l'impression que Brandon Caruthers, le baron Rushcroft, l'inconnu violent qui l'avait tant effrayée, avait cédé la place à un proche, le confident qu'elle avait toujours souhaité avoir. Spontanément, elle se pencha et déposa un baiser sur sa joue.

— Et elle ne pourrait pas rêver meilleur mari, me semble-t-il.

À la fenêtre de sa chambre, Miranda observait la scène. C'était parfaitement inconvenant que Lorilee fût seule avec Brand, mais ils étaient jeunes, et ils seraient bientôt fiancés. Elle les voyait rire et sourire, percevait la voix grave de Brand et celle claire de Lorilee, sans saisir leurs paroles.

Puis Lorilee l'embrassa avant de tourner les talons.

Suffoquée par la douleur, Miranda se souvint comme elle avait porté sa main à ses lèvres après qu'il l'eut embrassée. Que ressentirait-elle si elle lui baisait la joue ? « Vieille folle ! » se réprimanda-t-elle aussitôt.

Bientôt, Lorilee viendrait lui souhaiter bonne nuit, et Miranda se demandait, le cœur déchiré de chagrin, comment affronter sa fille alors qu'elle était amoureuse de son futur mari.

12

Un attelage avait amené ces dames jusqu'à la prairie qu'elles traversaient pour se rendre à l'endroit où Brand et Jonathon devaient se mesurer au pistolet.

— C'est tellement excitant ! s'exclama Lorilee. Il paraît que le baron est un excellent fusil.

— Vu le nombre d'hommes qu'il a dû tuer au cours de cette guerre barbare, je n'en doute pas, commenta Abbie d'un ton amer, ouvertement mécontente d'être obligée d'assister à quelque chose d'aussi ennuyeux qu'une compétition de tir.

— Mais c'est tellement romantique de savoir qu'un homme a dû prouver sa valeur sur un champ de bataille, tu ne trouves pas, maman ?

— Si j'en crois les articles que j'ai lus sur les guerres d'aujourd'hui, l'adresse des tireurs n'a que peu à voir avec la victoire, répondit Miranda. L'objectif est de dominer son adversaire, le plus souvent en jetant plus d'hommes que lui dans la bataille, sans se soucier des pertes. C'est l'une des raisons pour lesquelles les forces de l'Union ont battu les confédérés. Leur guerre a été un massacre aussi inutile que la nôtre en Crimée.

Ce n'était pas la réponse qu'espérait Lorilee, mais elle décida néanmoins de s'en servir.

— Lord Rushcroft et toi comprenez tellement de choses. Je suis certaine qu'Abbie et moi ne serons jamais aussi savantes.

— Dieu nous en préserve ! s'exclama Abbie, avant d'adresser un sourire mielleux à Lorilee. Est-ce que tu m'en voudrais beaucoup si Jonathon acceptait une invitation de M. Winters et de sa femme à prendre le thé demain ? Après tout, tu es quasiment fiancée désormais.

Miranda aurait aimé tirer les boucles soigneusement coiffées de la jeune fille. Cette peste savait combien la trahison de Geoffrey Winters avait bouleversé sa fille.

— Je ne suis pas certaine que…

Mais Lorilee lui coupa la parole.

— Je serais heureuse de rencontrer les nouveaux voisins du baron. Puisque le manoir de Pelham est contigu au domaine de Rushcroft, il serait impoli de refuser, n'est-ce pas, maman ?

Miranda acquiesça, un peu perplexe. Lorilee était-elle à ce point sous le charme de Brandon Caruthers qu'elle en avait oublié les frasques du fils Pelham ? Ce serait merveilleux, tenta-t-elle de se convaincre, le cœur serré.

— Il paraît qu'ils ont une invitée originaire de la même région que le baron, reprit Abbie. Un endroit appelé Kentuck, je crois.

— Kentucky, corrigea Miranda, que la jeune fille agaçait de plus en plus.

— Maman sait tant de choses ! s'écria Lorilee. Comme le baron. Moi, je ne me suis jamais intéressée à la géographie ni à la politique, sans parler des guerres, ajouta-t-elle avec un sourire ingénu.

La réflexion étonna Miranda, car sa fille avait toujours été une élève brillante et curieuse. L'arrivée des hommes interrompit ses pensées. Brand était vêtu d'une veste de chasse et de pantalons d'équitation qui mettaient en valeur sa silhouette athlétique de cavalier. Comparé à Jonathon Belford, en costume de laine et chemise à col empesé, il semblait éminemment viril. Son visage était hâlé par le soleil, tandis que les joues pâles du jeune homme indiquaient qu'il passait plus de temps dans les salons qu'en plein air.

N'importe quelle Anglaise aurait trouvé le fils du comte plus attirant, mais c'était par la voix grave et le sourire lumineux de Brand que Miranda était fascinée. Ses cheveux décolorés par le soleil lui retombaient sur le front. Quand il les repoussa nonchalamment de la main, elle sentit son pouls s'emballer. Même sa cicatrice le rendait plus attrayant, songea-t-elle. Elle glissa un regard coupable en direction de sa fille. Si celle-ci était amoureuse, elle le cachait bien, car elle se contenta de faire une révérence charmante mais distante au baron.

« Je vois ce que j'ai envie de voir », se dit-elle.

— Mesdames, je suis heureux de constater que vous vous intéressez à notre humble passe-temps, remarqua Brand avec un clin d'œil pour Miranda qu'il trouvait très séduisante dans une robe de coton vert mousse qui rehaussait les tons chauds de sa chevelure. Je vous promets que cela ne durera pas longtemps.

— Maman nous parlait de la guerre et de l'adresse au tir. J'imagine que tout cela est très romantique, soupira Lorilee.

— Pas vraiment. C'est divertissant de tirer pour s'amuser, et de chasser pour manger du gibier, mais quant à la guerre… je peux vous assurer que cela n'a rien de romantique.

— Vous étiez du côté des perdants, me semble-t-il, déclara Jonathon, comme si cela expliquait l'aversion du baron pour le combat.

Quel insupportable blanc-bec ! Brand, qui regrettait d'avoir proposé cette épreuve de tir et avait décidé de laisser le jeune homme gagner, revint sur sa décision.

— En effet, nous avons perdu la guerre. Sans cela, je ne serais pas ici.

— Ne me dites pas que vous auriez refusé d'appartenir à l'aristocratie anglaise pour rester éleveur de chevaux dans le Kentucky ! s'écria Abbie, incrédule.

— Je crains que le baron n'ait agi exactement ainsi, si inconcevable que cela vous semble, Abbie, répliqua calmement Miranda, avant d'échanger un regard malicieux avec le baron.

— Nous commençons ? demanda sèchement ce dernier à Jonathon.

Il désigna les assiettes en étain accrochées à des branches, à une distance d'entre vingt et soixante-dix mètres, et proposa à son adversaire de choisir une cible.

En dépit du vent qui compliquait la tâche, Jonathon choisit la cible la plus éloignée. Il la manqua. Il essaya une cible plus proche, et la manqua elle aussi. Agacé, il se mordit la lèvre.

— Je crois que mon arme n'est pas bien réglée, fit-il d'un air pincé.

— Me permettez-vous de l'examiner ? demanda Brand.

Il fit basculer le barillet qu'il examina avec attention, puis le referma d'un coup sec et pointa tranquillement l'arme sur la cible la plus proche. Il l'atteignit en plein milieu. Sans hésiter, il tira sur chacune des autres cibles, sans en manquer une seule.

— Non, je ne crois pas que l'arme fonctionne mal, déclara-t-il. Mais peut-être êtes-vous accoutumé aux fusils de chasse qui servent à abattre des cibles en mouvement. Il faudra essayer de nouveau pendant la saison de chasse.

— Je m'en réjouis d'avance, répliqua Belford, rouge d'embarras.

— Maman, je viens de penser à quelque chose, intervint Lorilee. Puisque tu insistes pour te rendre seule à la City, peut-être pourrais-tu apprendre à tirer, non ? Qu'en pensez-vous, milord ?

— Je vous enseignerai volontiers à manier une arme, dit-il, défiant Miranda du regard. Après tout, une femme qui possède des biens doit savoir se défendre contre tous ceux qui ne possèdent rien.

— Quant à moi, j'ai mal aux tympans, et l'odeur de la poudre me donne la migraine, se plaignit Abbie.

— Rentrons à la maison, ma chérie, proposa aussitôt Jonathon.

— Je vous accompagne, proposa vivement Lorilee. Nous vous retrouverons pour le déjeuner, maman.

Elle déposa un baiser sur la joue de sa mère, puis entraîna Abbie et Jonathon vers l'attelage qui les attendait plus loin.

— Mes deux revolvers ne sont en rien défectueux, commenta Brand en suivant les jeunes gens du regard.

— La seule chose qui le soit, ici, c'est cet impertinent et la petite sotte qu'il va épouser, rétorqua-t-elle.

Brand éclata de rire.

— J'allais le laisser gagner jusqu'à ce qu'il fasse cette remarque stupide sur la guerre.

— À moins de vous tirer une balle dans le pied, je doute que vous y soyez parvenu. Une véritable gageure même pour le plus charmant des gentlemen sudistes, ajouta-t-elle en imitant son accent.

Brand rit de plus belle.

— Croyez-moi, je ne suis pas aussi charmant que cela, répliqua-t-il en se rapprochant d'un pas.

Un doux parfum de lavande lui effleura les narines. Étouffant une envie folle de libérer ses cheveux pour y enfouir les doigts, il lui tendit l'un des revolvers.

Miranda baissa les yeux non sur l'arme mais sur la main qui le tenait. Brand ne portait pas de gants. Elle remarqua quelques petites cicatrices.

— Je… je ne sais pas…

— Ne craignez rien, dit-il doucement, je vais vous aider, et je vous donne ma parole que nos pieds s'en sortiront indemnes.

— Mais moi, je risque de faire une bêtise, murmura Miranda, le souffle court, tandis qu'il se plaçait derrière elle et guidait son bras en direction de la cible la plus rapprochée.

— Placez l'index sur la détente, comme ceci, et visez en vous servant de l'encoche sur le canon.

Miranda se sentait grisée par son odeur, mélange de savon à barbe et de soleil. Elle serra les lèvres et tenta de se concentrer. Si seulement elle n'avait pas été aussi consciente de la chaleur de son corps, de sa main qui enveloppait la sienne, de son souffle contre son oreille…

— Appuyez doucement.

Elle lui obéit, et l'assiette valsa. Un petit trou rond l'ornait en plein milieu.

— J'ai réussi ! s'exclama-t-elle, sidérée. Je n'en reviens pas !

— Vous êtes bien plus douée que le jeune Belford, déclara-t-il, enchanté.

Elle lui lança un regard faussement indigné.

— Il est si mauvais que le compliment n'en est pas un. Du reste, c'est vous qui m'avez aidée à viser. Je n'ai rien fait.

— C'est faux. Vous êtes trop modeste.

— Mes rivaux en affaires vous contrediraient avec véhémence, rétorqua-t-elle en s'écartant, car sa proximité lui tournait la tête – à moins que ce ne fût la détonation.

— Essayons une nouvelle fois.

Miranda s'efforça d'écouter ses conseils, mais elle ne parvenait pas à faire abstraction de ce corps si près du sien. Elle n'avait jamais réalisé combien il était grand et solide.

Elle se concentra sur la seconde assiette, inspira profondément.

Et atteignit de nouveau sa cible.

— J'ai réussi !

— Vous avez un vrai talent. Essayons...

Un coup de fusil claqua dans les bois qui bordaient le champ.

— À plat ventre ! cria Brand qui plongea avec elle vers le sol.

Au même instant, un deuxième coup siffla au-dessus de leurs têtes.

Miranda était allongée sur le sol, le corps de Brand la recouvrant entièrement. Haletante, écrasée sous son poids, elle se sentait pourtant curieusement réconfortée. Bien qu'il fût svelte, il était étonnamment lourd. Tout en muscles. Son torse se soulevait en rythme contre son dos. Elle demeura immobile.

— Êtes-vous blessée ? chuchota-t-il.

— J'ai eu le souffle coupé, mais je ne suis pas blessée.

— Nous devons garder ces hautes herbes entre nous et le tireur, murmura-t-il en glissant une cartouche dans le barillet. Au moins, nous avons deux armes et des munitions.

— Vous ne pensez tout de même pas que cette personne va se rapprocher ? Quelqu'un va être alerté par les coups de feu, non ?

— Dans la mesure où nous sommes ici pour nous exercer au tir, je doute que quiconque s'étonne d'entendre des détonations.

Il parcourut des yeux la lisière de la forêt dans l'espoir de repérer un mouvement.

— Mais étant donné que notre adversaire utilise une carabine, si Sin ou le vieux garde-chasse l'entendent, ils comprendront que quelque chose ne tourne pas rond.

— Et si ce n'est pas le cas ?

— Nous serons en mauvaise posture.

Brand savait que s'ils restaient ainsi allongés, l'homme qui essayait de les tuer pourrait se rapprocher et achever le travail. Rien ne bougeait à l'endroit d'où l'on avait vraisemblablement tiré, ce qui indiquait que leur ennemi connaissait le terrain, et que ce n'était pas un débutant. Ce qui n'était guère rassurant.

Les douces rondeurs de Miranda qui épousaient son corps étaient une distraction dangereuse. Il avisa une cabane à une cinquantaine de mètres.

— Nous allons essayer de rejoindre cette cabane, lui annonça-t-il. Je vais vous aider à vous relever. Vous vous tiendrez devant moi, puis soulèverez vos jupes et vous courrez comme jamais. Ce n'est pas le moment d'être pudique, vous m'avez compris ?

Son visage était au-dessus du sien, et Miranda, qui avait tourné la tête, sentait son souffle sur sa bouche.

— Pas de fausse modestie, j'ai compris, croassa-t-elle.

Dès qu'ils furent debout, elle empoigna ses jupes à deux mains et s'élança. Comme elle trébuchait sur une pierre, il l'attrapa par le coude et la propulsa en avant. Un autre coup de fusil les manqua de peu.

« Il pourrait recevoir une balle qui m'est destinée ! » réalisa-t-elle soudain.

Tout en courant, elle priait de toutes ses forces. Elle se rua à l'intérieur de la cabane, Brand sur les talons.

— Baissez-vous ! ordonna-t-il en refermant presque entièrement la porte.

Quand il entendit la voix de Sin qui donnait l'ordre au garde-chasse d'aller fouiller les bois, il se tourna vers elle avec un grand sourire.

— Je crois que nous sommes sauvés.

— Dieu soit loué !

— J'ignorais que les Anglaises étaient sportives. Vous courez comme une déesse de l'Olympe.

Miranda se sentit tout à coup prise de vertige, à présent que le danger était passé. Croisant le regard d'ambre de Brandon Caruthers, elle frissonna.

— Attendez-moi ici, dit-il.

Il sortit, et elle l'entendit demander à Saint-John de rester avec elle pendant qu'il fouillait le bois avec le garde.

Ils ne trouvèrent que des empreintes de pas qui disparaissaient dans l'herbe épaisse de l'autre côté du bois. Ce champ appartenait aux Pelham, et Geoffrey Winters passait quelques jours dans la propriété familiale. Brand songea que, pour une fois, il irait prendre le thé avec plaisir.

Une heure plus tard, l'invitation officielle des Pelham leur parvint. Le mot précisait que les Winters avaient aussi une invitée à demeure. Jonathon et Abbie exprimèrent leur enthousiasme, tandis que Brand s'amusait en silence de ce geste de bon voisinage. Cependant, il s'inquiétait de la réaction de Lorilee, et décida de demander à Miranda ce qu'elle en pensait.

Quand il était rentré, après avoir fouillé les bois, elle s'était montrée nerveuse, et elle l'évitait depuis. Il apprit par Lorilee qu'elle s'était retirée dans un petit salon. Debout dans l'embrasure de la porte, il la contempla un moment, imagina sa chevelure qui flamboyait au soleil répandue sur ses épaules.

Elle dut sentir sa présence, car elle leva les yeux de son livre. Son expression ressemblait à la sienne. Surprise. Troublée. Avide.

— Bonjour, major. J'espère que vous allez bien.

— Aussi bien qu'un homme qui vient d'échapper à la mort peut aller, répondit-il. Et vous, madame, comment vous sentez-vous ?

— Très bien, merci. Je me suis permis d'emprunter ce livre dans votre bibliothèque.

Il s'approcha pour en déchiffrer le titre.

— Shakespeare. Rien d'étonnant que vous connaissiez ses pièces par cœur. Je suis heureux que vous ayez trouvé quelque chose à votre goût.

Ils se dévisagèrent en silence.

— Vous vouliez quelque chose en particulier, major ?

À l'instant où elle prononça ces paroles, elle sentit le rouge lui monter aux joues. Décidément, cet homme la poussait à commettre sans cesse des impairs. Son sourire lui prouva qu'il avait parfaitement saisi le sous-entendu involontaire.

Quand il s'assit sur le canapé recouvert de chintz usé, ses genoux effleurèrent ses jupes, et elle refréna l'envie de les ramener vers elle telle une armure.

— Vous m'avez manqué au déjeuner. Et comme vous n'avez pas pris de petit-déjeuner non plus, j'ai eu peur que vous ne soyez malade.

— Le matin, je me contente d'une tasse de thé.

Il secoua la tête d'un air réprobateur.

— C'est une mauvaise habitude. Chez moi, les gens prennent le premier repas de la journée très au sérieux.

Ils raffolent de jambon frit, d'œufs... Et j'ai pu constater que les Anglais y étaient encore plus attentifs.

— Vous parlez des hommes, non des femmes. Si je mangeais autant, je pèserais plus que la reine.

Aussitôt, Miranda porta la main à sa bouche, horrifiée.

— Mon Dieu, je n'en reviens pas d'avoir dit cela ! s'exclama-t-elle.

— Crime de lèse-majesté ! Prenez garde, car je crains que Sa Majesté ne vous le pardonne pas.

Ils rirent de bon cœur.

— Je voulais vous parler avant notre visite chez les Pelham. Il est évident que quelqu'un veut vous éliminer. J'espérais qu'en étant loin de la ville, vous seriez en sécurité, mais cela semble être le contraire.

— La présence de Geoffrey Winters vous paraît une curieuse coïncidence ?

— Je me demandais si votre intervention alors qu'il courtisait votre fille aurait pu faire de lui votre ennemi.

— J'en doute, major. M. Winters est un pleutre doublé d'un mufle.

— Il aurait pu engager quelqu'un pour exécuter la sinistre besogne à sa place.

— À mon avis, il est incapable de courir un tel risque. Du reste, quel serait son intérêt maintenant qu'il est marié ?

— Je me souviens de la proposition indécente qu'il a faite à votre fille, à Ascot. Peut-être a-t-il vu votre influence dans sa réaction.

— Même s'il avait le courage de se venger, j'imagine qu'il s'en prendrait à Lorilee et non à moi. Non, je ne crois vraiment pas qu'il constitue une menace.

— J'ai tendance à penser comme vous, mais je l'étudierai de près lors de notre petite visite. Ne craignez-vous pas que votre fille soit troublée de le voir avec sa femme ? ajouta-t-il après une pause.

— Si j'en juge par ce qui s'est passé à Ascot, je ne le pense pas. C'est plutôt sa femme qui trouvera la situation insupportable. Je ne comprends vraiment pas ce qu'il leur a pris de nous inviter.

— Winters et Belford sont amis, lui rappela Brand. Et comme il semble aimer les rebuffades, l'imbécile songe peut-être à insulter de nouveau votre fille. Je me chargerai de lui en cas de problème. À moins qu'elle préfère ne pas venir.

— Lorilee n'éprouve plus rien pour lui, déclara Miranda en s'efforçant de sourire. Je crois que vous n'êtes pas étranger à ce changement.

Il haussa les épaules.

— Ne m'accordez pas tout le mérite. Elle a hérité de votre bon sens. Il lui faut seulement un peu de temps pour grandir.

Il réfléchit un instant, cherchant comment amener l'autre problème sur la table. Leurs conversations lui semblaient toujours tellement minées, et il redoutait sa réaction.

— Les Winters ont annoncé qu'ils ont une invitée, lâcha-t-il à brûle-pourpoint.

— M. Belford l'a mentionné, en effet.

— Il s'agit de Reba Wilcox.

— Mon Dieu...

— Comme vous dites. Geoffrey Winters n'aurait peut-être pas le courage d'engager un braconnier pour vous éliminer, mais ma compatriote n'hésiterait pas une seconde. Encore que je n'aie aucune idée de sa motivation.

— Peut-être voulait-elle se débarrasser de vous parce que vous l'avez rejetée.

— Gâtée et égoïste comme elle l'est, Reba ne risquerait pas de me tuer pour cette raison, et les autres tentatives vous visaient clairement. Je veux absolument découvrir le lien entre toutes ces attaques.

Miranda hocha la tête pensivement.

— Ce thé pourrait se révéler intéressant, admit-elle.

À l'inverse du domaine de Brand, la propriété voisine était en parfait état. Geoffrey Winters et sa femme se tenaient sous l'immense chandelier de cristal qui ornait le hall, affichant des sourires contraints pour accueillir leurs invités.

Geoffrey ne se détendit qu'en serrant la main de son vieux complice et compagnon de beuveries Jonathon Belford.

Varinia Winters précéda ses invités dans un vaste salon, et les domestiques s'empressèrent d'apporter des plateaux d'argent massif chargés de pâtisseries et de sandwiches au cresson.

— Mme Wilcox ne va pas tarder, expliqua Varinia. Elle vient tout juste de rentrer d'une promenade à cheval avec mon mari. Veuillez excuser son retard.

Son ton laissait clairement entendre qu'elle aurait souhaité que la veuve restât absente toute la durée de son séjour. Les invitées prirent place sur des chaises Louis XV.

La théière semblait peser une tonne, songea Miranda tandis que la maîtresse de maison versait le thé. Les lèvres pincées, celle-ci tendit des tasses en porcelaine de Sèvres aux trois femmes. Il était évident qu'elle avait été contrainte et forcée de participer à ce petit jeu. Elle jetait de fréquents regards à Geoffrey qui proposait à ses hôtes différents alcools, et Miranda et Lorilee ne purent s'empêcher d'avoir pitié d'elle.

— Mon mari préfère une liqueur plutôt que du thé dans l'après-midi, observa Varinia sans cacher sa désapprobation.

Le jeune homme n'était visiblement pas à un vice près.

— La propriété familiale des Pelham est splendide, remarqua Miranda aimablement. Je ne connaissais pas cette partie du Surrey. C'est un endroit magnifique, qui n'est pas encore gâté par les industries et leur cortège de nuisances.

— Mais l'industrie et ses nuisances ont fait de vous une femme riche, madame veuve Auburn, lança une voix moqueuse.

Miranda tourna la tête, et découvrit Reba Wilcox dans une robe turquoise audacieuse qui ne dissimulait rien de ses charmes.

— J'ai cru comprendre que vous aussi aviez perdu votre mari... récemment, répliqua-t-elle en détaillant ouvertement la tenue indigne de l'Américaine.

Lorilee et Abbie restèrent confondues devant cet échange acerbe, mais en jeunes filles bien élevées, elles ne pipèrent mot.

La plupart des femmes mariées auraient réfléchi à deux fois avant d'enfiler une tenue aussi provocante, même pour une soirée londonienne. Pour un thé à la campagne, elle était parfaitement déplacée, et personne ne l'ignorait. Varinia Winters se raidit et entreprit de faire les présentations.

— Ma fille et moi avons déjà rencontré madame, se contenta de déclarer Miranda.

Varinia releva que Miranda n'avait pas dit qu'elles avaient eu « le plaisir » de la rencontrer – formule traditionnelle –, et elle lui adressa un faible sourire tandis que son mari se précipitait vers Reba Wilcox avec une sollicitude gluante. Au grand désarroi d'Abbie, Jonathon fit de même.

— Il me semble que vous êtes amis, observa Geoffrey lorsque Brand s'approcha pour s'incliner devant l'invitée.

— En effet, la veuve Wilcox et moi-même nous connaissons bien. Encore que je ne dirais pas que nous fussions de grands amis.

Reba porta une main gantée de dentelle à son cœur avec une moue.

— Que tu es cruel, Brand. Après tout, nous avons pourtant été pratiquement mariés.

Lorilee ne put retenir un hoquet de stupéfaction, et Reba afficha l'air triomphal d'un renard qui vient de dérober un poulet dans le poulailler.

— Et les Yankees m'ont emprisonnée, mais j'ai échappé à ces deux coups du sort.

Reba ignorait que Lorilee n'était pas amoureuse de lui, et que la révélation de leurs fiançailles, si elle l'avait surprise, ne l'avait pas blessée. Quant à Miranda, elle était au courant de son passé, mais ce qui agaçait Brand, c'était de ne pas savoir ce qu'elle en pensait.

Or l'opinion de Miranda comptait beaucoup pour lui. Plus qu'il ne l'aurait jamais imaginé.

13

L'après-midi ne fit qu'empirer, tandis que Reba occupait le devant de la scène, se pavanant devant Geoffrey et Jonathon qui la contemplaient la langue pendante. Abbie et Varinia étaient tout autant scandalisées par l'attitude de la blonde que par la réaction des jeunes gens, mais si Geoffrey avait espéré susciter la jalousie de Lorilee, il en fut pour ses frais. Jamais Miranda n'avait été aussi fière de sa fille, qui feignait d'ignorer les piques lancées par l'Américaine avec un charme ingénu qui amusait sa mère et le baron.

Elle était aussi soulagée parce que Brand semblait imperméable aux flatteries de Reba. Son indifférence affichée n'incitait que plus la veuve à flirter avec lui. Curieusement, pourtant, Lorilee ne paraissait pas s'en soucier, ce que Miranda trouvait plutôt étrange, de même d'ailleurs que l'attitude de sa fille depuis quelque temps.

Elle ne l'avait jamais vue se comporter comme une tête de linotte, ne parler que de toilettes et de mondanités. Abigail Warring déteignait peut-être sur elle, mais Miranda en doutait. Pendant le voyage en train, Lorilee avait discuté avec son amie de ce qu'elles allaient porter au bal des Wayfield, mais à présent, elle semblait très sereine, alors qu'Abbie fulminait.

Lorilee avait toujours adoré les chevaux, pourtant, depuis qu'un éleveur réputé la courtisait, elle n'abordait plus le sujet. Lorsque Brand parlait de ses poulains ou de ses projets pour transformer son domaine en un haras de pur-sang et de chevaux de selle, elle ne montrait qu'un intérêt poli.

Que se passait-il entre eux ? Ou que ne se passait-il *pas* ? Miranda n'avait pas inventé la scène romantique qui s'était déroulée sous ses yeux dans le jardin. Lorilee devait éprouver de la tendresse pour le baron. De son côté, ce dernier ne lui avait pas semblé très attentif à Lorilee, ces derniers jours. Son regard se portait plus souvent sur elle que sur sa fille. Son imagination lui jouait des tours, décréta-t-elle. C'était aussi sans doute son imagination qui lui donnait envie d'arracher un à un les cheveux de la veuve Wilcox !

— Il paraît que tu as l'intention de faire courir une pouliche à Ascot l'année prochaine, dit Reba. Tu vas montrer à ces Anglais ce que peut faire une fille du Kentucky.

Elle se tenait beaucoup plus près de Brand que ne le voulaient les convenances, de même qu'elle n'aurait pas non plus dû boire du sherry à l'heure du thé.

Les hommes s'amusèrent du sous-entendu osé, mais pas le baron qui se contenta de remarquer d'un air cynique :

— Sois assurée, ma chère, que je sais exactement ce dont les filles du Kentucky sont capables.

Il leva son verre de porto à sa santé, et l'avala d'une traite avant de s'approcher d'Abbie qui s'était assise au piano.

— Nous feriez-vous le plaisir de jouer un morceau, mademoiselle Warring ? Mlle Auburn m'a dit que vous étiez une pianiste accomplie, ajouta-t-il avec un sourire charmeur.

Abbie s'empourpra, puis attaqua avec enthousiasme une sonate de Chopin. Brand vint s'asseoir à côté de Miranda.

— Bien joué, major, souffla-t-elle.

Lorilee tapait du pied en mesure, et semblait ne pas remarquer que son prétendant s'était installé près de sa mère et non près d'elle.

— C'était le seul moyen de faire taire Reba... À moins de lui tordre le cou.

Miranda étouffa un rire.

— Croyez-vous qu'elle aimerait retrouver son cher mari dans une autre vie ?

— Cela m'étonnerait. Elle a peur du feu.

— Ainsi vous pensez qu'elle est destinée à l'enfer.

— Je n'en doute pas, mais elle ne se soucie guère de l'avenir. Elle ne s'intéresse qu'au présent.

— Et vous en faites apparemment partie, rétorqua Miranda plus sèchement qu'elle ne l'aurait voulu.

Seigneur, elle s'exprimait comme une femme jalouse !

— Elle adorerait être baronne ou, mieux encore, comtesse. Mlle Warring ferait bien de surveiller son fiancé. Le pauvre est tombé sous son charme.

— Le duc de Cumberland a un fils célibataire. Mme Wilcox pourrait viser encore plus haut.

— On m'a aussi dit qu'il avait la vérole. N'oubliez pas que Reba a peur de se brûler, chuchota Brand d'un air complice.

Miranda laissa échapper un petit rire.

— Vous êtes terrible! Je sais de source sûre que le jeune, euh... Brandon n'est pas reçu à la cour en dépit de son illustre famille.

— Un brandon? Oseriez-vous les jeux de mots osés, Miranda? la taquina-t-il.

Elle réalisa soudain combien elle aimait bavarder avec lui. Qu'il l'appelle par son prénom ne l'ennuyait pas, alors que ce n'était pas convenable. Pas plus du reste que de discuter de sujets qu'elle n'aurait jamais évoqués, même avec une autre femme. Certes, son orgueil et son arrogance l'irritaient par moments, mais jamais elle n'avait rencontré un homme tel que lui. « C'est parce qu'il est américain », se rassura-t-elle.

— Vous croyez qu'elle ne veut rien de plus qu'un titre de noblesse? s'enquit-elle.

— Earl était propriétaire d'une bonne partie du Kentucky, et sa famille possède des parts dans des banques sur la côte Est. Elle a assez d'argent pour acheter tout ce qu'elle désire.

— Sauf vous.

Aussitôt, Miranda regretta ses paroles. La remarque était trop personnelle. Et maladroite, car elle lui rappelait qu'à sa manière, elle était en train de l'acheter pour Lorilee. Une idée qu'elle en était venue à regretter.

Sans paraître s'offusquer de ses propos, il répondit :

— J'étais un jeune imbécile quand j'ai connu Reba. La guerre se charge de transformer votre vision du monde. Elle m'a évité de commettre la plus grosse erreur de ma vie, conclut-il avec un sourire.

— Qui aurait été de l'épouser?

Brand en frémit d'horreur.

— Elle aurait détesté perdre River Trails, et je n'ose imaginer quelle harpie elle se serait révélée en découvrant qu'elle était une baronne sans le sou.

— Au fond, c'est une chance pour vous deux qu'elle ait épousé M. Wilcox.

— En effet. Elle a fait son choix... et je ferai le mien.

Avant que Miranda pût répondre à cette remarque sibylline, la musique s'arrêta et tout le monde applaudit. Reba en profita pour s'approcher d'eux, et se laissa tomber gracieusement sur le fauteuil à côté du baron.

— Geoffrey m'a raconté que tu avais eu un petit accident de chasse, ce matin, fit-elle, une étincelle dans le regard.

— Quelqu'un a essayé de tuer Mme Auburn, répliqua froidement Brand. Ce n'était pas un accident.

Reba eut un rire de gorge

— Tu es sûr que ce n'était pas *toi*, la cible ? Tu as toujours eu le don de te faire des ennemis, Brand chéri.

— Se pourrait-il par hasard que vous vous promeniez dans les bois à ce moment-là, madame Wilcox ? demanda Miranda d'une voix suave.

Reba se raidit.

— J'espère que vous ne m'accusez pas de vous avoir tiré dessus.

— Cela expliquerait que personne n'ait été blessé, ironisa Brand.

— Pourquoi voudrais-je la tuer selon toi ? riposta Reba, ignorant ouvertement Miranda. Si je voulais encore de toi, c'est plutôt sur sa charmante fille que je tirerais, non ?

Une pause dans la conversation générale permit à tout le monde d'entendre sa remarque. Chacun demeura silencieux, choqué par ces propos inconvenants.

Brand sentit l'instinct maternel de Miranda irradier par tous les pores de sa peau. Il lui pressa la main pour la rassurer.

— C'était une plaisanterie malheureuse. Tout le monde sait que Mme Wilcox ne s'intéresse absolument pas à moi.

Reba s'étant échinée à prouver le contraire tout l'après-midi, la réflexion déclencha quelques rires gênés.

— Il reste des scones et de la marmelade, annonça Varinia d'un air faussement enjoué, pour dissiper le malaise.

Un peu plus tard, de retour au manoir de Rushcroft, alors que Lorilee et sa mère choisissaient leur robe pour le dîner, la jeune fille risqua :

— Crois-tu qu'elle aurait pu engager quelqu'un pour te tirer dessus ?

— La logique voudrait qu'elle s'en prenne à toi plutôt qu'à moi, répondit Miranda. Ce qu'elle a d'ailleurs adroitement fait remarquer.

Miranda était cependant inquiète, car elle avait décelé une dureté d'acier sous la façade alanguie de la veuve Wilcox. Elle connaissait ce genre de femmes pour les avoir croisées dans des salons où certains de ses associés paradaient avec leurs épouses ambitieuses. Mais ces Anglaises-là n'arrivaient pas à la cheville de Reba. Que cherchait-elle ? Elle n'espérait tout de même pas récupérer Brandon. Il lui avait clairement fait comprendre qu'il ne voulait plus avoir quoi que ce soit à voir avec elle.

— Pourrait-elle me vouloir du mal pour se venger du baron ? demanda Lorilee. Mais ça n'aurait aucun sens, puisque c'est toi qui as été la cible de ces prétendus accidents.

— Tu as raison, mais par précaution, j'aimerais dorénavant que tu te fasses accompagner par deux valets de pied.

— Seulement si tu me promets de faire la même chose, maman. Tu as échappé de peu à la mort à plusieurs reprises. Sois prudente, je t'en prie, supplia Lorilee en saisissant les mains de sa mère. Reste près du baron. Il saura te protéger mieux que quiconque.

C'était vrai, bien sûr. Miranda entendait encore les balles siffler à ses oreilles, et se rappelait que Brand n'avait pas hésité à se jeter sur elle, au risque de prendre une balle à sa place

Alors même qu'elle essayait d'enfouir en elle les émotions troubles qu'elle avait ressenties, allongée sur le sol avec lui, elle éprouva un horrible sentiment de culpabilité vis-à-vis de sa fille qui lui faisait si aveuglément confiance.

Lorilee surprit tout le monde ce soir-là en insistant pour organiser un pique-nique le lendemain. Miranda ne cacha pas son inquiétude, mais Abbie et Jonathon soutinrent sa fille. Le baron lui-même donna son accord, arguant du fait que, s'ils invitaient les Winters et Mme Wilcox, ils ne risqueraient rien.

Tandis que ces dames discutaient au salon après le dîner, et que le jeune Belford s'intéressait au contenu, limité, de la cave, Brand partit à la recherche de Sin.

En traversant le jardin en direction des écuries, il s'étonna d'entendre la voix de Tilda. Sin et elle s'étaient disputés en revenant de la gare, alors pourquoi diable se promenait-elle avec lui ? Il crut même l'entendre rire. Sin était-il occupé à la séduire ? Bien qu'il s'en servît rarement, son ami possédait un charme redoutable.

Brand patienta dans l'ombre, ne voulant pas les déranger.

— Allons, chérie, ne soyez pas aussi collet monté !

— Vous êtes au-delà du ridicule de proposer une chose aussi absurde ! Et je ne suis pas votre chérie, lança-t-elle avant de pivoter sur ses talons, et de regagner le manoir d'un pas décidé.

Brand eut juste le temps de se dissimuler dans un buisson d'épineux, mais Tilda était si préoccupée qu'elle passa près de lui sans le remarquer.

— Encore du travail pour le tailleur, grommela-t-il en s'extirpant du buisson.

— M'espionnerais-tu pour connaître ma technique de séduction ? ironisa Saint-John.

— Juste au cas où je déciderais de rester célibataire, répliqua Brand. Qu'as-tu fait pour qu'elle sorte ainsi de ses gonds ? Il y a quelques instants, j'ai cru l'entendre rire.

Sin haussa les épaules, avant d'entrer dans la petite pièce qu'il s'était aménagée dans les écuries afin de surveiller les poulains.

— Elle riait, en effet, mais parce qu'elle se moquait de moi. J'avais seulement suggéré que la cuisinière nous prépare un panier afin que nous ayons notre propre pique-nique demain.

— Sans chaperon ? Je m'étonne qu'elle ne t'ait pas giflé.

Saint-John eut un large sourire qui dévoila ses dents blanches.

— Elle est bien venue jusqu'ici sans chaperon, non ? Ma Goliath se laissera amadouer, tu verras. Et j'ai déjà parlé à la cuisinière.

— Ton assurance confine au suicide, commenta Brand en retirant une épine de son épaule. Qu'as-tu appris au village ?

— C'est la première fois depuis qu'il a abandonné les culottes courtes que Winters se rend à la propriété familiale en dehors de la saison de la chasse qui, comme tu sais, a lieu en automne, et pas en plein été.

— Penses-tu que cela ait un rapport avec son mariage précipité et son manque d'argent chronique ?

— Non. Il a remboursé certaines de ses dettes. Ce type a un don pour parier sur les tocards, mais il a les fonds pour s'adonner à sa passion. Je ne sais toujours rien sur O'Connell. Il a disparu corps et biens.

Brand se caressa le menton d'un air songeur.

— Winters est criblé de dettes, son père ne lui donne pas un sou, son beau-père le tient en laisse, mais il a encore de l'argent. Où se le procure-t-il ? Et pourquoi passe-t-il du temps à la campagne qu'il déteste ?

— Peut-être est-il seulement venu déposer sa pauvre femme avant de repartir ?

— Avec Reba à son bras ? Je doute que même Varinia tolérerait une attitude aussi insultante. Que pensent les gens du cru de ma compatriote ?

— Disons qu'elle n'a pas gagné le cœur du pasteur.

— Tu crois qu'elle aurait eu la possibilité d'embaucher quelqu'un pour tirer ces coups de fusil ?

— J'ai entendu parler de braconniers, mais comment les aurait-elle trouvés ? On ne peut pas les convoquer comme des valets de pied en quête d'un emploi.

— J'ai le sentiment que Geoffrey ou Reba sont derrière les tentatives de meurtre qui visent Miranda.

En entendant Brand appeler la veuve Auburn par son prénom, Saint-John arqua les sourcils.

— Miranda ? répéta-t-il, tandis que son ami s'assombrissait.

— Depuis que sa fille est venue me trouver, je me dis que… Oh, bon sang ! J'ai pensé…

Sin éclata de rire.

— C'est toujours dangereux de penser, surtout lorsqu'il s'agit de femmes.

— Alors pourquoi t'obstines-tu à courtiser sa femme de chambre ?

— Lorsque tu seras aussi vieux et aussi sage que moi, tu comprendras qu'il y a des défis qu'un homme doit relever tout simplement parce qu'ils existent.

Sceptique, Brand prit congé de son ami et retourna au manoir.

Il passa une nuit agitée à rêver des cheveux de Miranda déployés sur des draps blancs, de ses rondeurs sous ses mains, de son parfum enivrant. À l'aube, il rejeta les couvertures et se mit à arpenter sa chambre en se demandant si la dame en question lui accordait ne serait-ce qu'une pensée.

Un homme relève-t-il réellement des défis simplement parce qu'ils se trouvent sur sa route ? Des défis comme celui de ressentir une attirance impossible pour une femme assez riche pour l'acheter et le revendre mille fois ? Il enfila une robe de chambre et contempla le lever du soleil. Qu'allait-il faire lorsque Miranda ne serait plus en danger ? La quitter ?

— Pas question, dit-il à voix haute.

La journée s'annonçait magnifique. Le soleil brillait dans un ciel dégagé quand tous se retrouvèrent aux écuries, après l'église. Les Winters avaient été conviés au pique-nique. Par courtoisie, Mme Wilcox n'avait pas été oubliée, mais Varinia se fit un plaisir de leur présenter les excuses de son odieuse invitée. Au dernier moment, Brand avait invité le fils du pasteur et sa jeune femme, qui habitaient le village voisin, à se joindre à eux.

Les paniers contenaient des tourtes au faisan, des petits pois au beurre, des framboises à la crème et du pain croustillant. Un valet de pied remplissait des seaux à glace de bouteilles de vin, de friandises et de fruits frais. Bien qu'il n'en eût pas vraiment les moyens, Brand avait décidé d'offrir un festin de roi à ses invités.

Les Winters, le fils du pasteur et sa femme s'éloignèrent à cheval, tandis que Sin choisissait des chevaux pour les invités. Lorilee fut ravie de se voir attribuer une belle jument grise, Abbie et Jonathon eux aussi se montrèrent satisfaits de leurs montures. Miranda se tenait à l'écart, et Brand se souvint qu'elle n'aimait pas monter à cheval.

— J'ai ce qu'il vous faut, déclara-t-il, bien qu'elle ne portât pas une tenue appropriée. Milky Way est très doux. Avec lui, vous ne risquez rien.

Miranda secoua la tête.

— Allons, maman, la supplia Lorilee, c'est l'occasion ou jamais d'apprendre. J'ai une autre tenue d'équitation dans mes malles, elle devrait t'aller comme un gant.

Évitant de s'attarder sur la poitrine de Miranda, qui était plus généreuse que celle de sa fille, Brand dut admettre qu'elles pouvaient parfaitement échanger leurs vêtements, quoique la mère fût un peu plus grande.

— Allez donc vous changer pendant que nous préparons votre monture, proposa-t-il. C'est un hongre blanc, et un parfait gentleman.

— Non, vraiment… Je ne suis jamais montée à cheval. Pour être tout à fait honnête, ces grosses bêtes me terrifient, lui chuchota-t-elle à l'oreille. Voilà, vous êtes satisfait ?

Il eut un geste d'impuissance.

— Dans ce cas, vous ne me laissez pas le choix. J'irai avec vous dans un attelage.

— Ne soyez pas ridicule, voyons. Les jeunes gens seront beaucoup plus rapides que moi, et je ne veux pas gâcher votre promenade.

— Je monte à cheval tous les jours pour mon travail, et une promenade en voiture ne serait pas pour me déplaire. Je vais conduire l'un des attelages et Sin prendra l'autre, si Mlle Tilda veut bien se joindre à lui.

— Joueriez-vous les entremetteurs, major ? plaisanta Miranda. Du reste, les intentions de votre ami sont-elles honorables ?

— Sûrement pas, mais connaissant Mlle Tilda, je suis sûr qu'elle se débrouillera pour qu'il ne fasse pas de bêtises.

Ils rirent de bon cœur tandis que Jonathon demandait qu'on emporte le jeu de croquet.

— Où M. Belford compte-t-il l'installer dans ces collines ? s'étonna Miranda.

— Les chèvres ont dégagé un terrain près de l'étang où nous allons déjeuner. Pendant que nous étions à l'église, ce matin, il est allé étudier le site.

— Je suis certaine que vous avez prié pour son âme.

— Bien entendu. Mais je me demande qui va prier pour la mienne. J'en ai beaucoup plus besoin que ce malheureux jouvenceau.

— Est-ce ainsi que vous considérez ces jeunes gens, comme des blancs-becs sans expérience ? Je sais bien qu'aucun d'entre eux n'a connu l'épreuve de la guerre comme vous.

Il l'aida à grimper dans le petit attelage, puis le palefrenier lui tendit les rênes.

— Je suis plus âgé qu'eux, en effet. Et la guerre transforme un homme. Pas toujours en mieux, je le crains.

Il lui sourit sans parvenir à masquer une douleur secrète.

— Je prierai pour vous, major, murmura-t-elle.

Tandis que les cavaliers s'éloignaient en riant, leurs regards se croisèrent. Longuement.

— J'ai besoin de toutes les prières possibles. Merci, Miranda.

Une fois de plus, il l'avait appelée par son prénom, mais elle était à présent incapable de s'en indigner. Était-ce d'ailleurs de l'indignation, ou simplement une manière de se protéger en le maintenant à distance ? Aujourd'hui, en tout cas, elle ne pouvait se résoudre à gâcher cette complicité qui existait entre eux.

Les autres disparurent au sommet d'une colline, Lorilee en tête.

— C'est une excellente cavalière, remarqua Miranda, afin de leur rappeler à tous deux le rôle de sa fille dans leurs existences.

— Vous avez raison. Vous pourriez l'être aussi si vous me laissiez vous apprendre. Pourquoi avez-vous à ce point peur des chevaux ?

— J'ai eu un accident quand j'étais petite. J'ai failli me faire écraser.

— Décidément, vous attirez les ennuis, la taquina-t-il tandis que l'attelage s'ébranlait.

— Le cocher était ivre. Mon père m'a sauvé la vie.

— Si seulement les événements de ces dernières semaines étaient aussi innocents.

— Vous persistez à penser que Mme Wilcox y est mêlée ?

Il hocha la tête.

— Je trouve étrange que l'on ait commencé à s'en prendre à vous au moment même où elle est arrivée à Londres. J'aimerais bien savoir ce qu'elle trame.

— Au moins, elle ne s'est pas jointe à nous aujourd'hui. J'avoue avoir éprouvé une satisfaction peu chrétienne en apprenant qu'elle était souffrante.

— D'après Varinia, elle a abusé du vin au dîner, fit-il en riant. Je parie qu'elle va passer la journée un bol sous le menton.

Miranda jubilait positivement.

— Quelle punition bien méritée ! déclara-t-elle. Oh, voilà que je suis de nouveau peu charitable, ajouta-t-elle, faussement contrite.

— Est-ce moi qui titille le diable en vous, Miranda ?

Il était trop proche de la vérité pour ne pas la mettre mal à l'aise.

— Non... enfin, je n'ai besoin de personne pour me comporter ainsi. Parlez-en à mes associés en affaires.

Elle se retranchait de nouveau derrière un mur protecteur. Elle était riche et elle connaissait le succès. Lui était pauvre et sa vie était un échec.

— Nous sommes différents, observa-t-il sombrement. Tout ce que vous touchez se transforme en or, quand je n'ai réussi qu'à perdre mon héritage dans deux pays.

Miranda sentit qu'elle avait rouvert une vieille blessure et elle s'en voulut.

— On ne pourra jamais vous prendre votre titre de baron ni votre réputation, dit-elle doucement. Quant à la guerre... Cela a dû être une véritable souffrance de retrouver votre maison en ruine.

— C'était la seule chose qui me retenait à la vie lorsque j'étais prisonnier à Chicago.

— Mais vous vous êtes échappé. Même les – oserai-je le dire ? – maudits Yankees n'ont pas réussi à vous faire plier.

Il la regarda, essayant de déchiffrer son regard limpide. Que pensait-elle ? Que savait-elle de son passé ? Il aurait parié qu'elle savait quasiment tout.

— Vos détectives se sont montrés efficaces, mais pour ma part, je ne sais pratiquement rien de vous. Racontez-moi votre enfance à Liverpool.

— Elle était plutôt ennuyeuse. Mon père possédait des aciéries, et j'étais l'aînée.

— Vous aviez des frères et sœurs ?

— Un frère.

— Votre père serait-il fier de votre réussite actuelle ? demanda Brand, qui devinait la réponse.

— Non. Il pensait que les femmes devaient rester à la maison pour s'occuper des enfants et non diriger des entreprises.

Sa voix était triste. Il aurait tellement aimé qu'elle se confiât à lui. Peut-être le ferait-elle un jour. Ou peut-être pas. C'était sûrement ridicule de seulement l'envisager.

Remarquant que Tilda était assise avec raideur à côté de Sin dans l'attelage qui les précédait, Miranda, qui trouvait préférable de changer de conversation, demanda :

— Pourquoi M. Saint-John s'obstine-t-il à poursuivre Tilda de ses avances ?

— Parce que c'est un défi, répondit Brand en riant.

À la vérité, son amie avait beau prendre l'entraîneur de haut, Miranda n'était pas loin de penser qu'il allait parvenir à ses fins. Tout comme le major qui, lui aussi, battait ses défenses en brèche.

— A-t-il été déjà marié ?

— Jusqu'à présent, Sin était un célibataire endurci.

— Je croyais vous avoir entendu dire que ses intentions n'étaient pas honorables.

Il croisa son regard, soudain sérieux.

— Tout change lorsqu'on rencontre la femme de sa vie.

Tout un tas d'idées fantasques se bousculèrent aussitôt dans l'esprit de Miranda tandis qu'elle cherchait quoi répondre. Il voulait sûrement dire que Lorilee l'avait changé, non ? Encore que, après avoir été fiancé à une femme telle que Reba Wilcox, elle comprît qu'il puisse être dégoûté du mariage.

— Vous avez raison, murmura-t-elle en croisant les mains sur ses genoux pour les empêcher de trembler.

Dès qu'elle descendrait de cet attelage, décida-t-elle, elle garderait ses distances avant de commettre une grave erreur.

Brand se maudissait. Il devinait qu'il l'avait effarouchée en brûlant sottement les étapes. Comment diable mettre fin à cette histoire de cour tout en continuant à passer du temps avec elle ? L'heure était venue pour l'intelligente Mlle Auburn de le rejeter.

Et ensuite ? Dieu seul savait ce qui se passerait. Il n'était même pas sûr de savoir ce qu'il voulait. Il désirait Miranda Auburn, mais souhaitait-il l'épouser ? Et elle, aurait-elle envie d'épouser un baron désargenté qui n'avait pas hésité à se vendre ?

14

Serti de chênes centenaires, l'étang était enfoui dans un écrin de verdure. Une petite barque récemment remise en état était à la disposition des jeunes couples, ce qui permettait à ceux qui n'étaient pas mariés de converser à l'abri des oreilles indiscrètes tout en demeurant visibles.

Pendant qu'on déballait le pique-nique, les invités s'égaillèrent dans la nature.

— Tilda est d'accord pour déjeuner seule avec toi ? demanda Brand à Sin.

— Comme elle est dans le secret de notre conspiration avec Mlle Auburn, elle a accepté de s'éclipser avec moi. Maintenant, c'est à toi et à la jeune Lorilee de jouer.

Regardant les jeunes gens d'un air dubitatif, Brand soupira :

— Je ne suis pas sûr que ce plan soit très sage. À mon avis, tu auras plus de chance avec Tilda que moi avec Miranda.

— Ne sous-estime jamais deux femmes qui ont une idée en tête, déclara Sin d'un air entendu.

Sur ce, il rejoignit Tilda, s'inclina poliment devant elle et l'aida à remonter dans la carriole.

Personne ne remarqua leur départ, excepté Miranda, qui sourit, visiblement ravie que sa femme de chambre ait un prétendant. Un cœur de romantique battrait-il derrière cette façade austère ? Brand en doutait, d'autant qu'il n'avait rien à lui offrir en dehors de lui-même. Était-ce suffisant ?

Comme pour se faire pardonner son comportement de la veille, Geoffrey insista pour que Varinia vienne faire un tour en barque tandis que Jonathon supervisait le montage du jeu de croquet. Lorsque la partie s'engagea, Brand s'excusa et rejoignit Miranda.

— Pourquoi est-ce que vous ne jouez pas? le questionna-t-elle.

— Je perds toujours à ces jeux-là, répondit-il en s'asseyant à côté d'elle.

— Pourtant, je vous imagine mal ne pas atteindre le but que vous vous êtes fixé.

La remarque était lourde de sens, et elle s'en voulut d'avoir involontairement trahi le fond de sa pensée.

— N'en soyez pas aussi certaine, répliqua-t-il en s'appuyant sur les coudes. J'ai perdu la guerre, et ce n'est pourtant pas faute d'avoir essayé de la gagner.

— Gagner la guerre ne dépend pas d'un seul homme, major, si impressionnant fût-il. Vous vous en êtes fort bien sorti sur les champs de bataille.

— J'oublie toujours que vous avez mené une enquête approfondie à mon sujet, lâcha-t-il d'un ton désinvolte en feignant de s'intéresser au jeu.

Il devinait qu'il la rendait nerveuse. Était-ce bon signe ou pas? Difficile à dire. Dieu que les femmes étaient compliquées!

— Je n'ai pas ordonné cette enquête par curiosité malsaine.

— Seriez-vous en train de rougir, madame Auburn? s'amusa-t-il.

Lorsqu'il utilisait son nom de famille de ce ton paresseux, cela semblait presque plus intime que lorsqu'il l'appelait Miranda.

— Balivernes, major! riposta-t-elle d'un air guindé. Il fait un peu chaud aujourd'hui, c'est tout.

À vrai dire, le temps était plutôt frais, mais il jugea plus judicieux de ne pas le lui faire remarquer. De même qu'il préférait ne pas aborder le sujet de l'enquête qui était lié à son mariage avec Lorilee.

— Les jeunes mariés paraissent très heureux vus de loin, fit-il.

Miranda lança un regard à Geoffrey et à Varinia.

— Il a beaucoup de choses à se faire pardonner, lui rappela-t-elle. Il a été vraiment odieux avec elle.

— C'est un défaut de caractère que d'épouser quelqu'un pour son argent, lança Brand d'un ton léger.

Pourquoi diable, avait-il dit cela ? se demanda-t-il. Était-ce une façon de voir où le vent soufflerait s'il portait son attention sur elle plutôt que sur sa fille ?

— Non, c'est une tradition ancestrale en Angleterre. Ce qui importe, c'est comment le couple s'entend après le mariage.

Elle avait parlé à voix basse, comme si de vieux souvenirs où se mêlaient le doux et l'amer lui revenaient en mémoire.

Alors qu'il s'apprêtait à évoquer sa mystérieuse relation avec Will Auburn, Abbie poussa un cri de triomphe. Visiblement, elle était en train de gagner.

— Je me demande si Jonathon n'essaye pas lui aussi de se faire pardonner son comportement d'hier, observa Miranda d'un air espiègle.

Brand et elle éclatèrent de rire tandis que le jeu continuait. Abbie remporta la partie, et Jonathon sourit aux dames avec bienveillance. Geoffrey et Varinia étaient revenus de leur petite escapade sur l'étang, et Miranda était sur le point de suggérer que les domestiques ouvrent les paniers pour déjeuner, lorsque Lorilee eut une autre idée.

Elle s'approcha de sa mère, suivie par le fils du pasteur et sa femme.

— Melvin et Alberta connaissent une ravissante clairière près de l'église, de l'autre côté de l'étang. Les chevreuils aiment y venir, paraît-il. J'aimerais beaucoup aller la voir, et c'est une si merveilleuse journée pour monter à cheval. Cela t'ennuierait beaucoup, maman, si on t'abandonnait ici ? Nous n'en aurons pas pour longtemps.

Brand croisa le regard de Lorilee, et proposa, chevaleresque :

— Je serai heureux de tenir compagnie à Mme Auburn. Je passe mon temps à cheval.

— Comme c'est gentil à vous, milord, fit Lorilee sans laisser à sa mère le temps de donner son avis. Allons faire une promenade avant le déjeuner ! ajouta-t-elle à l'adresse de ses amis.

Le petit groupe s'éloigna, et le baron et Miranda se retrouvèrent avec les deux valets de pied. Brand leur suggéra de prendre leur panier et de trouver un endroit tranquille pour déjeuner.

— Prenez des forces, leur conseilla-t-il, parce qu'à leur retour les jeunes gens seront affamés.

La seconde d'après, les deux hommes avaient disparu. Et maintenant ?

— Je ne sais pas ce que vous en pensez, mais les odeurs délicieuses qui proviennent de ces paniers sont fort attirantes, murmura-t-il en soulevant le torchon blanc qui recouvrait l'un d'entre eux. Je ne vois pas pourquoi nous devrions attendre le retour des autres.

— Par politesse ?

— Quel mal y aurait-il à grignoter un morceau ? insista-t-il.

— C'est ce qu'a dit le serpent dans le jardin d'Éden, si je me souviens bien.

Il eut une expression amusée. Elle était assise bien droite, les jambes repliées sous ses jupes, ne laissant apparaître que la pointe de ses bottines. Sa robe en coton vert soulignait ses courbes délicieuses, et ses cheveux étaient attachés en un chignon souple sur la nuque. Quelques mèches voletaient autour de son visage. Elle n'avait pas précisément l'air angélique, elle était incontestablement séduisante.

Il inspira profondément, pour maîtriser l'envie qui le taraudait de retirer les épingles de ses cheveux et d'y enfouir les doigts.

— Quel parfum délicieux, fit-il en se penchant sur le panier. « Du pain frais et un flacon de vin... » cita-t-il.

Il se tut, attendant qu'elle prenne le relais.

— « Et vous à mes côtés... » poursuivit Miranda d'un ton malicieux. Seulement il ne s'agit pas de pain frais mais d'une miche de pain.

Il secoua la tête, sidéré.

— Pour une femme d'affaires, c'est fou ce que vous connaissez bien la littérature. Quand trouvez-vous le temps de lire ?

Elle haussa les épaules et entreprit de déballer le contenu du panier.

— Je n'ai plus beaucoup de temps désormais. Quand j'étais jeune...

— Et tout le monde sait combien vous êtes vieille, la taquina-t-il en débouchant une bouteille de vin blanc.

— Je suis beaucoup plus âgée que vous.

— Quoi ? Cinq ans tout au plus ? se moqua-t-il. Si l'on parle en termes d'expérience de la vie, je vous bats à plates coutures. Vous voulez parier ?

— Je ne parie jamais, major, répliqua-t-elle froidement. Où tout cela allait-il les mener ? Elle savait qu'ils jouaient là un jeu dangereux, mais lorsqu'il lui tendit un verre de vin, elle fit la bêtise de l'accepter et d'y goûter. Divin. Autant changer de sujet.

— Une dame ne parle jamais de son âge... ou de son expérience de la vie.

Elle le regarda avaler une gorgée de vin. Il avait desserré sa cravate. Ce temps radieux devait lui rappeler son pays. Elle devinait qu'il se sentait plus à l'aise en bras de chemise, et la vision la troubla plus que de raison. Elle porta de nouveau son verre à ses lèvres.

— Qu'y a-t-il dans votre panier ? s'enquit-elle.

— Cela ressemble fort à de la tourte au faisan. Mais il y a aussi des légumes, des petits pâtés à la viande et des fruits.

Visiblement, il se moquait des convenances, car il s'était débarrassé de ses gants depuis belle lurette. Ses propres gants de dentelle ne lui semblaient pas vraiment adaptés à un déjeuner en plein air. Il lui tendit une assiette contenant des petits pois frais, une aile de faisan et un morceau de pain.

— Il me faudrait un couteau et une fourchette, fit-elle remarquer d'une voix légèrement essoufflée en s'efforçant de ne pas poser les yeux sur les mains de Brand.

Il jeta un coup d'œil hâtif dans le panier.

— Je ne vois pas de couverts. On a dû les oublier dans la carriole, supposa-t-il, sans faire mine d'aller les chercher.

— Je vais tacher mes gants, protesta-t-elle faiblement avant de prendre une autre gorgée de vin.

— Dans ce cas, permettez-moi de vous nourrir.

Il s'empara d'un tendre morceau de viande et le lui offrit, une lueur de défi dans le regard.

Miranda ne s'était jamais sentie aussi peu sûre d'elle. Pas même lors de son premier bal à l'âge de seize ans. Pourtant, ignorant la voix de la raison, elle s'inclina et ouvrit la bouche.

Seigneur, que ses lèvres étaient pleines et délicates! Luttant pour maîtriser le tremblement de ses mains, il glissa le morceau dans sa bouche en prenant soin de ne pas la toucher. Elle ferma les yeux, puis avala une autre gorgée de vin. Cette fois, il lui proposa un petit pois.

— Délicieux, murmura-t-elle.

— N'est-ce pas ? renchérit-il, les yeux rivés sur elle et non sur la nourriture.

Il prit une aile de faisan et la lui tendit.

— Goûtez cela.

« C'est de la folie », l'avertit une petite voix dans un recoin de sa tête, mais elle n'en tint pas compte et mordit dans la viande ; elle était si tendre qu'elle se détacha de l'os. Il rattrapa les morceaux dans sa main, et les mangea sans façon, avant de lui tendre l'os de nouveau.

— Je... je dois le tenir, mais je ne veux pas abîmer mes gants, balbutia-t-elle tandis que ses doigts effleuraient la main de Brand.

— Retirez-les. Je ne le répéterai pas.

Le diable au jardin d'Éden n'aurait pas été plus charmeur. Elle but encore un peu de vin, puis posa le verre sur le sol, et ôta ses gants. Elle lui prit l'aile de la main, frôlant ses doigts au passage.

Brand la regarda manger, la bouche affreusement sèche, tout à coup. Il remplit leurs verres et lui proposa un morceau de pain.

— C'est mon moment préféré, murmura-t-il, rêveur, tandis qu'il s'imaginait en train de lécher les miettes répandues sur sa robe.

— Puis-je avoir mon verre de vin ? souffla-t-elle, osant à peine parler de peur de ne pas reconnaître sa voix.

Il trinqua avec elle.

— À cette belle journée... et à celles à venir.

Ils burent le frais liquide doré, puis il choisit une framboise qu'il trempa dans de la crème épaisse avant de la manger.

— Une pure merveille, commenta-t-il.

— Un gentleman en ferait d'abord profiter les dames, observa Miranda.

— En effet. Mais d'être baron ne fait pas de moi un gentleman, quoi que la Chambre des lords ait beau prétendre.

Il prit une autre framboise et la lui offrit.

Impossible de s'en saisir sans le toucher. Tous deux le savaient. Elle entrouvrit la bouche et lui permit d'y glisser le fruit, mettant sa hardiesse sur le compte du vin. Puis soudain, comme mues par leur propre volonté, ses lèvres se refermèrent autour des doigts de Brand. Elle se rejeta en arrière, atterrée par cette faim qui s'était brutalement emparée d'elle, et qui n'avait rien à voir avec la nourriture.

Brand la vit écarquiller les yeux en portant la main à sa bouche. Le jus de la framboise avait coloré ses lèvres qui lui semblaient terriblement pulpeuses, et attirantes, et... Sans réfléchir, il s'inclina vers elle, écarta sa main et posa ses lèvres sur les siennes, goûtant le nectar du fruit et de la femme. Puis leurs langues s'effleurèrent, oh, à peine, mais elle recula d'un bond comme si jamais un homme ne l'avait embrassée ainsi.

Ce qui était probablement le cas, songea-t-il instantanément. Leur reine avait imprimé sa marque puritaine sur ce que l'on considérait comme convenable, y compris pour les femmes mariées. Aucune ne devait faire plus que son « devoir » envers son mari. Il était possible que Will Auburn ne l'ait même jamais vraiment embrassée – un oubli qu'il avait l'intention de rectifier sans attendre. Il lui entoura le visage des mains et approfondit son baiser.

Puis il glissa les doigts derrière sa tête, les enfouit dans sa chevelure qui se répandit sur ses épaules, écheveau soyeux et flamboyant dans la lumière qui filtrait entre les feuilles. Incertaine, elle agrippa les bras de Brand, puis se risqua à frôler sa langue de la sienne.

Il changea l'angle de son baiser, explora sa bouche tout en enroulant une longue mèche de cheveux autour de son poignet. Il sentait la framboise... et tant d'autres choses encore. Lorsqu'il l'entendit gémir contre ses lèvres, il comprit qu'il était perdu. Il l'embrassait avec ardeur, donnant et exigeant à la fois.

— Je savais que vous seriez douce, murmura-t-il, tandis que sa main s'égarait le long de son cou, puis plus bas, vers ses seins.

Sous la robe de coton, Miranda portait de la dentelle, la seule touche de féminité qu'elle s'accordait. La texture un peu rugueuse taquina la pointe tendue de son sein que

Brand s'était enhardi à lui caresser. Il l'attira à lui, et ils tombèrent à la renverse dans l'herbe. Brutalement, Miranda reprit ses esprits. Avec un cri étouffé, elle le repoussa et se redressa.

Horrifiée, elle s'aperçut qu'un verre de vin s'était renversé, tachant sa robe et le pantalon de Brand. Seigneur, qu'est-ce qu'il lui avait pris ? Il y avait des domestiques non loin de là, et les jeunes gens pouvaient surgir d'un moment à l'autre. Que penserait sa fille en la surprenant dans les bras de l'homme qu'elle était censée épouser. Réprimant un gémissement de dégoût, Miranda se prit la tête entre les mains, essayant de se ressaisir.

Si seulement elle n'avait pas bu autant de vin ! Sentant ses cheveux déployés sur ses épaules, elle se mit à chercher frénétiquement ses épingles pour refaire son chignon.

— Je ne vaux pas mieux que cette catin ivre, se lamenta-t-elle, bouleversée.

Brand mourait d'envie de la prendre dans ses bras, mais il savait qu'un tel geste l'éloignerait de lui à jamais.

— Vous n'avez rien de commun avec Reba. Ne dites plus jamais une chose pareille, fit-il, furieux qu'une telle pensée lui eût traversé l'esprit. Vous êtes simplement un être humain... Une femme...

— Une femme qui a failli se donner au fiancé de sa propre fille !

Tel un animal blessé, acculé, Miranda s'attaquait à lui. La colère prenait le pas sur la culpabilité et la honte, mais elles reviendraient à la charge plus tard, elle le savait. Pour l'instant, elle n'avait qu'une idée en tête : fuir.

Quoique tremblant de la tête aux pieds, elle refusa sa main tendue et parvint à se relever. Elle rattacha tant bien que mal son chignon.

— On ne doit pas me voir dans cet état, déclara-t-elle d'une voix glaciale. L'un des valets de pied va me ramener à la maison. Vous expliquerez à Lorilee et aux autres que j'ai eu un malaise – dites que la viande était avariée, que la crème avait tourné –, inventez ce que vous voulez mais qu'ils vous croient !

— C'est ma faute. Je suis vraiment désolé de vous avoir offensée, mais vous deviez vous douter que c'était inévitable. Nous...

— Non ! cria-t-elle, se couvrant les oreilles des mains comme pour ne pas entendre ces mots à la fois effrayants et si vrais. Il n'y a pas de « nous » qui tienne ! Il n'y aura jamais rien entre nous, monsieur. Et vous cesserez de courtiser ma fille. Si vous possédez une once de décence, ce dont je doute, vous lui permettrez de...

— Mlle Auburn et moi avons déjà décidé que nous n'étions pas faits l'un pour l'autre, l'interrompit-il. Bien entendu, c'est elle qui sera à l'initiative de notre séparation.

Trop perturbée pour réagir à ses paroles, Miranda tourna les talons et regagna l'attelage en courant. Elle grimpa sur la banquette, puis ordonna à Brand d'aller chercher un valet de pied.

Maudissant sa stupidité, le vin, les femmes et la vie en général, il se dirigea au pas de charge vers le bosquet où les domestiques déjeunaient.

Assise dans la clairière, Lorilee observait une biche et ses petits qui jouaient à quelque distance de là. Elle sourit en songeant à Brand qui devait courtiser sa mère en toute tranquillité. L'endroit était si romantique.

Elle s'était éloignée des autres couples qui flirtaient et plaisantaient. Seule célibataire, elle se sentait un peu comme une intruse. Elle aurait aimé avoir un vrai prétendant, mais elle avait compris la leçon : Brandon Caruthers était amoureux d'une autre, et Geoffrey Winters n'aimait que lui-même. Un jour, elle rencontrerait l'homme de sa vie. En attendant, elle devait se montrer patiente et prendre du plaisir à jouer les entremetteuses.

Curieusement, elle découvrait qu'elle aimait la solitude. Sans doute était-elle en train de grandir... Quelle jeunesse sa mère avait-elle eue ? se demanda-t-elle soudain. À son âge, elle était mariée à un homme assez vieux pour être son grand-père, et mère de famille.

Sa rêverie fut interrompue par un bruit dans les buissons.

— Un sou pour vos pensées, dit Geoffrey Winters dont l'arrivée avait fait fuir les animaux.

— Où est Varinia ? s'enquit Lorilee, sur ses gardes, car elle n'aimait pas la lueur dans son regard.

— Elle est allée faire un tour au marché du village voisin avec Alberta et cet imbécile de pasteur.

— Melvin est le *fils* du pasteur, ce que vous sauriez si vous étiez venu à l'église ce matin.

Il se laissa tomber sur un tronc d'arbre à côté d'elle.

— Ne soyez pas en colère, chaton. J'étais...

— Je ne suis pas votre *chaton*, siffla Lorilee en s'écartant vivement. Je trouve insultant que vous m'appeliez ainsi. Au nom de mon amitié pour Abbie et Jonathon, j'ai ignoré votre comportement indigne, mais n'allez pas trop loin, monsieur Winters.

— Je sais que j'ai été un peu trop... direct à Ascot, commença-t-il avec un sourire enjôleur. Mais je ne voulais pas vous offenser.

— Vraiment ? Vous me prenez pour une idiote ?

Elle se leva, furieuse.

— Je vous prends pour une femme superbe qui appréciait mes baisers autrefois. Laissez-moi vous rappeler à quel point vous étiez passionnée.

Il lui saisit le bras et l'attira à lui. Horrifiée, Lorilee se retrouva pressée contre son torse. Ses cheveux sentaient l'huile de macassar, et elle en eut un haut-le-cœur. Comment avait-elle pu être assez sotte pour s'éprendre de ce misérable ?

Alors qu'il se penchait sur elle, elle lui flanqua un coup de pied dans la cheville. Il la relâcha en étouffant un cri, et elle en profita pour le repousser. Perdant l'équilibre, il tomba à la renverse dans le ruisseau.

Lorilee s'enfuit à toutes jambes. Elle plaignait la pauvre Varinia, et se promit de choisir son mari avec beaucoup plus de soin.

Une compresse sur le front pour calmer sa migraine, Miranda était allongée sur son lit étroit, au manoir de Rushcroft.

Lorsque les invités reviendraient du pique-nique, elle ferait en sorte d'apparaître souffrante, mais suffisamment bien pour reprendre le train de Londres avec Lorilee. Il n'était pas question qu'elle passe une nuit supplémentaire sous le toit de ce vil... séducteur ! Elle qui n'avait jamais été malade de sa vie devrait faire appel à tous ses talents de comédienne pour convaincre sa fille. Certes, elle souffrait réellement d'avoir abusé du vin.

Mais qu'est-ce qui l'avait poussée à en boire autant ? D'ordinaire, elle faisait très attention. Elle ne supportait pas mieux l'alcool que Lorilee. Comment feindre d'avoir des maux d'estomac et non des maux de tête ? Et quelle excuse le baron avait-il invoquée ? Était-ce la tourte à la viande ou la crème qu'elle n'avait pas supportée ? Elle avait beau être sûre d'elle en affaires, elle tergiversait dès qu'il s'agissait de questions personnelles.

Comment pouvait-elle décevoir Lorilee ? Après que le fils Pelham se fut joué d'elle, c'était au tour du baron de la trahir. Elle ne pouvait accepter que sa fille épouse ce goujat, mais elle ne pouvait non plus lui en expliquer la raison. La pauvre serait bouleversée d'apprendre que sa mère ne s'était pas mieux conduite qu'une Reba Wilcox.

Elle était cependant prête à perdre son respect, si cela lui permettait de la sauver des griffes de Rushcroft.

On frappa à la porte, et Tilda pénétra dans la pièce. Elle affichait un air soupçonneux, et Miranda comprit qu'elle avait du souci à se faire. Et Lorilee n'était même pas encore rentrée...

— J'apprends que vous êtes souffrante. Un problème de nourriture si j'en crois le baron, dit la femme de chambre en s'approchant pour récupérer la compresse. Vous êtes un peu pâle, mais cela ne ressemble pas à une indigestion. En fait, je trouve cela d'autant plus curieux que M. Saint-John et moi-même avons partagé le même repas. Il se trouve que j'ai aperçu une bouteille de vin vide sur la couverture...

Elle s'interrompit, mais Miranda ne pipa mot.

— Vous faites semblant.

— Pas du tout, protesta Miranda. Je ne me suis jamais sentie aussi mal de ma vie.

— Ce n'est pas votre estomac qui vous fait souffrir. C'est votre cœur.

— Que veux-tu dire ?

— Vous le savez parfaitement.

La porte s'ouvrit à la volée, et Lorilee se précipita dans la chambre.

— Maman, le baron m'a dit que tu étais malade ! Tu n'es *jamais* malade.

Elle s'assit au bord du lit et posa la main sur le front de sa mère.

— Elle est malade, déclara Tilda avec flegme. Une maladie du cœur. Et je parie ma nouvelle robe de chambre de brocart que c'est à cause du baron.

Miranda en demeura bouche bée.

— Tilda, je n'ai jamais entendu une chose aussi impertinente, ridicule, absurde...

— Il me semble que la dame proteste un peu trop, plaisanta Lorilee en lançant un sourire complice à Tilda.

Miranda les regarda à tour de rôle, déconcertée.

— Depuis quand cites-tu Shakespeare, jeune fille ? s'enquit-elle, consciente que la citation était inexacte, mais incapable de s'en rappeler les termes.

— Que s'est-il passé entre le baron et toi, maman ? Il était décomposé.

Il avait des raisons de l'être ! songea Miranda.

— Nous devons rentrer à la maison. Une fois là-bas, je t'expliquerai tout. Tilda, aide-moi à faire les bagages. Je ne voudrais pas manquer le train pour Londres.

Elle se leva, et entreprit de rassembler ses vêtements.

— Maman, je dois t'avouer quelque chose, dit Lorilee alors que Miranda continuait à s'agiter fébrilement. Je n'ai jamais eu l'intention d'épouser le baron. C'est toi qui l'as choisi, pas moi. Et pour une excellente raison : c'est toi qui es amoureuse de lui.

Miranda lâcha la chemise qu'elle tenait à la main, et se tourna lentement vers sa fille. Elle était incapable d'articuler le moindre mot. Pour la première fois de sa vie, Miranda Auburn était sans voix.

15

La nuit était tombée depuis longtemps quand elles pénétrèrent dans la maison de Londres. Le baron était resté au manoir, mais il avait insisté pour que Saint-John les accompagne. Miranda était encore sous le choc de l'aveu stupéfiant de Lorilee, mais elle n'avait pas encore eu l'occasion de s'entretenir seule à seule avec elle.

Elle donna l'ordre aux domestiques de défaire les bagages, commanda un souper froid bien qu'elle n'eût pas faim, avant de s'enfermer dans son bureau pour reprendre ses esprits avant d'avoir une conversation sérieuse avec sa fille.

Mais qu'allait-elle lui dire ? L'idée que le baron puisse la préférer, elle, à une ravissante jeune fille lui semblait totalement absurde.

« C'est pourtant ce que tu espérais en secret », lui chuchota une petite voix perfide.

Si Lorilee lui avait annoncé qu'elle trouvait le baron trop autoritaire, trop peu civilisé en dépit de son charme superficiel, elle aurait parfaitement compris. Vu le comportement méprisable qu'il avait eu l'après-midi même, que sa fille renonce à l'épouser lui aurait semblé une sage décision. Jamais elle n'aurait dû arranger une telle union.

Avec un soupir, Miranda se mit à arpenter la pièce. En affaires, elle s'était toujours montrée farouchement honnête, et fière de ses principes. Ce n'était pas le moment de commencer à se mentir à soi-même. Dans cette histoire, elle était aussi coupable que le baron. Oh, il était certes plus habile et plus expérimenté qu'elle, mais elle n'avait rien d'une débutante écervelée. Sans avoir l'expérience d'une Reba Wilcox, elle avait parfaitement compris où il voulait en venir. Et elle l'avait laissé faire...

Qu'elle ait dû boire pour endormir sa conscience n'y changeait rien.

Le baron – elle refusait d'employer son prénom – avait évoqué leur attirance réciproque. Sous l'emprise de la colère, elle avait refusé de l'admettre, mais elle devait reconnaître que c'était, hélas, la vérité. Elle, l'ingrate et austère femme mûre, confiante en son pouvoir et en son argent, avait été fascinée par cet homme dès leur première rencontre. En dépit des manières hautaines derrière lesquelles elle se retranchait, il avait su percevoir ses faiblesses. Il la connaissait mieux qu'elle ne se connaissait elle-même.

Plus jamais elle ne pourrait lui faire confiance. Elle s'était trompée en imaginant que c'était un homme d'honneur, qui traiterait sa fille avec bonté et considération. Au cours de toutes ces années où elle avait bataillé dans un monde d'hommes, jamais elle n'avait commis pareille erreur de jugement. Et le goujat s'en était servi !

Ses ruminations furent interrompues par un coup frappé à la porte. Sans attendre d'y être invitée, Lorilee poussa le battant et pénétra dans la pièce. Sa fille ne semblait pas aussi nerveuse qu'elle-même, nota Miranda. Depuis quand leur relation s'était-elle inversée ? « Depuis le baron », murmura la petite voix insistante.

— Nous devons parler, Lorilee.

Quand sa mère s'adressait à elle sur ce ton, la jeune fille savait que les choses s'annonçaient mal.

— En effet, maman, dit-elle d'une voix posée. Je…

— Depuis quand as-tu décidé d'intervenir dans ma vie privée, de me duper et de comploter derrière mon dos avec des étrangers ? l'accusa Miranda.

L'expression peinée de sa fille lui fit mal, mais celle-ci méritait des remontrances.

— Je n'ai jamais eu l'intention de te duper, déclara Lorilee après avoir pris une profonde inspiration. En outre, le baron Rushcroft n'est pas un « étranger », pas plus que Tilda. Quant à intervenir dans ta vie privée, je suis ta fille. Qui plus que moi est en droit de s'inquiéter de ton bien-être.

Décontenancée, Miranda dut faire appel aux talents de négociatrice qu'elle avait développés au fil des années pour contre-attaquer.

— Tilda et toi avez dépassé les bornes. Je devrais la renvoyer pour son impertinence. Mais je ne le ferai pas, ajouta-t-elle en voyant l'expression choquée de sa fille.

— Dieu soit loué ! C'est parce que je redoutais ce genre de réaction hystérique que je ne t'ai pas parlé de mes sentiments pour le baron. C'est aussi la raison pour laquelle je ne t'ai pas dit que vous étiez faits l'un pour l'autre. Il te fallait passer davantage de temps avec lui pour t'en apercevoir par toi-même.

— Hystérique ! hurla pratiquement Miranda, hors d'elle. Ce que tu racontes là est complètement absurde. Je n'ai jamais eu l'intention de me remarier.

Elle se tourna vers la fenêtre et ajouta :

— Ce serait trahir ton père.

— Est-ce que tu étais amoureuse de lui, maman ? demanda Lorilee, presque certaine de connaître déjà la réponse.

— Il comptait beaucoup pour moi. Quand on est jeune, on croit qu'aimer est le but de toute existence, mais je t'assure que ce n'est pas le cas. Je pensais que tu avais compris ce qu'était le mariage dans notre milieu.

— Je l'ai compris, sinon je n'aurais même pas accepté de rencontrer le baron Rushcroft. Le mariage est fondé sur bien plus qu'une attirance physique, murmura-t-elle en rougissant.

Voyant sa mère frémir, Lorilee devina qu'elle n'avait pas abordé cette conversation sous le bon angle. Elle ignorait tout des mystères de l'attirance physique hormis quelques baisers échangés avec un coureur de dot. Mieux valait laisser ce genre d'approche à Tilda.

— Je pense qu'il faut avoir des choses en commun pour qu'un mariage fonctionne. Une position dans la société, un sens de l'humour identique, un même goût de la politique, des opinions moins différentes qu'il n'y paraissait au départ… Je vous observe tous les deux depuis des semaines, maman. Vous vous comprenez. Vous vivez dans le même monde. À ses yeux, je ne suis qu'une gamine écervelée.

— Qui a pourtant pris beaucoup d'initiatives, rétorqua Miranda d'un ton acerbe.

— Seulement parce que vous comptez tous les deux beaucoup pour moi, et que je veux votre bonheur.

— Curieux que je me sois méprise sur tes sentiments en te voyant l'embrasser dans le jardin.

Miranda se serait giflée. Difficile de se montrer plus ouvertement jalouse ! Mais Lorilee parut boire du petit-lait.

— Je considère le baron comme un grand frère, pas comme un mari potentiel, assura-t-elle. Le soir où tu m'as surprise en train de lui donner un baiser, nous avions déjà décidé qu'il ne me courtiserait plus. Sais-tu d'ailleurs ce qu'il m'a dit ?

— Je n'en ai pas la moindre idée.

— Qu'un jour je te ressemblerai. J'ai pris cela comme un magnifique compliment.

— T'est-il venu à l'esprit qu'il pouvait être en train de te manipuler ? Qu'il ne valait pas mieux que Geoffrey Winters ?

Lorilee recula d'un pas.

— Je ne te connaissais pas aussi cruelle, maman, dit-elle posément.

— Je ne voulais pas mettre en doute ton jugement, ma chérie. C'est sa faute, pas la tienne, ajouta Miranda en s'approchant de sa fille pour la prendre dans ses bras. Pardonne-moi.

Lorilee sentait sa mère trembler. Contrainte d'admettre ses sentiments pour Brandon Caruthers, elle était aussi bouleversée que la jeune fille le craignait.

— Ce n'est pas lui qui a décidé que vous étiez parfaitement assortis, murmura celle-ci. D'ailleurs, quand je suis allée chez lui, il n'était pas d'accord…

Miranda sursauta, et s'écarta de sa fille.

— Tu es allée chez lui ? s'écria-t-elle, effarée. Seule ?

— Non… Enfin, si. Mais j'ai emmené Tilda comme chaperon.

— Tout le monde est donc impliqué dans cette conspiration contre moi ?

— Ce n'est pas une conspiration, et nous ne voulons que ton bonheur. Un bonheur qu'à mon avis tu n'as jamais connu avec papa.

Lorilee savait qu'elle s'aventurait sur un terrain dangereux, mais il était trop tard pour revenir en arrière.

— J'ai été heureuse avec ton père. Tu n'as pas le droit de dire le contraire. Et que sais-tu de ces choses pour te permettre de me juger ?

— Je ne sais rien, en effet. Je me suis trompée avec M. Winters, mais cela ne signifie pas que je sois aveugle. J'ai parfaitement compris ce qui se passait ce jour où le baron t'a sauvé la vie dans Hyde Park.

Miranda se rappela la scène, et ressentit un pincement de culpabilité.

— Je suis désolée que tu aies dû assister à ce sordide...

— Ne dis pas une chose pareille ! s'exclama Lorilee en attirant sa mère contre elle. J'ai vu deux personnes qui essayaient désespérément de ne pas céder à l'attirance qu'elles éprouvaient l'une pour l'autre.

Miranda secoua la tête. Depuis quand sa petite fille était-elle devenue aussi perspicace en matière de cœur ?

— Que le baron et moi... Enfin, même si j'étais attirée par lui, cela ne signifie rien. Je suis plus âgée que lui.

— Il est plus proche de ton âge que du mien, rétorqua Lorilee.

— Il me l'a déjà dit, mais cela ne marche pas ainsi. On ne revient pas en arrière. Cette époque de ma vie est révolue.

— Mais enfin, maman, tu n'as que trente-cinq ans !

— Trente-six, corrigea Miranda.

— Comme si cela faisait de toi une vieille dame ! se moqua Lorilee, consciente que le sentiment d'infériorité qu'éprouvait sa mère avait un rapport avec son mariage.

C'était au baron de régler le problème, car Miranda Auburn ne dirait jamais un mot contre son mari à sa fille unique.

— Tu as la vie devant toi, reprit Lorilee. Ne la gâche pas, je t'en supplie.

— Il me semble que c'est le genre de discours que je devrais te tenir, moi, remarqua Miranda, qui commençait à se ressaisir. Ma vie est déjà bien remplie. J'ai mon travail et, quoique pas pour très longtemps, je t'ai auprès de moi, fit-elle en caressant les cheveux de sa fille. Cela me suffit amplement.

Qui essayait-elle de convaincre, sa fille ou elle-même ?

— Tu ne peux pas chasser le baron ainsi, s'entêta Lorilee. Quelqu'un essaye de te tuer, et il est à même de te protéger jusqu'à ce que le coupable soit démasqué.

— J'ai les moyens d'engager un garde du corps, ma chérie, et je peux me passer de l'aide du baron.

— Tu comptes beaucoup pour lui, maman. Je crois qu'il t'aime. Et que tu l'aimes. Mais pour l'instant, tout ce que je te demande, c'est de ne pas l'écarter de ta vie.

Miranda secoua la tête.

— Pour une fois, je ne peux accéder à ta requête, Lorilee. Essaye de comprendre, s'il te plaît.

Confrontée à une pareille obstination, Lorilee ne put s'empêcher de s'énerver.

— C'est *toi* qui dois comprendre, maman ! Moi, je dois seulement apprendre à être patiente !

Sur ces mots, elle quitta la pièce à grands pas, laissant Miranda doublement désolée. Non seulement elle s'était ridiculisée avec un homme plus jeune qu'elle, mais elle s'était disputée avec sa fille... Quelle maudite journée !

Lorilee arpentait sa chambre, un chaton dans les bras, tandis que Tilda triait des vêtements.

— Elle est vraiment impossible.

— C'est curieux, mais il lui arrive de dire la même chose de toi, remarqua Tilda en arquant un sourcil.

— J'avais l'espoir qu'une fois... Bref, qu'après l'avoir embrassé, elle comprendrait enfin qu'elle l'aimait, soupira Lorilee.

— De même que tu pensais aimer M. Winters après un seul baiser ?

Lorilee se jeta sur son lit. Le chaton miaula et lui échappa des mains.

— Tu sais parfaitement que cela n'a rien à voir. Je n'étais qu'une gamine stupide. Qu'allons-nous faire, Tilda ?

— M. Saint-John a reçu des instructions pour que notre maison soit constamment surveillée, et que quelqu'un accompagne ta mère lorsqu'elle se rend à la City. Il pourrait nous servir d'intermédiaire auprès du baron. Au moins, jusqu'à ce que cette énigme des accidents soit résolue.

— C'est ce que j'ai suggéré à maman, mais elle a refusé.

— Dans ce cas, nous devons nous en remettre au baron.

Lorilee esquissa un sourire.

— Si le baron découvre l'identité de celui qui en veut à sa vie, elle lui en sera reconnaissante et retrouvera ses esprits. Mais en attendant, Tilda, je viens d'avoir une idée…

— Je n'aime pas ça. On a déjà versé une fortune à O'Connell, sans résultat, s'agaça-t-il avant de fourrer un morceau de viande dans sa bouche.

À tout prendre, l'hôtel était peut-être miteux, mais la nourriture pas si mauvaise.

— Qu'est-ce que tu racontes ? Les écuries de Caruthers ont failli flamber, et il a eu la trouille que ses précieux poulains meurent grillés. Et en plus, il soupçonne cet imbécile de Winters.

— C'était une bonne idée d'utiliser l'Irlandais pour qu'il « prête » de l'argent à Winters.

— Il m'arrive d'avoir de bonnes idées. Si seulement tu pouvais conclure ton arrangement, et qu'on en finisse avec ces embrouilles.

— Je te l'ai déjà dit, répliqua-t-il sèchement. C'est impossible tant que Miranda Auburn est en vie.

— C'est pourtant pas faute d'avoir essayé d'y remédier ! Cette femme-là a une chance de pendue, mais j'ai réfléchi à un autre plan qui devrait marcher, dit-il en s'essuyant les lèvres.

— Avec tous ces prétendus accidents, on la surveille à présent comme les bijoux de la Couronne. Et tout cela à cause de ce maudit Caruthers ! Comment comptes-tu au juste arriver jusqu'à elle ?

— Indirectement. Tout le monde s'inquiète pour la mère. Nous allons tenter une approche… par l'intermédiaire de la fille. Si l'on ne surestime pas l'amour maternel, nous obtiendrons ce que nous voulons, et Miranda Auburn sera bientôt six pieds sous terre.

Une étincelle s'alluma dans le regard de son compagnon.

— Enlever la fille pour piéger la mère... Pas mal comme idée.

— J'arrange l'affaire dès que j'aurai parlé à notre complice, déclara l'homme avec un sourire froid. Donne-moi juste quelques jours pour régler les détails.

« Quel imbécile tu fais ! songea-t-il. Quand j'en aurai terminé, non seulement je me serai débarrassé des Auburn, mais aussi de toi. Et je contrôlerai tout ! »

— Je vous en prie, monsieur Aimesley, dites oui ! supplia Lorilee. Elle vous écoutera. Elle a travaillé beaucoup trop dur, et elle a besoin de prendre quelques jours de repos.

Kent Aimesley s'adossa à son fauteuil avec un soupir. En tant que bras droit de Miranda Auburn, il occupait le plus grand bureau après celui de son employeur. Il étudia un instant la jeune fille. Mlle Auburn pouvait se montrer très obstinée lorsqu'elle avait une idée en tête.

— Je crains que cela ne serve à rien. Tant que les négociations sur les chemins de fer ne seront pas achevées, votre mère fera la sourde oreille. Quant à moi, je repars en Amérique la semaine prochaine. Je ne vois pas comment je pourrais la convaincre de prendre du repos en étant de l'autre côté de l'Océan.

Lorilee jeta des regards nerveux autour d'elle. Certes, personne ne l'avait vue entrer dans le bureau de M. Aimesley, mais sa mère se trouvait au bout du corridor. Si elle la surprenait en train de se mêler à nouveau de ses affaires, elle l'enfermerait à la maison. Lorilee ne se voyait pas expliquer à cet homme ennuyeux la vraie raison de sa requête. Difficile, en effet, de demander à un soupirant éconduit de l'aider à jouer les entremetteuses.

Elle tritura le mouchoir de dentelle qu'elle tenait entre ses doigts.

— Savez-vous qu'on a attenté à sa vie à plusieurs reprises ? lâcha-t-elle à brûle-pourpoint

— Seigneur ! Qui cela ? Quand ? Comment ? s'écria Aimesley qui bondit sur ses pieds.

— Si maman apprend que j'en ai parlé à quelqu'un, même à vous, monsieur Aimesley, elle sera furieuse. Mais elle a échappé à la mort de justesse plusieurs fois. Nous avons été attaquées à la sortie de l'Opéra par trois brigands. Puis il y a eu deux accidents d'attelage, et on lui a même tiré dessus…

Elle attendit qu'il prenne la mesure de ses révélations. S'il éprouvait encore de la tendresse pour sa mère, ce qu'elle espérait, cela devrait le convaincre.

— Vu sous cet éclairage, les choses sont totalement différentes, murmura-t-il d'un air pensif. Je pourrais peut-être la persuader de ne pas venir au bureau jusqu'à mon départ. Et essayer de reculer mon voyage de quelques jours. Je vais voir ce que je peux faire.

Lorilee rayonnait.

— J'étais certaine que je pouvais compter sur vous, monsieur Aimesley. Maman a une entière confiance en vous. Si vous lui assurez que vous vous occupez de tout ici, vous me faciliterez la tâche, et je pourrai veiller sur elle.

— Bon sang, elle m'évite, grommela Brand.

— Elle ne t'a pas laissé entrer, n'est-ce pas ? Je suppose que tu pourrais passer outre le majordome, ou l'intercepter quand elle se rend à son bureau, mais je ne pense pas que ce soit une bonne idée, fit Sin, ironique.

— Je suis heureux de constater que cela t'amuse.

— Je crois qu'un peu de subtilité et de patience marcherait mieux, mon vieux, répliqua Saint-John avec un sourire.

Depuis le séjour de ces dames au manoir, Tilda et lui s'étaient vus à plusieurs reprises.

— La jeune fille a eu une ou deux nouvelles idées. Que dirais-tu de te rendre à un bal chez les Falconridge, demain soir ?

Il sortit de sa poche une enveloppe frappée d'un sceau et la lui tendit.

— Je le connais à peine, marmonna Brand en l'ouvrant. C'est un libéral.

— Et en tant que conservateur, tu l'évites comme s'il avait la peste, railla Saint-John. Tu commences à ressembler à un aristocrate anglais, milord.

— Inutile de m'insulter parce que je me suis permis une innocente remarque. Comment as-tu obtenu cette invitation ?

— Mlle Auburn s'est adressée à Varinia Winters qui a demandé à son père de t'inviter. Il a accédé à sa requête.

— J'en déduis que Mlle Auburn s'est débrouillée pour que sa mère y assiste.

— Comment pourrait-elle refuser puisque sa fille cherche à nouveau un prétendant ? Évidemment, il y aura quelques commérages, vu que vous avez rompu la semaine dernière et que vous serez tous deux présents.

— D'après ce que je sais de Falconridge, il devrait y avoir une centaine d'invités. Ce ne sera pas idéal pour parler avec Miranda.

— Je te fais confiance pour trouver un moyen, répliqua Sin.

La musique était enlevée, mais Miranda n'éprouvait pas le besoin de battre la mesure tandis qu'elle regardait sa fille danser avec le fils d'un industriel de Manchester. La salle de bal était remplie d'aristocrates et de roturiers parmi les plus riches du pays. Falconridge avait beau porter un titre de comte, ses opinions politiques ainsi que la compagnie maritime de sa famille l'amenaient à fréquenter des hommes d'affaires fortunés dont beaucoup étaient des amis proches.

Femme au sein d'un monde d'hommes, Miranda n'avait jamais bénéficié des mêmes privilèges, et c'était la première fois qu'elle était conviée à l'un de ces bals célèbres.

L'invitation avait mis Lorilee d'excellente humeur. À la voir danser et rire, il était évident qu'elle n'avait pas menti lorsqu'elle avait assuré qu'elle n'éprouvait rien pour le baron. Les jeunes gens ne la quittaient pas des yeux. C'était ce que Miranda avait toujours souhaité pour sa fille. Alors, pourquoi était-elle si malheureuse ? Ce n'était pas comme si elle avait envie de danser avec un prétendant. Cette partie-là de sa vie s'était achevée avant même d'avoir commencé. Elle devait vivre pour son travail, et aider Lorilee à trouver le bonheur dans ce monde, un monde auquel elle n'appartiendrait jamais.

Songeant à Tout cela, Miranda se demanda pourquoi Kent Aimesley avait tellement insisté pour régler les affaires au bureau sans elle et avait retardé son départ pour Philadelphie. Elle avait pourtant besoin de se réfugier dans le travail pour s'occuper l'esprit, avant de s'effondrer d'épuisement le soir. Sinon...

James Dunham, un vieil ami de la famille qui devait frôler les quatre-vingts ans, vint s'incliner devant elle. Ne sachant comment refuser son invitation sans se montrer offensante, elle le suivit sur la piste de danse sans remarquer l'air réjoui de sa fille qui fit un clin d'œil à Brand, caché derrière une plante verte.

Entre les feuilles, il regarda Miranda tournoyer au bras de son cavalier. Dieu qu'elle était belle ! Tilda s'était surpassée. Sa lourde chevelure était rassemblée en un élégant chignon, dont quelques mèches bouclaient sur sa nuque délicate. Sa robe de satin feu rebrodée de fils d'or lui allait à la perfection. Le décolleté plongeant révélait les globes ivoire de ses seins, et il en eut l'eau à la bouche. Sous l'étoffe fluide de la robe, il n'avait aucune peine à imaginer la courbe de ses hanches, sa chute de reins... Il secoua la tête pour chasser ces visions délicieusement lascives et se concentra sur ce qu'il avait l'intention de lui dire.

Lorsqu'il se sentit à nouveau maître de ses émotions, il se fraya un chemin en direction de Miranda qui valsait toujours au bras du vieux monsieur.

Il aurait reconnu son parfum entre mille. Elle sentait toujours la lavande et le soleil, une odeur qui n'appartenait qu'à elle.

Il tapota l'épaule de M. Dunham qui se retourna à demi, feignant la surprise.

— Qu'est-ce que... Ah, lord Rushcroft, quelle joie de vous voir ! fit-il, avant de se rappeler ses instructions. Que diriez-vous de poursuivre cette valse avec madame ? Je dois avouer que je me fais un peu vieux pour ce genre d'exercice. Ce fut un honneur, chère madame, ajouta-t-il en s'inclinant devant Miranda.

Elle n'eut pas le temps de protester, que déjà le baron l'enlaçait.

16

Si elle voulait éviter un scandale, elle n'avait d'autre choix que de continuer à danser. Autour d'eux, l'air semblait chargé de tension. Miranda sentait les regards avides des curieux qui se rappelaient que le baron courtisait encore sa fille une semaine auparavant. Que devaient-ils penser en voyant sa mère dans les bras de ce dernier ?

— Et si nous leur donnions quelque chose à se mettre sous la dent ? suggéra-t-il avec un sourire moqueur, comme s'il lisait dans ses pensées.

— C'est déjà fait, siffla-t-elle en essayant de se dégager discrètement. Lâchez-moi tout de suite.

— Pas question. J'apprécie trop de vous avoir de nouveau dans mes bras.

Elle se raidit.

— Je n'ai jamais été dans vos bras.

— Pardonnez-moi de vous contredire. Il y a eu cette fois à Hyde Park, après l'accident, puis le jour où je me suis couché sur vous pour vous éviter une balle perdue, sans oublier le pique-nique, bien sûr.

— Si vous étiez un gentleman – ce que vous vous empresserez de nier –, vous ne mentionneriez pas ces incidents.

— Je crois que c'est ce que les philosophes appellent une tautologie, rétorqua-t-il tranquillement. Voulez-vous parler philosophie ? Non ? Politique, peut-être ? C'est un sujet qui nous passionne tous deux.

— Je veux quitter cette piste de danse le plus discrètement possible, dit-elle entre ses dents, consciente de trembler comme une feuille.

— Trop tard. Regardez autour de vous. Nous sommes le point de mire de toute la salle. Bon, si vous ne voulez pas avoir une conversation civilisée, je suppose que nous devrons nous contenter d'apprécier la musique... et d'être dans les bras l'un de l'autre un bref instant. Un souvenir, Miranda, un beau souvenir, ajouta-t-il d'une voix douce. Oseriez-vous affirmer que vous n'y prenez aucun plaisir ?

Soumise à son regard pénétrant, elle était incapable de réfléchir ou même de mentir. Elle adorait sentir le corps ferme de Brand bouger en rythme avec le sien. Elle avait toujours souffert d'être grande, et était heureuse que sa fille le fût moins. Lors de ses premiers bals, il s'était trouvé peu de jeunes gens assez élancés pour danser avec elle lorsqu'elle portait des talons, alors qu'elle arrivait à peine à l'épaule de Brand.

« Tu utilises son prénom aussi facilement qu'il utilise le tien. Ça suffit ! » se tança-t-elle.

Mais c'était un vœu pieux, comme d'espérer commander aux marées ou à la lune. Elle ne pouvait nier qu'elle prenait plaisir à valser avec lui.

— Vous avez toujours été d'une honnêteté scrupuleuse... dès le début de notre relation. À présent, vous essayez de vous mentir à vous-même, n'est-ce pas, Miranda ?

Maudite soit son arrogance ! Elle se força à relever la tête et à le regarder droit dans les yeux.

— Nous n'avons *aucune* relation.

— Alors, comment qualifiez-vous notre baiser lors du pique-nique ?

— Une regrettable erreur qui ne se reproduira plus.

Il secoua la tête d'un air attristé.

— Ah, Miranda, que dois-je faire pour vous convaincre que ce n'était pas une erreur ?

— Que diriez-vous d'inverser le courant de la Tamise ?

— Ou de partager les eaux de la mer Rouge ? renchérit-il en esquissant un sourire. Je regrette de ne pas avoir reçu ce don du Seigneur. Je ne suis qu'un homme qui a rencontré une femme qu'il désire plus que tout au monde.

— Quelqu'un pourrait vous entendre, s'offusqua-t-elle en jetant un regard inquiet autour d'elle. Je devrais vous gifler et m'en aller.

— Des menaces ? Mais ce serait provoquer un scandale, et nous savons tous deux que vous détestez cela, surtout sachant que votre fille y serait mêlée.

— Lorilee savait que vous seriez ici ce soir, n'est-ce pas ? Elle s'est débrouillée pour que M. Dunham…

— Ne lui accordez pas tout le mérite. Oui, elle savait que j'étais invité, mais Dunham est l'un de mes amis, et je lui ai demandé une faveur.

— Jusqu'à maintenant, je croyais qu'il était aussi mon ami, répliqua-t-elle d'un ton sec.

Lorsque Brandon éclata de rire, elle sentit son cœur chavirer. Il portait une élégante tenue de soirée noire sur un gilet vert bronze. Une touche de couleur qui faisait paraître ses cheveux blonds et son teint hâlé encore plus exotiques. Au milieu de tous ces pâles visages anglais, Brandon Caruthers brillait comme un astre. Pas un homme ne pouvait se comparer à lui.

Et il la désirait. Miranda n'arrivait pas à y croire. La tête lui tournait tandis qu'il resserrait son éteinte plus que ne l'autorisaient les convenances. S'il ne se souciait visiblement pas des commérages, elle-même devait penser à sa réputation de femme d'affaires ainsi qu'à l'avenir de Lorilee.

La musique s'arrêta. Il s'inclina poliment sans lâcher sa main gantée qu'il glissa sous son bras avant de quitter la piste de danse en souriant. Miranda l'aurait bien étranglé, mais la prison lui semblait un sort pis encore. Elle tenta une tactique de diversion.

— N'est-ce pas votre fiancée du Kentucky que j'aperçois ? Je suis sûre que vous voudrez la saluer.

— Et moi, je suis sûr de vouloir l'éviter, riposta-t-il en poussant l'une des portes-fenêtres qui donnaient sur les jardins.

Miranda croisa le regard glacial de l'Américaine. Oublieuse des hommes qui l'entouraient, Reba n'avait d'yeux que pour Brand et elle.

— J'entends cliqueter les rouages de son cerveau, commenta Miranda.

— Voilà qui m'étonnerait. Reba ne pense pas. Elle agit sans se soucier des conséquences.

— C'est un trait de caractère que semblent partager les Rebelles. C'est peut-être la raison pour laquelle vous avez perdu la guerre.

— Rappelez-moi d'en parler avec Bobby Lee la prochaine fois que j'aurai l'occasion de discuter avec lui, rétorqua Brand alors qu'ils sortaient sur la terrasse. Avouez que c'est plus agréable ici. Vous aviez l'air d'avoir un peu chaud à l'intérieur.

— Uniquement parce que vous m'aviez mise dans une situation embarrassante.

— En dansant avec vous ? Mais non, mon ange, ce n'est pas la raison pour laquelle vous rougissiez… comme en ce moment, d'ailleurs.

Il fallait absolument qu'elle mette un terme à son manège avant qu'il ne l'entraîne à l'écart de la foule, à la grande joie des commères.

— Dites ce que vous avez à dire, major, qu'on en finisse.

Elle s'immobilisa en haut de l'escalier de pierre qui menait dans les profondeurs obscures du jardin.

— Que penseriez-vous d'un petit test ? Disons, un autre baiser. Mais, cette fois, vous ne pourrez pas vous enfuir ensuite pour vous cacher. Pas avec tous les témoins que vous serez obligée de croiser en retournant à l'intérieur.

— Vous êtes méprisable… Il est hors de question que je vous suive dans l'ombre pour vous laisser faire Dieu sait quoi pendant qu'on s'interrogera sur notre absence.

Elle avait d'autant plus de mal à parler qu'il lui caressait l'intérieur du poignet du pouce. En dépit des gants, elle percevait sa chaleur, et se rappelait le frémissement de ses mains sur sa peau nue.

Brand la sentait faiblir. Le pari était terriblement dangereux. Miranda n'avait jamais connu la passion, et la nature même des émotions qu'elle pouvait ressentir risquait de la faire fuir à jamais. Mais il était incapable d'y renoncer.

— Puisque c'est ainsi, je vais vous embrasser devant tout le monde, la prévint-il.

Il devinait que l'idée de ce baiser l'attirait et l'effrayait à la fois.

— Dans ce cas, je défendrai mon honneur en vous écrasant ce pot de géraniums sur la tête.

— Le pire, c'est que vous en êtes capable, s'amusa-t-il.

S'emparant de ses deux mains pour l'empêcher de mettre sa menace à exécution, il commença à reculer vers les marches.

Miranda ne résista pas. Elle brûlait de l'embrasser à nouveau.

— Quand tout ceci sera fini, il ne me restera qu'un cœur brisé, murmura-t-elle d'une voix presque désespérée.

Aussitôt, elle se sentit horrifiée d'avoir révélé ses craintes de manière aussi éhontée.

— Jamais je ne vous ferai de mal, Miranda, promit-il en l'attirant dans l'ombre.

— C'est inévitable, que vous le vouliez ou non, fit-elle, haletante

Une partie de son cerveau lui ordonnait de le repousser, de fuir sans attendre, pourtant elle le suivit jusqu'à ce qu'ils se retrouvent à l'abri d'une haie de buis.

Brand ne lui répondit pas. Il l'entoura de ses bras et entreprit de déposer une pluie de baisers sur ses paupières, ses joues, sa bouche. Surprise par ce délicieux assaut auquel elle ne s'attendait pas, elle entrouvrit les lèvres. Sans se faire prier, il en profita pour lui taquiner la langue de la sienne, l'encourageant à l'imiter.

Elle lui répondit spontanément, avec une ferveur mêlée de prudence, se risquant à l'effleurer puis se rétractant. Le baiser du pique-nique ne l'avait pas préparée à l'émotion intense qui la submergea en sentant ce corps masculin si puissant pressé sensuellement contre le sien. Désormais, la menace avait changé de nature. Le danger ne concernait plus seulement son intégrité physique, mais son cœur et son âme.

Les baisers fiévreux de Brand et le mouvement de ses hanches contre les siennes faisaient chanter son sang dans ses veines. Pourquoi l'avait-elle suivi ? Voulait-elle donc se punir en agissant ainsi, au mépris de son devoir, en mettant sa réputation en péril ? Des années durant, elle s'était battue pour se faire une place dans le monde des affaires, et voilà qu'elle était sur le point de tout perdre uniquement pour relever le défi que lui lançait cet homme. Cela ne pouvait que mal finir, elle le savait, mais pour l'heure elle s'en moquait.

Elle noua les bras autour de son cou, plaquant son corps contre le sien. Bien que les moments d'intimité qu'elle avait partagés avec son mari n'eussent rien de commun avec ce qu'elle vivait là, elle en savait suffisamment pour comprendre que Brand la désirait. Et qu'en était-il d'elle ? Tel un poing serré, le désir pesait au creux de son ventre, accompagné d'une douce moiteur qu'elle n'avait jamais ressentie lorsqu'elle effectuait son devoir conjugal. Brusquement, elle oublia toutes ses notions de devoir. Elle ne voulait qu'une chose : se donner corps et âme à cet homme.

— Miranda, mon amour, souffla-t-il contre ses cheveux.

Il devait lutter pour ne pas libérer cette masse de boucles de son carcan d'épingles, car il savait que Miranda ne pourrait alors plus retourner dans la salle de bal. Il la désirait à en avoir mal, mais il devait s'arrêter avant de tout gâcher. N'avait-il pas obtenu ce qu'il voulait ? À regret, il s'écarta d'elle, non sans avoir déposé de légers baisers sur son visage.

Avant qu'il ait pu dire un mot, une voix susurra :

— Quelle surprise ! La mère qui prend la place de la fille. N'est-ce pas trop inconfortable ?

Reba sortit de l'ombre, un sourire mauvais sur les lèvres.

Brand sentit Miranda se raidir de colère. Il n'aurait su dire si elle était furieuse contre lui ou contre sa compatriote.

— J'ai toujours été en parfait accord avec moi-même, répliqua Miranda d'un ton de profond mépris. Ce qui n'est sûrement pas le cas d'une femme telle que vous.

Voyant que Reba accusait le coup et s'apprêtait à riposter, Brand préféra intervenir.

— Tu as toujours été jalouse, Reba. Mais autrefois tu étais assez intelligente pour savoir quand abandonner la partie et jeter ton dévolu sur un autre. Rappelle-toi ce qui s'est passé avec les Yankees.

— À l'époque, tu n'étais pas baron, Brand chéri, et je n'avais pas d'argent. Je n'en ai d'ailleurs pas autant que Mme Auburn, même aujourd'hui.

— Les différences entre nous ne se résument pas à notre compte en banque, madame Wilcox, objecta Miranda. J'ai bâti ma fortune en gérant des aciéries et des compagnies maritimes, et non pas en m'allongeant sur le dos.

Reba bondit en avant, toutes griffes dehors, mais Brand s'interposa entre les deux femmes et lui attrapa les poignets.

— Je crois qu'il serait plus sage d'aller rejoindre les invités pendant que je règle ce petit problème, dit-il à Miranda.

— Si tu ne me lâches pas immédiatement, je vais devenir un *gros* problème, siffla Reba, hors d'elle.

Miranda acquiesça. Les joues en feu, elle rebroussa chemin, la tête haute.

Brand la suivit du regard, puis se tourna vers Reba et articula d'une voix glaciale :

— Mme Auburn possède plus d'intégrité et de grâce que tu n'en auras jamais. Si tu n'en avais eu qu'un millième, j'aurais pu te pardonner pour Earl.

— Qu'est-ce que tu lui trouves à cette vieille peau, en dehors de son argent ? s'écria Reba en se libérant.

Elle se frotta les poignets, puis esquissa l'une de ses moues aguicheuses qui mettaient autrefois tous les hommes du comté de Fayette à genoux. Insensible à son manège, Brandon la contemplait d'un air désolé, comme si elle avait été une enfant capricieuse ou, pis encore, un cheval rétif.

— Avec toi, l'existence se résume à l'argent, n'est-ce pas, Reba ? fit-il d'un air las. Tu es riche à présent, alors pourquoi ne te dégotes-tu pas un comte ou un marquis, ou même un duc ?

— Mais tu m'as aimée autrefois, murmura-t-elle en se rapprochant de lui. Oh, je ne m'attends pas que tu m'épouses ! Tu es trop fier pour être avec une femme qui tient les cordons de la bourse. C'est pourquoi tu as rompu avec cette sotte petite blonde.

— Mlle Auburn est beaucoup plus intelligente que tu ne le penses, et c'est elle qui a rompu, pas moi.

— Nous savons tous deux que ce n'est pas vrai, Brand. Mais ça m'est égal, tant que nous pouvons être ensemble. Je serai ta maîtresse, même si tu épouses cette veuve. Après avoir quitté son lit glacial, tu auras besoin d'un peu de chaleur. Tu vois comme je suis devenue conciliante, ronronna-t-elle en levant les bras pour l'enlacer.

— Je ne coucherai pas avec toi même si tu étais la dernière femme entre Leipzig et Lexington, répliqua-t-il en s'écartant. Je préférerais dormir avec une vipère. À la vérité, il n'y aurait pas une grande différence.

Il l'empoigna aux épaules et plongea son regard dans le sien.

— Si jamais tu dis une seule parole contre Mme Auburn ou sa fille, je viendrai frotter ta répugnante petite bouche avec de la bouse, c'est compris ?

Il ponctua sa question d'une secousse si brusque que des épingles s'échappèrent de son chignon. Furieuse, Reba se contenta de hocher la tête.

Les yeux lançant des éclairs, elle le regarda s'éloigner, puis essaya en vain d'arranger sa coiffure, ce qui était impossible sans femme de chambre. Elle tapa du pied, délogeant quelques épingles supplémentaires, puis foudroya à nouveau du regard la haute silhouette qui disparaissait dans la maison.

Si ses yeux avaient été des pistolets, Brandon Caruthers, dixième baron Rushcroft, aurait été un homme mort.

Dans la salle de bal, Brand chercha Miranda, en vain. Lorilee lui apprit qu'elle souffrait d'une migraine et était rentrée à la maison.

— Si j'en juge par ses joues empourprées, vous avez dû lui faire bonne impression dans le jardin, commenta la jeune fille avec un sourire amusé.

— Je crains, hélas, que le mérite n'en revienne à Reba Wilcox, fit-il sombrement. Une partie du moins.

— Seigneur ! Elle a osé vous suivre et faire une scène ?

— Elle est fort douée pour cela, soupira-t-il.

— Le bal vient à peine de commencer, et le souper ne sera pas servi avant minuit. Si vous alliez retrouver ma mère, histoire de vous assurer qu'elle va bien… Vous comprenez ? ajouta-t-elle d'un air entendu. Mme Horton me raccompagnera un peu plus tard. M. Saint-John et Tilda ne rentreront pas tôt, eux non plus.

Brand sourit.

— Rappelez-moi de ne jamais me fâcher avec vous, Lorilee. Vous avez une intelligence à faire pâlir Machiavel. Je devrais vous présenter à mes amis, au Parlement, que vous leur donniez quelques leçons pour contrer les manœuvres de l'opposition.

— Maman serait furieuse que j'aide les conservateurs, répliqua-t-elle avec un clin d'œil complice. Et maintenant, dépêchez-vous de la rattraper avant qu'elle ne se barricade dans la maison.

Pelotonnée dans l'encoignure de sa voiture, Miranda massait ses tempes endolories en essayant de ne pas penser à la scène humiliante qui venait d'avoir lieu dans le jardin. Certes, elle n'en attendait pas moins de cette odieuse vipère. Mais ce qui la choquait le plus, c'était son propre comportement.

Comment avait-elle pu se laisser entraîner dans la pénombre comme la première débutante venue ?

Elle frémit à l'idée que s'il n'avait mis fin à ce bref éclat de passion, elle aurait fait tout ce qu'il lui aurait demandé, y compris se donner à lui à même le sol, dans le jardin des Falconridge.

Heureusement, Brand avait repris ses esprits à temps. Contrairement à elle. Mon Dieu, mais elle avait encore tellement envie de lui… Des larmes brûlantes perlèrent à ses paupières. Quelle folle elle était de croire encore à la passion ou à l'amour romantique ! À son âge ! C'était ridicule.

Il était trop tard. Elle n'avait jamais connu le plaisir physique… si tant est qu'un tel plaisir existât pour une femme convenable. Si elle s'en référait aux préceptes de la reine, et à ses lectures, le contact physique avec son mari n'était rien d'autre qu'un devoir qu'une femme respectable se devait d'endurer. Pourtant, un feu intérieur la dévorait, un feu dont elle n'imaginait pas l'existence avant que Brandon fasse irruption dans sa vie.

Venu de l'autre côté de l'Atlantique, le Baron Rebelle avait réveillé la passion qui dormait en elle depuis ses fiançailles avec Will Auburn. Elle avait passé les années qui avaient suivi à étouffer les braises de sa curiosité, mais il avait suffi d'un seul regard de Brand, de ses mains rugueuses et de ses baisers torrides pour les attiser de nouveau.

Alors qu'elle aurait dû avoir honte, Miranda n'éprouvait que du regret. Mais sa respectabilité était à ce prix, elle le savait.

— Ça m'est égal, murmura-t-elle soudain.

Elle ne savait trop ce qui lui était égal. Sa respectabilité ? Ou la honte qui viendrait sans aucun doute après avoir accordé une nuit au Baron Rebelle ?

Elle cligna des yeux pour chasser ses larmes. Il n'y aurait pas de nuit avec lui. Qui cherchait-elle à duper ?

Elle n'entendait que le martèlement des sabots sur les pavés tandis qu'elle regagnait cette demeure qui ressemblait à un mausolée. Elle serait froide et déserte, car elle avait donné congé pour la soirée aux domestiques. Même Tilda avait accepté l'invitation de Saint-John à aller au théâtre.

Elle frappa sur le toit du carrosse alors qu'ils approchaient de la maison. Le valet ouvrit la petite trappe.

— Déposez-moi devant la porte, Ralph, et allez à l'écurie directement. C'est inutile d'attendre.

Elle ne voulait pas qu'il voie ses larmes.

Il arrêta l'attelage et elle en descendit. Elle le regardait disparaître au coin de la ruelle, hésitant à rentrer chez elle, quand elle entendit approcher un attelage lancé au grand galop. Elle était seule au beau milieu de la nuit ; une bouffée d'angoisse la saisit.

Elle posa le pied sur la première marche. Sa clé se trouvait dans son réticule. Elle était habituée à ce que les domestiques lui ouvrent la porte si bien qu'elle ne l'avait pas sortie. Elle fouilla nerveusement dans son sac.

L'attelage s'éloigna à l'instant où elle mettait la main sur la clé. Inquiète, elle regarda autour d'elle, et aperçut la silhouette élancée d'un homme en tenue de soirée, mais sans haut-de-forme. Elle le reconnut d'emblée.

Il se déplaçait avec une grâce animale, scrutant la pénombre comme s'il la cherchait. Visiblement, il ne l'avait pas remarquée. Si elle le désirait, elle pouvait encore se faufiler discrètement chez elle.

Mais elle ne bougea pas. Il lui suffisait de gravir trois petites marches… Puis elle entendit sa voix de velours.

— Miranda, mon ange, je sais que vous êtes là.

Il se dirigea droit sur elle.

Elle demeura immobile, osant à peine respirer.

— Ne m'appelez pas « mon ange », murmura-t-elle, le souffle court, tandis qu'il s'arrêtait devant elle.

— À quoi pensez-vous donc ? la réprimanda-t-il en la prenant par les épaules. C'est de la folie pure de renvoyer votre valet et de rentrer seule dans une maison vide.

Il semblait furieux.

— Votre sollicitude me touche, dit-elle, déçue qu'il ne soit venu que pour assurer sa sécurité. Mais sachez que je me débrouille seule depuis la mort de mon mari, et que j'ai bien l'intention de continuer ainsi.

Elle se détournait pour gravir les marches lorsqu'il bondit devant elle. La seconde d'après elle était dans ses bras et il l'embrassait à perdre haleine.

Elle lâcha sa clé pour se cramponner à ses épaules, au bord de l'étourdissement. Le monde s'était mis à tourbillonner follement, et elle serait tombée s'il ne l'avait pas retenue.

— Me laisserez-vous vous aimer ? murmura-t-il entre deux baisers.

C'était à elle de décider… À elle seule…

17

Elle se pressa contre lui, grisée par sa chaleur, en proie au vertige du plaisir interdit. Pourquoi ne pas céder ? Pour une nuit, une seule ? Peut-être serait-elle déçue... Elle repoussa avec force la vision des rares moments d'intimité qu'elle avait connus avec Will Auburn lorsque Brand écarta les pans de sa cape de soie. Il suivit du doigt le décolleté de sa robe, puis lui caressa hardiment les seins dont les pointes durcirent instantanément.

— Miranda ? murmura-t-il d'une voix rauque.

— Oui, oui, oui, haleta-t-elle en déposant une multitude de baisers sur son visage.

Il la souleva dans ses bras et se tourna vers la porte.

— La clé, chuchota-t-elle, rêveuse, les bras autour de son cou.

— Où est-elle ?

— Sur les marches. Je l'ai laissée tomber.

— Mon ange, vous mettez les nerfs d'un homme à rude épreuve, grommela-t-il en la reposant sur le sol.

Elle vacilla légèrement, comme si elle avait bu, ce qui n'était pas le cas. Il se redressa, la clé à la main, et en profita pour lui voler un baiser, puis, tâtonnant dans l'ombre, essaya plusieurs fois d'introduire la clé dans la serrure. Sans succès. Agacé, il réprima un juron. Il était pressé d'entrer avant que Miranda, prise de scrupule, ne revienne sur sa décision.

Enfin, la clé tourna dans la serrure. La porte s'ouvrit, et il souleva de nouveau Miranda dans ses bras avant de refermer le battant d'un coup de talon. Il prit soin de verrouiller afin d'éviter toute mauvaise surprise.

Diable ! La maison était aussi obscure qu'un tombeau. Une forme sombre se faufila entre ses jambes, le faisant trébucher. Vu la taille, Brand en déduisit qu'il s'agissait de Callie et non de Marmelade. Dieu merci ! Poursuivant sa progression, il buta contre la première marche de l'escalier qui menait au premier.

Il pivota pour amortir la chute de Miranda. Bien qu'elle fût mince, elle était grande pour une femme, et il eut le souffle coupé.

— Vous aurais-je brisé une côte, major ? s'inquiéta-t-elle.

Elle fit mine de se relever, mais il l'en empêcha.

— Je n'en sais rien, mais croyez-moi, je m'en moque, chuchota-t-il en lui embrassant la gorge.

Des moustaches lui chatouillèrent le cou. L'un des chatons le mordillait tandis qu'il mordillait Miranda ! Il l'écarta du bras, puis entreprit de dénouer la cape de soie. Mais quand il essaya de jeter par-dessus son épaule, il sentit les petites griffes s'y accrocher. Avec un juron, il enroula la cape avec l'animal à l'intérieur tout en continuant à explorer les seins de Miranda. Si elle devait le repousser, comme le jour du pique-nique, elle ferait mieux de ne pas tarder, car il ne pouvait garantir de se comporter en gentleman.

Miranda n'était nullement gênée par cette merveilleuse intimité. Elle savourait le contact des mains et des lèvres de Brand sur sa peau brûlante, en réclamait toujours plus, avide qu'elle était de découvrir des sensations inédites. Instinctivement, elle cambra le dos, s'offrant plus encore à ses caresses.

D'une main impatiente, il commença à défaire les minuscules boutons de nacre qui fermaient sa robe, pressé de dévoiler les trésors qui se dissimulaient dessous. L'étoffe glissa de ses épaules, et il enfouit le visage dans la douce vallée parfumée entre ses seins, lui arrachant un gémissement. S'enhardissant, il repoussa la camisole de dentelle et prit la petite pointe rose entre ses lèvres. Miranda laissa échapper un cri de plaisir.

C'était divin de la tenir ainsi entre ses bras, mais sa position était des plus inconfortables. Il se redressa avec précaution, sans cesser de l'embrasser.

— Il n'y a pas de lumière dans cet endroit ? C'est plutôt dangereux de se promener dans le noir.

Miranda reprit ses esprits.

— Euh… si, fit-elle en tâtonnant le long du mur. Ici…

Il frotta une allumette tandis qu'elle actionnait le levier de la lampe à gaz. Une flamme pâle éclaira l'escalier, ainsi que deux chatons qui dégringolèrent les marches.

— Montrez-moi le chemin, dit Brand doucement en lui prenant la main.

Quelque peu embarrassée, Miranda le guida vers le vestibule principal. À mesure qu'ils avançaient, ils allumaient les lampes à gaz. Il l'attirait contre lui à chaque arrêt, et la dévorait de baisers, tout en continuant à déboutonner sa robe. Lorsqu'ils atteignirent l'escalier, la robe glissa aux pieds de Miranda.

Brand la souleva dans ses bras et gravit les marches avec aisance, comme si elle ne pesait pas plus qu'une plume. Arrivé sur le palier, il lui demanda d'une voix sourde où se trouvait sa chambre.

— C'est la troisième porte… au bout du corridor, souffla-t-elle, consciente de ses bras musclés qui l'enveloppaient.

Des ondes de chaleur parcouraient son corps, et pourtant elle frissonnait. Lorsqu'il pénétra dans la chambre, le doute l'assaillit. Avait-elle le droit d'inviter un homme qui n'était pas son mari à lui faire l'amour dans le lit conjugal, quand bien même Will ne lui avait rendu que de brèves visites dans cette chambre ?

La pièce était plongée dans l'obscurité. La lampe à gaz allumée, Brand s'approcha du lit à baldaquin. Lentement, il fit glisser Miranda le long de son corps pour la reposer sur le sol. Elle s'abandonna à ses caresses, à peine consciente qu'il délaçait son corset. Il l'en débarrassa prestement, et elle demeura devant lui, uniquement vêtue de sa camisole et de ses bas. Apparemment, elle avait perdu ses escarpins en chemin.

Elle se sentit soudain affreusement intimidée, et tenta de se cacher.

— Je… je ne suis plus une jeune fille, Brandon…

— Vous êtes une femme, la plus belle femme que j'aie jamais vue, murmura-t-il en s'inclinant vers elle. Embrassez-moi, Miranda, ordonna-t-il.

Elle lui obéit, accueillit avec un soupir d'aise la douce invasion de sa langue qui entama une danse sensuelle avec la sienne. Sans lâcher sa bouche, il entreprit d'ôter les épingles qui retenaient sa chevelure.

— Depuis le temps que j'en rêvais... chuchota-t-il. Ils sont magnifiques...

Émerveillé, il enfouit les doigts dans la lourde masse bouclée qui cascadait jusqu'à sa taille.

— Les cheveux roux sont loin d'être aussi beaux que les cheveux blonds, répliqua-t-elle, sincère.

Mais Brand semblait fasciné. Il les soulevait, en admirait les nuances à la lueur de la lampe.

— C'est une couleur magique, à la fois sombre et lumineuse, pleine de secrets. Aussi changeante que vous.

Il plongea les mains dans sa chevelure et reprit ses lèvres avec passion. Puis il s'écarta, dénoua le ruban qui fermait sa camisole et la tira doucement vers le bas, dévoilant ses seins fermes et généreux.

— Seigneur, quelle merveille ! souffla-t-il en les prenant dans ses mains.

D'être ainsi exposée à ses regards, Miranda prit peur.

— Je vous en prie, la lumière...

— La lumière est parfaite. On ne peut savourer une pareille beauté dans l'obscurité, assura-t-il avant de se pencher sur elle pour goûter au festin somptueux qui s'offrait à lui.

Les yeux fermés, toute pudeur oubliée, Miranda le laissa faire, le corps arqué de plaisir. Un flot de désir brûlant l'envahit, le désir primitif de sentir sa peau nue sous ses doigts. D'une main fiévreuse, elle tenta d'écarter les pans de sa redingote. Il s'en débarrassa d'un mouvement d'épaules.

Tandis qu'elle gémissait sous ses caresses, emportée dans la spirale de la passion, Brand songea que tout ceci était nouveau pour elle. Il devait prendre son temps, ne pas la brusquer. Mais où diable trouverait-il la force d'attendre qu'elle fût prête à l'accueillir alors qu'il mourait déjà d'envie de plonger en elle, de se perdre dans les profondeurs moites de son intimité !

Tendant la main, il rabattit la courtepointe. Puis il fit glisser la camisole de dentelle le long des hanches de Miranda. Elle cessa de respirer lorsqu'il s'agenouilla devant elle. Avec des gestes lents, il lui ôta ses jarretières, accompagnant son geste d'une traînée de baisers.

La chambre parut vaciller. Miranda bascula sur le lit tandis que Brand lui retirait un bas, puis l'autre, lui baisant les pieds au passage. Jamais elle n'aurait imaginé que ce pût être aussi érotique. Avant qu'elle comprenne ce qui lui arrivait, elle se retrouva adossée contre les oreillers, Brand à ses côtés.

Sous son regard fiévreux, elle se rappela qu'elle n'était plus toute jeune, qu'elle avait enfanté, qu'elle était trop grande et trop mince... D'un seul coup, ses doutes et ses angoisses revinrent en force.

— Brandon, je...

— Ne dites rien. Vous êtes parfaite, murmura-t-il en caressant son ventre plat.

— J'ai des vergetures.

Aussitôt elle s'empourpra. Jamais une dame ne prononçait ce genre de mots !

Il rit, avant de déposer un baiser sur son nombril.

— Si c'est le cas, elles sont si fines qu'elles sont invisibles.

Il continua à la couvrir de petits baisers, tandis que sa main se rapprochait de son entrejambe. Lorsqu'il effleura son intimité, il la sentit se raidir comme si elle avait honte. Craignant que trop d'ardeur ne la choque, il se contenta de caresser les replis soyeux... qu'il goûterait un peu plus tard. Mais il dut faire appel à toute sa volonté pour contrôler ses gestes.

Les mains de Miranda volèrent jusqu'à ses épaules, écartèrent doucement sa chemise. Brand l'ôta prestement, et elle se montra aussitôt plus audacieuse. Elle caressa son torse si ferme et si musclé, descendit plus bas. Son cœur battait à grands coups tandis qu'un irrépressible désir de s'unir à lui la submergeait.

Et puis soudain, elle réalisa qu'elle était complètement nue, allongée sur son lit en pleine lumière.

— Brandon... il faut éteindre, haleta-t-elle alors que ses caresses allumaient dans son corps les feux d'un désir dont elle n'avait même jamais rêvé.

Il s'appuya sur un coude, contempla son visage empourpré, et les délicates rougeurs sur sa gorge et sur son ventre.

— Si j'éteignais, je ne pourrais plus vous admirer, répondit-il avec tendresse. Et vous ne pourriez pas voir mon corps, ajouta-t-il en se levant.

Il était certain qu'Auburn n'avait jamais pénétré dans la chambre de sa femme autrement que dans l'obscurité. Le vieil imbécile portait probablement une chemise de nuit.

— N'êtes-vous pas un peu curieuse, mon cœur ?

Quand il posa les mains sur sa ceinture, Miranda retint son souffle. Elle aurait dû être choquée, consternée, outrée... Or chaque fibre de son corps hurlait : oui, je suis curieuse ! Serait-elle assez téméraire pour le lui avouer à voix haute ? Elle ne le fut pas. Son éducation et sa pudeur naturelle l'en empêchèrent. Elle se contenta de le regarder avec une avidité qui valait toutes les paroles.

Lentement, il commença à défaire la boucle de sa ceinture. Le regard de Miranda était irrésistiblement attiré par le renflement de son pantalon. Elle savait ce que cela signifiait, mais elle voulait le voir. La passion du major l'avait transformée en une créature dépravée.

— Les chaussures d'abord, dit-il en souriant.

Il s'assit sur le tabouret devant sa coiffeuse et retira ses chaussures. Il émanait de toute sa personne une grâce et une élégance infiniment viriles, et lorsqu'il revint vers le lit, Miranda s'humecta ses lèvres, en proie à une impatience grandissante.

Sans cesser de sourire, Brand entreprit de déboutonner son pantalon. Il avait tellement envie d'elle qu'il craignait d'exploser avant même d'avoir retiré ces maudits pantalons si étroits ! Miranda le fixait, la bouche entrouverte, les pupilles dilatées, ce qui ne faisait qu'ajouter à son supplice... et à son plaisir. Curieux comme ces deux émotions semblaient indissolublement liées en amour, songea-t-il.

Il inspira profondément dans l'espoir de se calmer, puis se débarrassa de son pantalon et de son caleçon, libérant sa virilité. Il fut soulagé de constater qu'elle ne semblait pas effrayée, bien que tout cela fût nouveau pour elle.

Miranda n'avait jamais vu son mari nu, mais elle savait qu'il n'était pas aussi... vigoureux que Brand. Alors qu'elle aurait dû être terrifiée, elle était tout simplement fascinée par ce corps parfait, masculin jusqu'au bout des ongles.

Sans lui donner le temps de réfléchir, il s'agenouilla sur le lit et lui prit les mains pour qu'elle s'agenouille à son tour. Avec douceur, il l'attira à lui et s'empara de ses lèvres.

Pour la première fois, leurs deux corps se touchèrent sans la barrière des vêtements. Il lui laissa le temps de s'habituer à ces nouvelles sensations, puis l'allongea sur le lit et s'étendit sur elle.

Miranda eut l'impression que son corps fondait sous le sien. Il était dur comme l'acier, alors qu'elle était souple et douce. Elle adorait la sensation de sa peau légèrement râpeuse sur son cou et ses seins, et se réjouit de sentir son cœur battre au même rythme que le sien. Ainsi, il partageait son émotion…

Lorsqu'il insinua la main entre leurs deux corps pour explorer son intimité, elle n'eut pas même un tressaillement tant elle était excitée. Les longs doigts titillèrent habilement le petit bouton de chair durcie, et un éclair de plaisir la transperça de part en part. Elle se cambra à sa rencontre en gémissant de bonheur.

Brand n'en pouvait plus d'attendre. Les dents serrées, s'exhortant à la patience, il se positionna au-dessus d'elle tout en continuant à l'embrasser. Doucement, il lui écarta les cuisses et se prépara à la pénétrer.

— Miranda, mon amour, souffla-t-il, aux portes du paradis.

Elle était si humide qu'il entra sans peine, mais lorsqu'il voulut progresser plus avant, il s'aperçut qu'elle était incroyablement étroite. « Voilà plus de douze ans qu'elle n'a pas fait l'amour », se rappela-t-il, attendant que son corps s'habitue à sa présence.

Soudain, la jeune femme s'affola. Mais la crainte qu'il ne fût trop imposant pour elle fut vite remplacée par le plaisir qu'elle ressentait à mesure qu'il s'insinuait en elle. Toute sa vie, on l'avait privée de ce bonheur, et ses reins se creusèrent spontanément pour l'accueillir, de plus en plus profondément… jusqu'à se sentir comblée, pleine et entière. Enfin, il était là. Elle se mordit la lèvre et les larmes lui piquèrent les yeux, mais cette fois c'étaient des larmes de joie et d'émerveillement, non de tristesse et d'abandon.

Nus et en pleine lumière, c'était ainsi que la nature avait voulu qu'un homme et une femme s'unissent intimement.

Puis il commença à onduler doucement sur elle. Elle planta les ongles dans son dos pour l'encourager. Lui entoura la taille de ses cuisses, lorsqu'il le lui demanda, et découvrit avec bonheur que cette position lui permettait de la pénétrer encore plus profondément.

La sueur lui perlait au front tandis qu'il essayait de refréner ses ardeurs, mais lorsqu'il sentit ses cuisses soyeuses l'encercler, il sut qu'il était perdu. Il accéléra le rythme tout en veillant à demeurer attentif aux réactions de Miranda. Il était certain qu'elle n'avait jamais connu l'extase et il ne voulait pas l'en priver.

Elle avait perdu pied, s'était noyée dans un océan de plaisir. Ses rêves les plus fous se réalisaient. Elle était bouleversée par la douceur de l'acte et, cependant, une faim inconnue la tenaillait. Son corps semblait doué d'une vie propre, en proie à des exigences nouvelles.

Lorsque la jouissance l'emporta, ce fut si intense qu'elle cria le nom de Brand en se cramponnant à ses épaules. Alors qu'elle croyait mourir si cette tempête des sens ne s'apaisait pas, le corps de Brand se raidit, ses coups de reins se firent plus rapides et plus vigoureux encore. Une seconde vague de plaisir la propulsa dans les étoiles.

Elle l'étreignit follement tandis qu'il s'effondrait sur elle en murmurant son nom. Haletants, repus, ils demeurèrent un long moment enlacés. Lorsque Brand fit mine de rouler sur le côté, elle le retint.

— Je suis trop lourd.

— Non, murmura-t-elle.

Jamais… Elle voulait que cela ne s'arrête jamais, alors même qu'elle savait qu'il le fallait. Elle préférait ne pas y penser, se laisser aller à savourer le poids du corps de Brand sur le sien, s'émerveiller d'avoir enfin pénétré dans ce monde des sens qu'elle ne connaissait pas.

Et ne connaîtrait jamais plus.

C'est alors que Brand recommença à se mouvoir en elle. Lentement, avec douceur et précision, leurs peaux se frôlant dans des froissements de velours, il l'amena de nouveau au bord du précipice.

Agrippée à ses épaules, Miranda le supplia de mettre fin à cette exquise torture. Le plaisir la rendait incohérente. C'était un vin capiteux, une drogue exotique, et le corps de Brand l'instrument d'une jouissance inimaginable. Telle une puissante déferlante, l'extase balaya tout sur son passage, son corps, son cœur, son âme. Un bref instant, Miranda se demanda ce qu'il lui resterait lorsque tout cela serait fini.

Peu à peu, ils revinrent de leur lointain voyage.

Il l'embrassa dans le cou, puis sur le nez. Repoussant une boucle rousse, il s'aperçut qu'elle pleurait.

— Miranda ? s'inquiéta-t-il. Est-ce que je vous ai fait mal, ma chérie ? Je sais que vous n'avez pas… connu d'homme depuis…

Elle le fit taire d'un doigt posé sur ses lèvres.

— Vous m'avez offert un plaisir dont je n'aurais jamais osé rêvé. Je n'ai jamais… C'est-à-dire, Will n'a jamais…

Elle s'interrompit. Cela lui semblait déloyal d'être ainsi étendue dans ce lit qu'elle avait partagé avec son mari vieillissant, et de dire du mal de lui.

— C'était différent avec lui, murmura-t-elle alors que Brand basculait sur le côté.

— Vous n'avez jamais dit à quiconque ce qui vous avait poussée à épouser un homme qui avait trois fois votre âge, risqua-t-il en lui caressant l'épaule.

Elle hésita.

— Will était…

— Il était gentil avec vous, et vous vous sentez redevable envers lui. Vous craignez de le trahir en évoquant votre relation.

— Vous êtes un homme remarquable, major, soupira-t-elle, impressionnée par sa perspicacité.

— Il n'y a pas si longtemps vous m'appeliez Brandon, remarqua-t-il avec un sourire.

Elle rougit.

— Eh bien, je n'étais pas vraiment moi-même, non ?

— Au contraire. C'était peut-être la vraie Miranda… la femme qui veut ce qu'on lui a refusé toute sa vie.

— J'ai eu une vie très privilégiée de l'enfance à l'âge adulte, contra-t-elle, sur la défensive.

— Dites-moi si je me trompe, mais votre enfance s'est arrêtée de manière plutôt brutale, insista-t-il en cherchant son regard.

Elle songea que personne ne la connaissait mieux que cet homme, et pas seulement au sens biblique du terme. Soudain, elle éprouva le besoin de parler.

Dans la semi-pénombre, Brand se contentait de la tenir contre lui et de lui caresser les cheveux. Puis il l'embrassa tendrement sur le front, comme s'il scellait une sorte de pacte dans lequel il lui promettait que les paroles prononcées dans cette pièce n'en sortiraient jamais.

Peut-être fut-ce à cause de cela qu'elle entama le long voyage vers un passé empli de souvenirs doux-amers…

18

— Mon père était un riche industriel de Liverpool. Il possédait une grosse aciérie et il avait investi dans des compagnies maritimes. J'étais sa fille unique. Mon frère cadet, Albert, était destiné à prendre sa succession, mais j'étais sa préférée. Ma mère et lui m'ont beaucoup gâtée.

Brand sourit, imaginant une jeune Miranda autoritaire donnant des ordres à ses gouvernantes.

— Juste avant de faire mon entrée dans le monde, j'ai rencontré un jeune homme dont je suis tombée amoureuse. Son père était le pasteur de Saint-Alban, une paroisse prestigieuse de la ville, mais il ne possédait bien sûr pas une fortune comparable à celle de mes parents.

— Vos parents ont refusé que vous l'épousiez parce qu'il était pauvre ?

Elle secoua la tête.

— Non. Ils appréciaient M. Aimesley, mais ma mère tenait à ce que je connaisse une vraie saison mondaine avant de me marier. C'était une façon de m'assurer que je faisais le bon choix. Mon père a dépensé beaucoup d'argent pour organiser le bal de mes dix-sept ans. La veille de la soirée, il est rentré le visage blême. Ma mère et lui se sont enfermés dans son bureau pendant des heures. Lorsqu'elle en est sortie, elle était en larmes, mais elle m'a assuré que tout allait bien.

Bien sûr, je savais qu'il n'en était rien. Durant les semaines qui ont suivi, il y a eu des articles dans la presse au sujet d'une compagnie maritime qui avait fait faillite. Apparemment, mon père avait utilisé tous les profits des aciéries pour les investir dans cette compagnie. Il était au bord de la ruine. Il n'avait pas suivi les conseils d'un vieil ami de la famille, Will Auburn, qui désormais lui proposait son aide.

Brand se raidit, mais Miranda le rassura.

— Non, ce n'est pas ce que vous pensez. Will était veuf depuis des années et n'avait pas d'héritier. Il aimait beaucoup mon frère, et il a prêté une petite fortune à mon père pour le sauver de la banqueroute, alors même qu'ils étaient concurrents. Il avait sans doute dans l'idée de laisser ses biens à Albert après sa mort. Hélas, mon frère a été emporté lors d'une épidémie de choléra. Mon père a éprouvé un tel chagrin qu'il est tombé malade. Will a alors repris les rênes des affaires. Il était comme un membre de notre famille. Nous avions traversé tant d'épreuves ensemble.

— Et que devenait votre soupirant ? s'enquit Brand.

— Nous ne pouvions nous marier puisque j'étais en deuil, mais nous en avions toujours l'intention. Puis j'ai compris que Will serait obligé de s'occuper de mes parents jusqu'à la fin de leurs jours...

— C'est alors qu'il a demandé votre main.

— À vous entendre, on dirait qu'il avait tout calculé. Mais il ne pouvait pas savoir qu'Albert allait mourir ni que mon père tomberait malade. Il souhaitait désespérément avoir un enfant pour lui transmettre son héritage. J'étais jeune, en bonne santé, et je le connaissais depuis toujours. Une femme de son âge n'aurait pas pu être mère.

— Tandis que vous...

— Que pouvais-je faire d'autre ? Épouser Kent Aimesley, et laisser Will Auburn veiller sur mes vieux parents ? Cela n'aurait pas été juste.

— Ce n'était pas juste non plus de sacrifier votre avenir pour réaliser le rêve d'un vieil homme, répliqua-t-il, à la fois irrité à l'idée de ce qu'elle avait dû subir, et admiratif. Mais vous l'avez tout de même fait.

— Oui. Au début, ce ne fut pas facile, je l'admets... mais au fil des ans, j'ai fini par comprendre que je n'avais jamais vraiment aimé M. Aimesley.

— Aimesley ? répéta-t-il. N'est-ce pas... ?

— Mon associé, en effet. Will et moi n'aurions jamais pu rêver employé plus fidèle et digne de confiance. Quelques années après notre mariage et la naissance de Lorilee, M. Aimesley est venu solliciter un emploi auprès de Will. Il avait fait de bonnes études, il était ambitieux. Will l'a embauché et ne l'a jamais regretté.

— Quel homme remarquablement charitable, murmura Brand, conscient d'être jaloux.

— Il était remarquable à plus d'un titre. Lorsque Lorilee a eu trois ans, la santé de Will a commencé à décliner. Moins d'un an après, il ne quittait plus la chambre, mais son cerveau fonctionnait tout à fait normalement. Je l'ai soigné, et il m'a tout appris. Puisque nous n'aurions jamais de fils, il avait décidé qu'une femme était tout aussi capable de prendre sa succession.

— Et vous avez prouvé qu'il avait raison.

Elle s'empourpra.

— Il m'a tout appris sur les aciéries et les nouveaux hauts-fourneaux. C'était un visionnaire. Il avait le don de dénicher les investissements judicieux. À mesure que sa maladie s'aggravait, il m'a accordé des responsabilités de plus en plus importantes, à la grande consternation de ses associés. Certains d'entre eux ont même tenté de le faire mettre sous tutelle, mais ils ont échoué. Cette lutte de pouvoir lui a beaucoup coûté. Il est mort quinze jours après le jugement en notre faveur.

Sa voix prit une intonation amère.

— J'ai pris la direction des aciéries, de la compagnie maritime et des deux banques… Et j'ai provoqué la ruine des hommes qui l'avaient attaqué. Cela vous fait-il peur ? ajouta-t-elle en le regardant droit dans les yeux.

— Au vu de notre premier entretien, cela ne me surprend pas, répliqua-t-il avec un sourire. Vous avez fait ce qu'il fallait pour survivre dans un monde d'hommes, mais vous l'avez payé le prix fort. Pourquoi ne vous êtes-vous pas remariée ?

— Mon père est mort peu après Will, puis ma mère. J'ai porté le deuil pendant trois ans. Et j'élevais une petite fille qui avait perdu coup sur coup son père et ses grands-parents. Will avait de lointains cousins à Liverpool mais tous les membres de ma famille étaient morts. Lorilee n'avait plus que moi. Alors je me suis consacrée à elle et au développement de mes affaires, notamment dans le domaine bancaire. Je n'ai pas vraiment eu le temps de réfléchir au mariage… et, franchement, la plupart des hommes de mon milieu ne m'apprécient guère.

— Ce sont des imbéciles, Miranda. Pour ma part, jamais je ne me mêlerai de vos affaires.

Ses paroles tranchèrent d'un coup le lien qui les unissait. Miranda se rendit soudain compte qu'elle avait commis une terrible erreur. Elle le repoussa et voulut se lever, mais elle s'aperçut qu'elle était nue, et que ses vêtements étaient éparpillés dans la chambre.

Elle était prise au piège. Elle ne pouvait pas partir, mais lui devait s'en aller. Désemparée, choquée, elle avait l'impression que son cœur venait de voler en éclats. Elle ramena le drap sur elle et s'adossa à l'oreiller. Il demeura allongé sur le flanc, à moitié nu, la main soutenant sa tête, tandis qu'il l'observait en silence.

— Que se passe-t-il, mon ange? demanda-t-il calmement.

Il avait deviné la raison de son trouble, mais il voulait l'entendre la lui avouer.

Elle sembla chercher ses mots, puis se contenta de lâcher :

— Vous devez partir maintenant.

— Ainsi, vous me congédiez? répliqua-t-il, essayant de maîtriser sa colère et son chagrin. Chérie, je ne suis pas un étalon qu'on utilise pour une saillie avant de le renvoyer, ajouta-t-il, sachant qu'il prenait un risque.

Miranda ouvrit de grands yeux, avant de rougir violemment. Quand il se redressa, elle détourna le regard, gênée devant cet homme magnifiquement bâti qui était devenu son amant.

— Inutile d'être vulgaire, major, lança-t-elle.

Et elle s'en voulut aussitôt de s'adresser à lui d'un ton aussi froid et guindé après ce qu'ils venaient de partager... Ce qu'il venait de lui offrir.

Brand s'emporta.

— Vous venez de découvrir ce que cela signifie d'être une femme pour la première fois de votre vie et vous en avez peur! De même que vous avez peur de moi. Ce vieil homme ne vous a jamais vraiment fait l'amour, n'est-ce pas? Il n'a fait que son *devoir*, comme vous avez fait le vôtre. Ce que nous venons de vivre ce soir dépasse de loin le devoir.

— Ce *vieil homme*, comme vous dites, était mon mari, et je respecte sa mémoire, répliqua-t-elle d'une voix glaciale.

— En accueillant un autre homme dans le lit qu'il a partagé, même maladroitement, avec vous ?

Elle tourna la tête comme s'il l'avait giflée.

— La faute est la mienne, pas la vôtre, mais vous avez raison, il était incapable de… me faire ressentir ce que j'ai ressenti avec vous. Je vous suis très reconnaissante…

— Je ne veux pas de votre gratitude, Miranda. Je veux votre amour, dit-il d'une voix plus douce en essayant de lui prendre la main.

Elle le repoussa.

— C'est impossible, Brandon. Cela ne marchera pas entre nous. Je suis plus âgée que vous et d'un caractère trop indépendant. Et puis, il y a Lorilee. Je sais qu'elle s'est mis en tête de jouer les entremetteuses mais elle est trop jeune pour comprendre comment le monde tourne.

— Expliquez-le-moi donc, répliqua-t-il, au bord de l'explosion.

— Il y aurait un terrible scandale si… s'il se passait quelque chose entre nous.

— Parce qu'il ne s'est rien passé ? Et cela ? fit-il en désignant le lit d'un geste de la main.

Elle se détourna, en proie à une insupportable souffrance.

— Je… je ne peux abandonner mon travail. Lui seul m'a permis de garder la tête hors de l'eau après la mort de Will et celle de mes parents. J'avais un enfant à élever, un enfant qui allait un jour me quitter.

— Et vous craignez que je ne sois l'un de ces types dominateurs qui sont persuadés qu'une simple femme ne peut diriger des entreprises qu'elle a pourtant créées ?

— Non, je vous soupçonne de ne pas être ainsi.

— Alors quoi ? Vous avez peur que je vous quitte pour une femme plus jeune ?

Il était plus proche de la vérité qu'elle n'était prête à l'admettre. Elle n'osait lui révéler à quel point elle était peu sûre d'elle. Le rêve était impossible. Le scandale inimaginable.

— Non, mais les gens parleraient.

— Pourquoi une femme aussi forte que vous aurait-elle peur de quelques commérages, Miranda ?

— C'est Lorilee qui en payerait le prix, pas moi. Je ne peux pas le permettre. Vous le comprenez, j'en suis certaine.

Elle n'avait jamais voulu que cela arrive. Une nuit, c'était tout ce qu'elle demandait. Mais comment se contenter d'une seule nuit ? murmura une petite voix insidieuse. Miranda frotta ses tempes endolories.

— Non, je ne comprends pas, riposta Brand. Vous vous trompez au sujet de Lorilee. Votre fille est plus forte que vous ne le pensez. Et elle a raison en ce qui nous concerne. Nous sommes faits l'un pour l'autre.

Il s'en voulait de plaider sa cause comme un imbécile, mais il refusait d'abandonner. Il lui caressa doucement l'épaule.

— Je vous laisse le temps de réfléchir, Miranda.

— C'est tout réfléchi, lâcha-t-elle, résignée.

Elle n'osait regarder ce corps magnifique qu'elle connaissait à présent si intimement… Elle l'avait blessé, mais il était jeune, titré et terriblement séduisant. Le Baron Rebelle ne manquerait pas de femmes dans sa vie. En le rejetant, elle lui faisait une faveur.

Du moins essaya-t-elle de s'en convaincre alors qu'il s'habillait.

— Puisque vous n'allez pas épouser Lorilee, vous aurez besoin de fonds pour restaurer le manoir de Rushcroft. C'est un excellent investissement, et ma banque…

Il fit volte-face, le visage blanc de fureur.

— Ainsi, vous continuez à croire que je cherche à me marier pour l'argent ! Pourquoi épouser la fille et se contenter d'une petite parcelle de la fortune si je peux épouser la mère et avoir le tout !

— Non, Brandon, ce n'est pas ce que je voulais…

— Si, c'est exactement ce que vous pensez ! Voilà le fond du problème. Ce ne sont pas les commérages ou Lorilee qui vous inquiètent ! Vous ne vous souciez que de cet argent que vous avez durement amassé. En fait, je me suis trompé, ajouta-t-il en enfilant sa redingote. Reba et vous avez beaucoup de points communs. Vous évaluez les hommes en monnaie sonnante et trébuchante.

Miranda battit des paupières, abasourdie, tandis qu'il quittait la pièce. Pétrifiée, elle écouta son pas décroître dans le couloir. Quelques secondes plus tard, la porte d'entrée claqua.

Brandon Caruthers était parti pour toujours. Elle avait obtenu ce qu'elle voulait, non ?

Miranda enfila un peignoir et partit à la recherche de ses vêtements éparpillés dans la maison. Cela lui prit un certain temps, car elle dut aussi ramasser ses épingles à cheveux, et les boutons de manchette du major qui avaient roulé au sol. Elle dut se mettre à quatre pattes pour les chercher. Que diraient les femmes de chambre si elles les trouvaient sous son lit ?

Lorsque Tilda et Lorilee rentrèrent, tard dans la soirée, Miranda feignit de dormir. Elle les entendit néanmoins discuter à voix basse devant sa porte. Elles se demandaient probablement si le baron lui avait rendu visite.

Personne ne devait jamais savoir, décida-t-elle. Allongée dans le noir, elle se le répéta encore et encore. Comment avait-elle pu commettre une pareille erreur ? Comment avait-elle pu ouvrir la boîte de Pandore et libérer tant de chagrin et de désir ? Jusqu'à cette nuit, elle n'avait que deviné ce qu'elle avait manqué, désormais, elle le savait, et, bien sûr, la sensation de manque était encore plus cruelle. Rien d'étonnant que l'Église et la reine recommandent aux femmes honnêtes d'éviter le sexe.

C'était une drogue au même titre que l'opium !

Elle se tourna et se retourna dans son lit toute la nuit, incapable de trouver le sommeil. Chaque fois qu'elle s'assoupissait, elle rêvait du major, et se réveillait immanquablement, brûlante de désir.

Au matin, Tilda entra dans sa chambre avec un pot de café frais. Elle affichait une expression inquisitrice.

— J'aimerais prendre un bain chaud, dit Miranda.

— Auriez-vous des courbatures ? hasarda Tilda en esquissant un sourire.

— Pas du tout. J'ai seulement mal dormi.

— Je m'en doute, répliqua Tilda avec impertinence en tirant sur le cordon pour prévenir une domestique.

Miranda se serait giflée pour lui avoir ainsi facilité la tâche.

— Et comment s'est passée ta soirée avec M. Saint-John ? contre-attaqua-t-elle. Tu es rentrée tard.

— Évidemment, vous êtes au courant puisque vous n'avez pas fermé l'œil de la nuit.

— À quoi t'attendais-tu ? À trouver le baron caché sous mon lit ? rétorqua Miranda, bouillonnante d'indignation.

— Je ne pense pas qu'il ait passé du temps *sous* le lit.

Miranda n'eut pas l'occasion de lancer une réponse cinglante, car une domestique entra au même moment. Tilda lui ordonna d'apporter des linges propres et de préparer un bain dans la pièce voisine.

Un peu plus tard, alors que Miranda tentait vainement de se détendre dans son bain parfumé à la lavande, Tilda fit de nouveau son apparition, une lettre à la main.

— C'est de sa part, fit-elle, laconique, en posant l'enveloppe sur un tabouret près de la baignoire de cuivre.

Agacée par son insolence, Miranda la renvoya d'un ton plus sec qu'elle ne l'aurait voulu. Elle regarda l'épaisse enveloppe de couleur crème, gravée aux armes des Rushcroft, mais la laissa à sa place.

Lorsque le bain fut presque froid, elle en sortit, se sécha, et s'empara enfin de l'enveloppe qui n'avait cessé de la tenter.

Elle aurait mieux fait de s'asseoir, car elle se mit à trembler de la tête aux pieds en la lisant.

Chère Madame Auburn,

Après ce qui s'est passé hier soir, nous devons parler sans attendre d'un sujet extrêmement grave. Une fois ce problème résolu, je ne vous ennuierai plus. Je viendrai chez vous à 10 heures. Soyez là.

B.

Que voulait-il ? Il était évident qu'il était encore furieux contre elle. Avait-il réfléchi à son offre de prêt ? Non. Elle l'avait mortellement offensé en la lui proposant. Comment avait-elle pu être aussi sotte ? On n'achetait pas un homme tel que Brandon Caruthers. Mais à en juger par le ton de la lettre, il ne semblait pas non plus chercher à poursuivre leur impossible relation.

Elle sortit une robe de son armoire et se coiffa seule, préférant ne pas faire appel à Tilda qui, elle le savait, insisterait pour qu'elle choisisse une tenue plus seyante. Elle tressa ses cheveux, les ramena en chignon sur la nuque, puis enfila l'une des tenues grises qu'elle portait pour aller au bureau. Quand elle se regarda dans le miroir, son visage se décomposa.

Elle était vieille. Des cernes soulignaient ses yeux, et ses cheveux sévèrement tirés en arrière accentuaient chaque petite ride. Autant qu'il la voie telle qu'elle était réellement – et telle qu'elle deviendrait dans quelques années, alors que lui serait encore jeune et séduisant, avec toutes les femmes de Londres pendues à ses basques.

Elle s'aspergea le visage d'eau froide pour en effacer les traces de larmes. Brandon ne devait pas savoir qu'elle souffrait encore plus que lui. Il s'en remettrait, mais pas elle.

La main posée sur le bouton de la porte, Miranda hésita. Dieu que ce serait difficile de le regarder en face à la lumière du jour ! Mais elle n'était pas lâche. « Si, tu es lâche ! l'accusa une petite voix. Sinon pourquoi l'aurais-tu rejeté ? » Elle la fit taire promptement, et ouvrit la porte, pressée d'en finir.

Le major arpentait la pièce tel un lion en cage. Il se tourna pour la regarder tandis qu'elle prenait soin de refermer le battant.

— Vous craignez les oreilles indiscrètes ? s'enquit-il avec un sourire amer.

— Cela ne serait utile à personne que quelqu'un surprenne cette conversation, répliqua-t-elle. De quelle question si urgente souhaitiez-vous m'entretenir ?

— Je sais combien vous êtes occupée, aussi ne vous retiendrai-je pas plus que nécessaire, répondit-il d'un ton railleur.

Ses phalanges étaient blanches tant il serrait les poings. Comme d'habitude, il avait égaré ses gants en chemin. Il était si incroyablement séduisant dans sa redingote anthracite que c'en était presque insupportable de le regarder. Une mèche blonde lui barrait le front, qu'il chassa d'un geste agacé.

— Je vous écoute, dit Miranda alors qu'il recommençait à marcher de long en large.

— Il se peut que vous attendiez un enfant, lâcha-t-il sans détour. Je n'abandonnerai pas ma chair et mon sang.

Effarée, elle se laissa tomber sur la chaise la plus proche.

— Un enfant ? répéta-t-elle. Mais non, ce n'est pas possible. Je veux dire... Il m'a fallu presque un an pour tomber... enceinte de Lorilee.

— Je n'ai pas soixante-dix ans, Miranda. Et vous n'êtes pas la vieille femme à qui vous essayez de ressembler, ajouta-t-il avec un regard dédaigneux pour sa tenue. C'est peu probable après une seule nuit, mais c'est une possibilité, et dans ce cas, je veux être un père pour cet enfant.

— Vous vous attendez que je vous épouse parce que je risque de porter votre enfant ? Ou voulez-vous que je...

— Taisez-vous ! N'y pensez même pas.

Il l'aurait bien étranglée tant il était furieux. Puis il vit son visage décomposé, et il comprit qu'elle ne se ferait jamais avorter, quel que fût le scandale.

— Pardonnez-moi, Miranda. Je n'avais pas le droit de vous accuser d'une chose pareille.

— De même que je n'avais pas le droit de penser que vous vouliez m'épouser. Nous sommes donc dans une impasse.

Il eut un sourire triste.

— Pas encore. Prévenez-moi dès que vous aurez la confirmation que vous n'attendez pas d'enfant. Alors seulement tout sera fini entre nous.

Le regard qu'il lui jeta indiquait qu'il n'y croyait pas plus qu'elle.

— Très bien, acquiesça-t-elle, les joues écarlates. Merci pour votre sollicitude, major, ajouta-t-elle en se levant.

— J'insiste aussi pour qu'on vous surveille jusqu'à ce qu'on découvre qui cherche à vous tuer. Sin et moi poursuivons notre enquête. Entre-temps, ne quittez pas cette maison sans le revolver que je vous ai confié. Je vous enverrai aussi deux gardes...

— Il n'y a aucune raison que vous vous inquiétiez...

— Je m'inquiète, c'est ainsi. Vous n'y pouvez rien. Ces hommes sont des professionnels et ils sauront vous protéger. Croyez-vous que la personne qui a déjà fait quatre tentatives pour vous éliminer va s'arrêter en si bon chemin ?

Elle secoua la tête. Depuis la veille, qu'on cherche à la tuer semblait le dernier de ses soucis.

— Je ferai attention, major. Merci.

Sur ces mots, elle quitta le salon, et alla se réfugier dans la pièce qui lui servait de bureau.

Elle avait toujours trouvé le réconfort dans le travail.

Son devoir accompli, Brand éprouvait un besoin irrépréssible de quitter Londres. Espérait-il que Miranda fût enceinte ? Elle avait déclaré qu'elle ne l'épouserait pas, mais le cas échéant, peut-être reconsidérerait-elle sa position. Ce qui n'augurait rien de bon pour leur relation future. Elle pourrait en vouloir à l'enfant. À *lui*, elle en voudrait à coup sûr. Or, il ne voulait pas d'elle à ces conditions.

Mais Dieu qu'il la désirait ! Il se la remémora telle qu'il l'avait vue la veille, les cheveux déployés sur l'oreiller, sa peau de satin si douce sous ses mains, son regard chaviré tandis qu'il la caressait. Lorsqu'elle s'était confiée à lui, il avait cru qu'il pourrait gagner son cœur.

Mais elle s'était contentée de lui jeter son argent à la figure.

Elle était fière, susceptible et femme jusqu'au bout des ongles. À force de lutter dans un univers d'hommes, elle s'était endurcie et avait fini par soupçonner tout le monde, et lui en particulier. S'il avait une once de bon sens, il ferait ses bagages et se retirerait à la campagne.

Mais il avait encore des affaires à régler en ville. En refusant l'offre financière de Miranda, il s'était de nouveau retrouvé dans une situation désespérée. La vente de plusieurs poulains avait apaisé provisoirement l'appétit de ses créanciers, mais il lui fallait encore du temps pour développer son haras.

Cependant, il avait trouvé quelque chose dans la bibliothèque du manoir susceptible de le sauver. Pour cela, il lui fallait rendre de nouveau visite à Herbert Austin Biltmore. L'odieux notaire ne lui avait pas dit toute la vérité sur son héritage. Brand pensait avoir trouvé le moyen de gagner assez d'argent pour attendre sans angoisse que le haras soit devenu rentable, et il avait l'intention de mettre le notaire au travail sans attendre.

19

— Vous n'y pensez pas ! s'indigna Biltmore. Vous n'allez pas vendre cette maison qui se trouve dans l'un des plus beaux quartiers de Londres.

— Raison de plus, riposta Brand. Elle devrait rapporter gros.

— Mais... vous n'aurez plus d'adresse londonienne. Le Parlement est en session. Si vous vendez votre hôtel particulier sur Saint-James Square, où habiterez-vous ? Dans un meublé ?

Brand haussa les épaules.

— Franchement, je m'en moque. Maintenant que Disraeli s'est débrouillé pour faire passer les réformes électorales des conservateurs, la session actuelle sera terminée avant que vous ayez eu le temps de vendre. Je m'inquiéterai d'un logement l'année prochaine. J'ai l'intention de vivre la plupart du temps à la campagne pour m'occuper de ma propriété. Et pour cela, j'ai besoin d'argent. Une chance que mon cousin n'ait jamais lu les clauses de l'héritage, sinon la maison aurait été vendue depuis longtemps.

Il décocha un regard dur au petit notaire qui se mit aussitôt à farfouiller dans ses papiers.

— Très bien, milord, si c'est ce que vous souhaitez...

— Oui, monsieur Biltmore, c'est ce que je souhaite. Tenez-moi au courant des offres. Je suis pressé de vendre, mais pas à n'importe quel prix.

Brand quitta l'étude, soulagé à l'idée d'avoir bientôt de quoi tenir les loups à distance de la porte ou des écuries. À l'instant où il levait la main pour héler un fiacre, une voiture s'arrêta devant lui et son passager se pencha à la fenêtre.

— J'espérais bien te mettre la main dessus avant que tu quittes le notaire, dit Sin tandis que Brand le rejoignait. Tout s'est bien passé ?

Brand savait que Sin ne faisait pas seulement allusion à la vente de la maison, mais aussi à son entrevue avec Miranda. Son ami était persuadé qu'ils étaient amants, mais il ne pouvait deviner à quel point les choses avaient mal tourné, et il n'avait pas l'intention de se confier à lui.

— Cette vente devrait nous maintenir à flot pendant un an ou deux.

— C'est un peu juste, observa Saint-John. Reiver devra travailler dur, ajouta-t-il avec un clin d'œil, amusé à l'idée des nombreuses saillies qui attendaient l'étalon.

— Qu'est-ce qui t'a poussé à me pourchasser jusque chez Biltmore ? demanda Brand sans sourire à la plaisanterie.

— J'ai enfin obtenu une adresse où trouver O'Connell. Je pensais que tu voudrais assister à la confrontation.

Brand hocha la tête sombrement, et ils se mirent en route. Ils traversèrent les rues malfamées de l'East End au-dessus desquelles planaient en permanence des nuages jaunâtres dus aux fumées des usines. L'odeur pestilentielle qui montait de la Tamise s'insinuait dans les ruelles qui séparaient les maisons délabrées.

— Comment le pays le plus riche du monde peut-il tolérer qu'une partie de sa population vive dans des conditions pareilles ? observa Brand d'un air consterné.

— Attends d'arriver à Seven Dials, c'est pire.

Brand secoua la tête, dégoûté, rêvant plus que jamais de retrouver l'air frais de la campagne. Décidément, il ne serait jamais un citadin.

Le cocher refusa de pénétrer dans ce quartier considéré comme si dangereux que même les gardiens de la paix ne s'y aventuraient pas. Brand et Sin lui promirent une jolie somme s'il les attendait et il accepta. Son concours était essentiel vu qu'ils risquaient de devoir quitter Seven Dials au plus vite.

— J'espère que tu es armé, murmura Sin.

Lui-même avait une canne-épée et deux revolvers Webley, l'un dans la poche de son gilet, l'autre coincé dans la ceinture de son pantalon.

— Depuis l'attaque à la sortie de l'Opéra, je suis toujours prêt au pire, répondit Brand en lançant un coup d'œil alentour. J'ai un pistolet Adams ainsi que mon poignard.

— Un seul pistolet. Dommage que tu aies donné l'autre à Mme Auburn.

Sin essayait d'en savoir plus, mais Brand ne fit aucun commentaire. Sa bouche pincée en disait cependant davantage que bien des paroles.

Adossé à un mur de brique, un homme se curait les ongles avec la pointe d'un poignard. Ses yeux étroits de serpent jaugèrent les deux hommes qui approchaient : le petit, musclé, nerveux, et armé. Et son compagnon, plus costaud, un aristo, sûrement. La fine cicatrice sur sa joue prouvait qu'il ne rechignait pas à se battre, mais les vauriens de Seven Dials n'avaient rien à perdre. Ils n'hésitaient pas à tuer pour voler des vêtements neufs.

— J'peux vous aider, patron ? demanda l'homme avec une courbette obséquieuse en dévoilant une rangée de dents noircies. M'appelle Lionel Biggs, mais ceux d'ici me surnomment Lion. Vous cherchez quoi ? Une femme ?

Saint-John réprima un frisson en imaginant quel genre de femme cet homme pouvait proposer.

— Merci, monsieur Biggs, mais nous connaissons le chemin.

— Charmant jeune homme, maugréa Brand tandis qu'ils obliquaient au bout de la ruelle. À mon avis, on le reverra.

— C'est là, annonça Sin.

Brand scruta les ruelles qui entouraient une maison de brique couverte de suie qui semblait tenir debout par l'opération du Saint-Esprit.

— Sans même parler des voyous, on risque gros en entrant là-dedans. Il suffirait qu'on éternue pour que ça s'écroule. Tu es sûr de ta source ? O'Connell habite bien ici ?

Saint-John esquissa une moue amusée.

— J'ai menacé mon informateur de le châtrer s'il me mentait.

— Quelle dégringolade pour un homme qui pariait mille livres aux courses il y a seulement quelques semaines, commenta Brand.

— Ce n'était pas son argent, lui rappela Sin.

— Nous allons enfin savoir à qui il appartenait.

Ils pénétrèrent dans la maison et grimpèrent jusqu'au troisième étage au milieu des relents de choux et de détritus.

Sin ne prit pas la peine de frapper à la porte. Il tourna la poignée. La porte s'ouvrit en grinçant sur une petite pièce sombre avec une fenêtre aux carreaux cassés. Un faible rayon de lumière s'y frayait un passage, révélant un plancher pourri, deux chaises et une table branlante. Dans un coin, allongée sur un tas de haillons, une silhouette remua.

— C'est qui ? lança une voix rauque.

— On est des amis de l'Irlandais, répondit Brand. Où est O'Connell ?

Un type d'une saleté repoussante émergea des haillons tel un crabe d'un rocher. Il observa l'étranger de son œil unique.

— J'connais pas de putain d'Irlandais.

— Vous partagez pourtant son toit, fit remarquer Saint-John en tirant une lame de sa canne de marche. Où est-il ?

— Vous feriez mieux de lui répondre, conseilla Brand. Mon ami se met facilement en colère.

— J'veux pas d'ennuis, patron, j'vous jure. Il a plus besoin de cet endroit, et c'est moins dangereux que la rue. Le loyer est payé jusqu'à la fin de la semaine.

— Comment cela, il n'en a plus besoin ? le pressa Brand, tandis que Sin pointait son épée sur la poitrine du petit homme.

— Il est parti hier soir. Il a dit qu'il avait un travail qui allait rapporter gros et qu'il aurait plus à vivre dans cette saleté.

— Quel genre de travail ? Qui le lui a donné ? insista Sin.

— Un type riche. Habillé comme vous, ajouta-t-il en indiquant Brand. Je sais seulement que Connie partait pour le Surrey. Il a parlé de chevaux.

— Rushcroft Hall, murmura Brand. Mes écuries.

À ces mots, l'autre blêmit et recula d'un pas.

— J'y suis pour rien, m'sieur.

Brand l'ignora et se tourna vers Sin.

— S'il est parti hier soir...

— Cela ne nous laisse pas beaucoup de temps. Si je me souviens bien, il y a un train qui part au quart. Sinon, nous devrons attendre demain midi pour le prochain.

— On a le temps de l'attraper ? demanda Brand tandis que Sin consultait sa montre de gousset.

— Ce serait mieux si on avait des ailes, mais on a vu de plus grands miracles.

Ils se ruèrent dans l'escalier.

À peine furent-ils sortis que le mendiant leur emboîta le pas. Ses vieux os ne lui permettaient pas de les suivre, mais il savait que Lion serait intéressé. Peut-être gagnerait-il un sou ou deux en lui refilant le tuyau.

Mais Lion avait déjà rassemblé sa bande de vauriens. Quand Brand et Sin sortirent de l'immeuble, ils attaquèrent, comptant sur l'élément de surprise pour arriver à leurs fins. Mais les deux amis s'étaient préparés au pire. Lorsque le premier compagnon de Lion surgit de l'ombre en brandissant un poignard, Sin l'embrocha avec son épée.

— Derrière toi ! cria-t-il.

Brand fit volte-face, son pistolet à la main. Sin tira, et le deuxième homme s'écroula. Hélas, un troisième vaurien fit voler l'arme de la main de Brand d'un coup de pied, tandis qu'un quatrième lui enfonçait sa lame dans le bras. Sans se soucier de la douleur, Brand sortit le poignard logé dans sa botte.

L'épée dans une main, le pistolet dans l'autre, Sin élimina un autre attaquant avant d'interpeller son ami.

— Prends le Webley dans ma ceinture.

— Je... suis... occupé, répondit Brand, aux prises avec un nouvel agresseur.

Lion était resté à l'écart, laissant ses hommes faire la sale besogne, mais apparemment, ils n'étaient pas à la hauteur. Dommage. Dix contre deux, et l'un n'était pas plus haut qu'un nain ! Comme les deux gentlemen s'enfuyaient, poursuivis par les quelques rares survivants, Lion se fondit dans la pénombre. On ne savait jamais. Si ses garçons parvenaient tout de même à tuer leurs proies, il serait là pour réclamer la plus grosse part du butin. Après tout, on ne le surnommait pas le Lion pour rien.

La chasse continua parmi un labyrinthe de ruelles bordées de maisons de guingois dont les portes étaient faites de planches de bois pourries. Ce quartier miséreux était habité par des morts vivants : des voleurs, des mendiants et des mourants qui ne croyaient plus à rien. À Londres, les plus belles demeures d'Europe côtoyaient ses plus sinistres cimetières.

— J'ai bien peur qu'on ne se soit égarés, dit le baron, à bout de souffle, alors qu'ils se réfugiaient dans une maison délabrée envahie de lierre et de mauvaises herbes.

— Non, je sais où on se trouve.

— Tant mieux, rétorqua Brand, parce que je crois qu'ils arrivent.

Sans attendre, les deux amis s'élancèrent dans la ruelle, dérapant sur les pavés humides.

— Ils nous rattrapent, avertit Brand. Tu ne peux pas accélérer l'allure ?

— Seulement quand j'ai un cheval sous moi, grommela Sin. Tes maudites jambes sont deux fois plus longues que les miennes.

— Tu crois vraiment que c'est par là ?

Et soudain, Brand aperçut la lumière d'un bec de gaz. La civilisation !

— Encore quelques mètres, lança-t-il à son ami en guise d'encouragement.

Derrière eux, le bruit de pas décroissait. Leurs poursuivants renonçaient l'un après l'autre. Lorsque les deux amis débouchèrent dans une rue passante, un large sourire éclaira le visage de Saint-John.

— Voilà le fiacre ! Je t'avais bien dit que je savais où on était, non ?

Lorilee s'approcha de la porte du bureau, bien décidée à ne pas laisser sa mère différer leur entretien. Celle-ci avait passé la journée enfermée avec M. Aimesley qui était arrivé vers midi. Ils n'avaient même pas déjeuné, et Miranda avait ignoré les demandes répétées de sa fille qui souhaitait lui parler. Heureusement, Aimesley venait enfin de partir.

La jeune fille frappa, et entra sans attendre la réponse. Miranda était penchée sur sa table de travail, qui était couverte de papiers. Quand elle leva la tête, Lorilee retint une exclamation.

— Maman, tu as une mine épouvantable ! Enfin, je veux dire…

— Je te remercie pour ces paroles réconfortantes après l'après-midi exténuant que je viens de passer, fit Miranda en tapotant la table d'acajou du bout de son porte-plume.

— J'aimerais te parler d'hier soir, lâcha Lorilee d'entrée de jeu. Tilda m'a appris que le baron était venu te rendre visite ce matin.

Miranda laissa échapper un soupir. Durant quelques heures, les problèmes des chemins de fer américains lui avaient permis de surmonter son abattement. À présent, la douleur revenait en force, mais elle était trop intime pour qu'elle la partage avec quiconque, y compris sa fille unique.

— Ce qui s'est passé hier soir entre le baron et moi ne te concerne pas, dit-elle d'une voix douce.

— Il a quitté le bal juste après toi. Je sais qu'il t'a suivie jusqu'ici.

— Tu ne sais rien du tout, répliqua sèchement Miranda. Et je refuse d'avoir une telle conversation avec une jeune fille. Ce… ce n'est pas convenable.

— Oh, peu importe que ce soit convenable ou pas ! Vous vous êtes disputés ? s'enquit Lorilee avec impatience. C'est pour cette raison que tu t'es habillée comme une poissonnière de Billingsgate pour l'accueillir ce matin ?

Elle avait tenté d'adopter un ton taquin, mais à voir l'expression de sa mère, elle n'avait réussi qu'à accroître sa colère.

Miranda redressa le buste et se retint de lisser les plis de son affreuse tenue grise.

— Je doute qu'une poissonnière ait les moyens de s'offrir cette robe, répliqua-t-elle d'une voix coupante. Mais cela n'a guère d'importance. Tu ne m'interrogeras plus ni au sujet du baron ni au sujet de ma garde-robe. Je suis une femme d'affaires, et c'est ainsi que je dois apparaître.

— C'est aussi pour cette raison que tu dois te coiffer aussi mal et avoir des cernes sous les yeux ?

Sa mère semblait si épuisée que Lorilee commençait à s'inquiéter sérieusement Elle contourna le bureau, s'agenouilla près d'elle et posa la tête sur ses genoux.

— Ne nous disputons pas, je t'en prie, maman, murmura-t-elle. Je ne voulais pas te faire de la peine.

Les larmes aux yeux, Miranda caressa les cheveux de sa fille. Elle luttait pour ne pas pleurer de peur de ne plus pouvoir s'arrêter.

— Pardonne-moi, ma chérie. Je ne voulais pas être aussi dure, mais je traverse une passe difficile. M. Aimesley m'a apporté de mauvaises nouvelles. Un banquier américain a fait une offre pour les chemins de fer. Tout le projet est suspendu à cause de lui.

Le travail était un sujet sans danger, mais dont elle n'avait pas l'habitude de discuter avec sa fille.

— J'en suis désolée, maman, mais ce n'est que de l'argent.

— Ce sont là des paroles de quelqu'un qui n'a jamais manqué de rien, observa Miranda, partagée entre l'envie de sourire et la tristesse.

— C'est pour ton bonheur que je m'inquiète, pas pour ton portefeuille.

— Hélas, les deux sont souvent liés ! Tu t'en apercevras peut-être un jour, bien que je ne te le souhaite pas. En attendant, je crois que les Wimberly donnent un récital auquel tu voulais assister, non ?

Lorilee soupira, résignée. Le sujet du baron était clos, du moins pour l'instant. Elle demanderait à Tilda de lui organiser un rendez-vous avec lui. Peut-être serait-il plus explicite que sa mère ? D'une manière ou d'une autre, elle était déterminée à résoudre ce malentendu.

Elle s'essuya les yeux, et nota que sa mère semblait émue, elle aussi.

— Terrance Wimberly est un raseur, et sa sœur Hortense nous torturera les tympans en jouant de la harpe. J'aimerais autant passer une soirée tranquille à la maison.

— Tu es sûre ?

— Certaine, répondit Lorilee en embrassant sa mère. Je vais demander à la cuisinière de nous préparer un bon repas.

Miranda regarda sa fille quitter la pièce. Son petit doigt lui disait qu'elle avait une idée derrière la tête, mais elle avait trop à faire pour creuser la question. Elle se plongea de nouveau dans le travail, non sans s'être efforcée de se convaincre qu'après un bon dîner et une longue nuit de repos, tout irait mieux. Sans grand succès.

— Je vous le dis, milord, sans mes rhumatismes, y aurait plus un cheval de vivant dans l'écurie, déclara le vieux palefrenier Wiggins en crachant dans la paille. Heureusement, j'avais oublié mon liniment, et je suis venu le chercher. Y m'ont flanqué un bon coup sur la tête.

— Comment te sens-tu, à présent ? demanda Brand.

— J'ai une méchante bosse et quelques coupures, à part ça, ça va. Le jeune Mathias est venu en courant quand il a entendu du bruit, mais c'était trop tard. J'aurais pu faire mieux, mais ils avaient la moitié de mon âge. Je leur ai tiré dessus, hélas, je les ai ratés !

— De quoi avaient-ils l'air ? demanda Sin.

Le palefrenier tenta de les décrire, et Brand échangea un regard entendu avec son ami. L'un des hommes était sans aucun doute O'Connell.

— Je suis vraiment arrivé à temps, assura Wiggins, reprenant le fil de son récit. Ils avaient déjà rempli les mangeoires, et Reiver, les juments et les poulains commençaient à manger.

— Et ils auraient continué à manger jusqu'à ce qu'ils s'effondrent, grommela Brand d'un air sombre.

Si on laissait les chevaux manger à volonté, la plupart mouraient d'une rupture des intestins. Ils auraient eu bien de la chance s'ils avaient réussi à en sauver quelques-uns.

Brand et Sin dînèrent dans la cuisine du manoir. La vue du baron partageant un repas à la cuisine, avec un employé, noir de surcroît, avait choqué le cuisinier et les domestiques la première fois que cela s'était produit. Puis ils avaient pris cela pour une lubie de noble, et avaient fini par l'accepter.

— Je parie qu'O'Connell a déjà regagné Londres pour réclamer son dû, fit Brand en piquant une pomme de terre de sa fourchette.

— Sûrement. Mais si je prends le train tôt demain matin, j'arriverai peut-être à retrouver sa trace.

— Il ne retournera pas à Seven Dials s'il a les moyens de trouver mieux, fit remarquer Brand. Cela dit, qui le payerait avant de vérifier qu'il a bien exécuté sa mission ? Après tout, il a déjà raté son coup la première fois. Pourquoi engager un tel incompétent pour cette deuxième tentative ?

Sin reposa sa serviette et murmura d'un air songeur :

— Peut-être que leur objectif est seulement d'essayer et non de réussir.

— Que veux-tu dire ?

— Même si nous n'avions pas découvert qu'O'Connell devait venir ici, nous aurions reçu un télégramme pour nous avertir de ce qui s'était passé...

— Et nous nous serions précipités à Rushcroft Hall sans attendre, acheva Brand, songeur à son tour.

— Et tant mieux si l'on avait eu à s'occuper de chevaux malades. Mais ils cherchaient peut-être seulement à nous éloigner de Londres, ne serait-ce qu'une seule nuit.

— Miranda ! s'écria Brand en repoussant sa chaise.

Les deux hommes attrapèrent leur redingote, réalisant qu'ils avaient été piégés et qu'une innocente allait en payer le prix.

— Chut, Tilda, tu vas réveiller maman, chuchota Lorilee tandis qu'elles descendaient l'escalier de service sur la pointe des pieds.

Les deux femmes avaient attendu que la maison fût calme pour s'esquiver, cependant, Tilda était inquiète.

— J'ai envoyé un mot à M. Saint-John mais je n'ai pas reçu de réponse. Cela ne lui ressemble pas d'ignorer une missive urgente. Le baron ne veut peut-être pas plus que ta mère discuter de ce qui s'est passé entre eux.

— Balivernes. Nous n'allons pas leur permettre de se comporter comme des imbéciles. Au pis, si le baron n'est pas chez lui, nous lui laisserons un message.

— Je n'aime pas ça, marmonna Tilda alors qu'elles quittaient la maison. Il est tard. Que ferons-nous si nous ne trouvons pas de fiacre ?

— Nous irons à pied.

— Jusqu'à Saint-James Square !

Elles refermèrent la barrière du jardin sans remarquer l'homme caché dans l'ombre.

Il esquissa un sourire en se frottant les mains. Les choses s'annonçaient plus faciles que prévu. Il se faufila le long de la ruelle jusqu'à l'endroit où l'attendait un fiacre.

— La petite arrive, c'est trop gentil à elle, ironisa O'Connell.

— Elle est sortie toute seule à cette heure-ci ? s'étonna le cocher.

— Elle n'est pas seule. La femme de chambre l'accompagne. On va enlever les deux. La veuve comprendra qu'elle a intérêt à coopérer.

— Si tu le dis, grommela le cocher en lançant des coups d'œil inquiets autour de lui.

— Contourne le pâté de maisons, mon vieux. Elles sont à pied. Je parie qu'elles s'apprêtent à rendre une petite visite au baron, s'amusa O'Connell. Elles seront ravies de trouver un fiacre.

20

— Quelle chance ! s'écria Lorilee. Voilà justement un fiacre.

Tilda lui saisit le bras en scrutant le véhicule d'un air soupçonneux.

— Ça paraît presque trop beau, murmura-t-elle. À cette heure-ci, je pensais que nous serions obligées d'aller au moins jusqu'à la place.

— C'est un fiacre, Tilda, voyons ! répliqua Lorilee, exaspérée, puis elle comprit soudain pourquoi la femme de chambre se montrait si prudente. Tu penses à ceux qui en veulent à maman ? Mais pourquoi enverraient-ils quelqu'un après… ?

— Rentrons à la maison ! coupa Tilda, saisie d'un mauvais pressentiment.

Elle empoigna ses jupes, agrippa la main de Lorilee et entraîna celle-ci à sa suite. Elles se précipitèrent dans une ruelle qui séparait les jardins, mais leur choix se révéla peu judicieux.

Le fiacre avança jusqu'à bloquer l'une des extrémités de la ruelle. Alors qu'elles couraient vers la maison, une silhouette se détacha de l'obscurité à quelques pas devant elles. L'homme était grand et fort. Une poignée de cheveux hirsutes sortait de sous sa vieille casquette.

Il apparut comme le diable incarné aux deux femmes. Il s'approcha d'elles d'une démarche pesante. Tel un loup traquant sa proie, il prenait son temps. Elles firent volte-face, et se retrouvèrent face au cocher du fiacre qui s'avançait vers elles, un gourdin à la main.

Tant pis pour le scandale ! Tilda ouvrait la bouche pour hurler lorsque la voix menaçante du premier homme l'arrêta net.

— Si tu cries, je tire sur la fille, lança-t-il en pointant son arme sur Lorilee. Pas pour la tuer, juste pour lui faire mal.

Lorilee était pétrifiée. Non seulement elle avait mis Tilda en danger, mais aussi sa mère. Elle réfléchissait à toute vitesse lorsqu'elle avisa du coin de l'œil l'étroit passage qui longeait le jardin des Reardon. Il était encombré de branchages, mais elles pourraient s'y cacher et appeler au secours avant que le bandit ne tire.

Sans attendre, elle entraîna Tilda vers la cachette de la dernière chance. L'homme armé lâcha un juron, mais il ne tira pas. De crainte d'alerter les sergents de ville, probablement.

— Au voleur ! Au secours ! hurla Lorilee.

Tilda l'imita tandis qu'elles se faufilaient tant bien que mal dans le passage. Hélas, les maisons étaient verrouillées, et les domestiques qui étaient les seuls à habiter à l'arrière des belles demeures préféreraient probablement ne pas se mêler de la situation. Après tout, quelle femme convenable se trouvait dehors à cette heure de la nuit ?

Lorilee aperçut les arbres de leur jardin, mais son cœur se serra. Elle avait oublié la haute clôture des Reardon qui séparait leurs deux maisons et dont la porte était toujours fermée à clé. Elle se mit à secouer la poignée en hurlant :

— C'est Lorilee Auburn ! Aidez-moi, par pitié !

Aucune lumière ne s'alluma, et personne n'apparut. Excepté l'homme à l'accent irlandais qui l'empoigna par le cou et la plaqua contre lui. Il empestait l'écurie, le tabac et l'alcool et elle retint un haut-le-cœur.

Elle cessa instantanément de se débattre lorsqu'il agita la lame d'un poignard devant ses yeux.

— C'est ça, ma petite, calme-toi, murmura-t-il.

Tilda fit mine de se porter à sa rescousse, mais il ajouta d'une voix presque amusée :

— Un geste, et je la taillade.

À cet instant, le deuxième homme les rejoignit, saisit le bras de Tilda et la menaça avec son gourdin.

— Tu la boucles ou tu te prends ça sur la figure, compris ?

Ils entraînèrent les deux femmes sans ménagement jusqu'au fiacre et les poussèrent brutalement à l'intérieur.

L'Irlandais grimpa avec elles, tandis que son acolyte faisait claquer son fouet, et les chevaux s'élancèrent au galop.

Miranda n'arrivait pas à dormir. Chaque fois qu'elle fermait les yeux, le visage de Brand lui apparaissait. Comment pourrait-elle jamais dormir dans ce lit après l'avoir partagé avec lui ? Elle avait donné l'ordre à la femme de chambre de changer les draps deux jours plus tôt que d'ordinaire. Les domestiques ne manqueraient pas de faire des commentaires, mais elle préférait encore cela plutôt que de respirer son parfum.

Mais des draps propres étaient impuissants à effacer le souvenir de ses caresses, de sa bouche sur ses seins, de ses mains sur ses hanches tandis qu'il l'attirait à lui, s'enfouissait en elle. Elle continua à arpenter la pièce, évitant de regarder le lit tout en sachant que c'était inutile, car tout était gravé dans sa tête et dans son cœur.

En proie à des regrets mordants, elle ne pouvait que se maudire d'avoir voulu à tout prix connaître une nuit de passion. Et le major ? Il n'était pas innocent. Il l'avait pourchassée, suivie jusque chez elle, et il avait profité d'un moment de faiblesse.

Elle étouffa un juron et s'assit à sa coiffeuse, avant d'éclater en sanglots. Elle blâmait le monde entier, le baron, Tilda, et même Lorilee, alors que c'était elle la coupable, elle seule. Il n'était pas dans les habitudes de Miranda Stafford Auburn de faire porter à d'autres la responsabilité de ses actes.

Or l'acte de la veille pouvait être lourd de conséquences. Et si Brandon avait raison ? Si elle portait son enfant ? Elle effleura son ventre, se rappelant ce qu'elle avait ressenti lorsqu'elle attendait Lorilee. Cet amour total et inconditionnel.

Mais, cette fois, c'était tellement différent. Elle était plus âgée ; une veuve avec d'énormes responsabilités professionnelles et dont la fille vivait sa première saison mondaine. Si elle tombait enceinte, le scandale qui ruinerait sa réputation ne manquerait pas d'éclabousser Lorilee. La perspective d'avoir un enfant aurait dû l'effrayer.

Et pourtant ce n'était pas le cas. Au contraire. Une étrange joie l'envahit à cette pensée, et elle dut faire un effort pour l'étouffer. C'était une question sérieuse qui exigeait un esprit rationnel.

« Je suis trop âgée pour concevoir après une seule nuit », songea-t-elle, essayant de tuer l'impossible rêve.

Puis elle se rappela que Brandon l'avait aimée à deux reprises... profondément, lentement. Et comme il le lui avait rappelé, il était jeune et viril, aussi était-il tout à fait possible qu'elle fût enceinte. Il avait aussi affirmé qu'il serait un père pour cet enfant, qu'elle veuille ou non l'épouser.

Mais il ne lui avait jamais demandé de l'épouser. Peut-être s'était-elle fait des idées, la veille, lorsqu'il avait parlé de leur avenir. Quoi qu'il en soit, la peur de poursuivre leur liaison l'avait poussée à se montrer odieuse et insultante.

Le mal était fait. Leur relation était terminée. Elle ne se marierait plus jamais par devoir. Si elle était enceinte, elle s'arrangerait pour que Kent Aimesley prenne la direction des affaires et elle se retirerait à la campagne. En Écosse peut-être. Elle pourrait s'inventer une nouvelle identité pour protéger l'enfant.

Mais qu'adviendrait-il de Lorilee ? Elvira Horton accepterait sûrement de veiller sur elle, et de lui trouver un mari digne de ce nom.

À la pensée de devoir se séparer de sa fille, elle eut les larmes aux yeux. Elle avait toujours détesté les pleurnichardes. Était-ce le signe qu'elle était enceinte ?

Elle jeta un coup d'œil vers le lit, et sut qu'elle ne parviendrait pas à dormir.

Elle alluma une petite lampe et descendit au rez-de-chaussée pour travailler un peu. Elle empruntait le couloir qui menait à son bureau lorsqu'on tambourina à la porte. Sachant que son vieux majordome mettrait un certain temps à répondre, elle s'en approcha avec précaution.

Qui cela pouvait-il être à une heure pareille ? Lorsqu'elle entendit la voix de Brandon, elle faillit lâcher sa lampe. Elle s'approcha du vitrail à côté de la porte et glissa un coup d'œil à l'extérieur. Il était en compagnie de M. Saint-John. À demi rassurée, elle déverrouilla la porte. Aussitôt, le baron se rua à l'intérieur.

— Que diable faites-vous ici au beau milieu de la nuit ? lança-t-elle.

— Miranda, Dieu soit loué ! s'exclama-t-il en la serrant dans ses bras.

— Lâchez-moi, siffla-t-elle, les joues empourprées.

— Pourquoi avez-vous ouvert la porte ? Où sont les domestiques ?

— Je suis la seule à être réveillée, répliqua-t-elle. Veuillez parler un peu moins fort, s'il vous plaît, ou vous allez réveiller toute la maison.

— Le mieux serait peut-être d'aller au salon, intervint Sin à mi-voix.

Miranda acquiesça. Avec un peu de chance, ils régleraient le problème, quel qu'il fût, rapidement, et les deux hommes repartiraient sans que quiconque les ait vus. Bien qu'elle fût en tenue de nuit et les cheveux à demi dénoués, elle le précéda au salon en affichant un air digne.

Brand éprouva un intense soulagement. C'était bien là sa Miranda.

— Vous ne pouviez pas dormir ? s'enquit-il en souriant. Un verre de lait chaud vous aiderait peut-être à trouver le sommeil ?

Sa sollicitude n'était pas dépourvue de sous-entendus, et Miranda se raidit.

— Je travaillais sur le contrat des chemins de fer.

— Au milieu de la nuit, vêtue ainsi ? fit-il, incrédule.

— Nous sommes sur le point de conclure le marché. Je travaille souvent mieux la nuit.

— Moi aussi, dit-il d'un air faussement innocent. Les poulains naissent souvent à des heures impossibles, n'est-ce pas, Sin ?

Saint-John se contenta de répondre prudemment :

— En effet.

— L'heure me paraît peu appropriée pour discuter de nos habitudes de travail respectives, milord, lâcha Miranda d'un air agacé, les bras croisés. Au risque de me répéter, puis-je savoir ce qui me vaut une telle intrusion au beau milieu de la nuit ?

— Sin et moi avons été attirés dans un piège cet après-midi, et nous sommes partis pour Rushcroft. Sin avait réussi à retrouver la trace d'O'Connell, mais nous l'avons raté de peu. Il était occupé à tenter de tuer mes chevaux.

Sin intervint pour expliquer à Miranda ce qui s'était passé exactement à Rushcroft Hall.

— D'abord l'incendie, et maintenant cela… Il semblerait que quelqu'un veuille votre ruine, remarqua-t-elle.

— Ce même quelqu'un cherche aussi à vous tuer, ce qui est beaucoup plus significatif. Vous ne comprenez pas ? ajouta-t-il en voyant son expression perplexe. On nous a éloignés de vous afin que vous restiez sans protection. Si les chevaux avaient mangé plus de grain, nous aurions essayé de les sauver et pendant ce temps…

Il se tut, le visage grave.

Miranda sentait qu'il était sincèrement inquiet pour elle. En dépit de tout, il tenait encore à elle. À moins qu'il ne songe qu'à l'enfant. Cette pensée la prit par surprise, et elle recula d'un pas. Consciente soudain de sa tenue, elle resserra les pans de sa robe de chambre.

— Comme vous pouvez le constater, personne ne s'en est pris à moi. J'apprécie votre sollicitude à tous les deux, mais cette maison est bâtie comme une forteresse.

— Avec une porte qui s'ouvre facilement, rétorqua Brand, exaspéré. Je suis convaincu qu'il y a un lien entre ce qui est arrivé à mes chevaux et les tentatives pour s'en prendre à votre vie

— Vous ne croyez pas que Geoffrey Winters…

— Non, c'est un imbécile. Il est évident qu'il n'a pas les nerfs assez solides pour tuer qui que ce soit. Mais quelqu'un qui s'y connaît en chevaux et ne vous apprécie guère les a, lui.

— Mme Wilcox, suggéra Miranda. Mais que gagnerait-elle à m'éliminer ?

— Je l'ignore, mais j'ai l'intention de le découvrir. En attendant, vous allez rester ici, sous la protection de domestiques armés.

Voyant que Miranda s'apprêtait à se rebiffer, Sin intervint.

— Madame Auburn, cet O'Connell est un homme réellement dangereux, dit-il d'une voix posée. Notre palefrenier l'a surpris en train de tenter de tuer les chevaux du baron. Il essayera de vous approcher ; probablement quand vous irez à la City demain matin. Il serait préférable que vous restiez chez vous. Je vais prévenir les hommes qui surveillent votre maison.

Miranda réfléchit, puis elle acquiesça.

— Je vous remercie tous les deux de votre aide, dit-elle, mais elle garda les yeux fixés sur Saint-John.

Une heure durant, le fiacre se faufila dans un dédale de rues sinueuses. Les rideaux étant tirés, les prisonnières ne savaient pas où on les emmenait. Elles devinaient qu'elles étaient encore à Londres au bruit des fers des chevaux sur les pavés.

Assis en face d'elles, l'Irlandais les avait laissées tranquilles. Après avoir tiré les rideaux, il avait fermé les portières à clé. Une petite lampe à huile sale éclairait l'intérieur du fiacre où flottaient des relents de tabac froid et de corps mal lavés.

Quant à l'homme, il sentait le cheval et la sciure. Lorilee était certaine qu'il travaillait dans un champ de courses. Évidemment, elle ne l'avait pas croisé à Ascot. La pensée était si grotesque qu'elle faillit éclater d'un rire nerveux. Qu'est-ce qu'un pareil vaurien ferait à la réunion hippique la plus élégante du monde ? Elle décida de lui tirer les vers du nez. Qui sait ? cela pourrait leur être utile pour s'enfuir.

— Ma mère est une femme d'affaires avisée, lâcha-t-elle. Si vous nous faites du mal, elle ne vous payera aucune rançon.

Tilda lui fit signe de se taire, mais Lorilee planta son regard dans celui de leur ravisseur.

— Elle fera ce qu'on voudra sans sourciller, petite, répondit-il en ricanant.

— Pour qui travaillez-vous ? risqua-t-elle.

— Lorilee, tais-toi ! s'exclama Tilda.

— Elle a raison, approuva l'Irlandais. Si je vous le disais…

Il n'alla pas plus loin ; la menace était claire.

Le fiacre s'arrêta, il sortit la clé de sa poche, ouvrit la portière et sauta à terre. Apparemment, il y avait une rivière toute proche. Il se retourna et attrapa Lorilee par le bras.

— Lâchez-moi. Je suis assez grande pour marcher.

Il ignora sa protestation et la tira dehors.

— Grouille-toi, la négresse, sinon je vais lui faire des bleus, à la gamine.

L'insulte mit Lorilee hors d'elle. Elle se pencha et lui mordit la main. Lâchant un chapelet de jurons, il l'empoigna par les cheveux, mais elle ne lâcha pas prise.

— J'ai besoin d'un coup de main, mon gars, cria-t-il au cocher.

Ce dernier avait bondi de son siège pour tenter de retenir Tilda qui flanquait des coups à l'Irlandais. Les deux femmes se débattaient à qui mieux mieux, puis Tilda se mit à appeler au secours. Les cris résonnaient dans la nuit. Ils se trouvaient dans un quartier industriel désert. Seule une lumière brillait à une fenêtre située à quelques mètres à peine. Les forces en présence étant inégales, la bataille était perdue d'avance. Pour finir, les vauriens assommèrent les deux furies.

Tandis qu'ils portaient les corps inanimés, un homme en redingote vint à leur rencontre.

— Qu'est-ce que c'est que ce raffut ? Je m'étonne que Scotland Yard n'ait pas tout entendu ! Dépêchez-vous... Amenez-les à l'intérieur. J'espère que la jeune fille n'est pas blessée.

L'aube se leva sur Londres drapée de suie et de fumée. Il était un peu tôt pour Reba, mais Brand avait décidé de la surprendre au saut du lit, histoire de la déconcerter. Il frappa à la porte de l'élégante demeure qu'elle louait au marquis d'Ellenswick.

Lorsque le majordome lui répondit que sa maîtresse ne recevait pas, Brand le poussa de côté et pénétra à l'intérieur.

— Eh bien, moi, elle me recevra. Habillée dans le salon ou nue dans sa chambre. À elle de choisir.

Le vieux domestique l'étudia un instant, puis s'enquit d'un ton guindé :

— Qui dois-je annoncer, monsieur ?

— Le baron Rushcroft, un vieil ami du Kentucky.

Le majordome s'exécuta tandis que Brand patientait au salon. Il se demanda s'il n'aurait pas intérêt à aller la trouver directement dans sa chambre. Elle était tout à fait capable de s'enfuir par la porte de service. Cela dit, elle ne reculait jamais devant un défi.

Tout au fond de lui, il était convaincu qu'elle était mêlée à ces sombres histoires. Il comprenait qu'elle puisse lui en vouloir au point de souhaiter sa ruine, mais pourquoi voulait-elle la mort de Miranda ? Elle ignorait tout de leur brève liaison. À moins que... se dit-il en se rappelant la scène dans le jardin des Falconridge.

Le majordome revint, la mine réprobatrice.

— Mme Wilcox va vous recevoir dans ses appartements privés, milord. Si vous voulez bien me suivre.

Brand lui emboîta le pas. Ils gravirent un escalier raide, puis empruntèrent un corridor. La maison était petite, mais joliment meublée. Le domestique l'annonça, et Brand entra dans un petit salon coquet. Reba l'attendait, allongée sur une méridienne, vêtue d'un déshabillé de soie écarlate qui dévoilait sa poitrine avantageuse enserrée de dentelle.

— Que me vaut ce plaisir inattendu ? ronronna-t-elle.

— Il n'y aura pas de plaisir quand j'en aurai fini avec toi, Reba.

— Tu es en sûr, chéri ? fit-elle en se levant lentement, prenant soin de dévoiler une longue cuisse pâle.

Lorsqu'elle noua les mains sur sa nuque, il la laissa faire, puis la plaqua brutalement contre lui et s'empara de sa bouche. Telle une chatte en chaleur, elle lui répondit en se frottant contre lui. Il la repoussa, dégoûté.

— Maintenant que nous nous sommes débarrassés de ça, nous pouvons parler. Tu embrasses mieux qu'au Kentucky. Ce vieux Earl devait être doué, à moins que tu n'aies eu d'autres professeurs...

Les yeux lançant des éclairs, elle leva la main pour le gifler, mais il lui attrapa le poignet qu'il serra violemment.

— Si tu ne me lâches pas, je crie, le menaça-t-elle.

— Ça m'étonnerait

— Tu me fais mal.

Il la lâcha et elle se frotta le poignet.

— Qu'est-ce qui t'a rendu aussi méchant, Brand ?

— Tu le sais parfaitement. D'abord, les écuries de ma maison de Londres ont failli brûler. Hier, un certain

O'Connell a tenté de tuer mes chevaux à Rushcroft Hall. Tu le connais ? C'est un charmant Irlandais.

— Ne sois pas ridicule, Brand. Pourquoi est-ce que je fréquenterais ces vauriens des champs de courses ?

— Comment sais-tu qu'il travaille sur les champs de courses ?

— Je n'ai pas dit que je n'en avais pas entendu parler, mais que je ne le fréquentais pas. Du reste, pourquoi voudrais-je te ruiner ?

— Pour te venger.

Il l'étudia avec attention. Un mélange de calcul et de culpabilité se lisait sur son visage. Seigneur, comment avait-il pu être assez bête pour se croire amoureux d'elle ?

— Tu veux peut-être aussi te venger de Miranda Auburn. Quelqu'un essaye de la tuer.

Reba éclata de rire.

— J'avoue que je ne vois toujours pas ce que tu lui trouves, à cette vieille, excepté son argent, bien sûr. Et dire que tu me méprises pour avoir épousé Earl...

— Miranda et Earl n'ont rien de commun, et tu le sais très bien.

— Je ne suis au courant de rien, et tu n'as aucune preuve contre moi.

— Elle n'est pas seulement riche, Reba. Elle est puissante, et proche de gens haut placés au gouvernement. Tout comme moi. Ici, tu n'es qu'une étrangère, alors que je suis un pair du royaume. Si j'étais toi, je ne jouerais pas avec le feu. Tu risques de finir en prison. Est-ce que tu as déjà vu Newgate ? Non, évidemment. Il paraît que c'est pire qu'une prison yankee.

— Sors d'ici ! ordonna-t-elle d'une voix glaciale.

Brand haussa les épaules.

— J'ai appris ce que je voulais savoir, Reba.

Lorsqu'il referma la porte derrière lui, il entendit un vase en porcelaine se fracasser contre le mur et songea qu'Ellenswick ne manquerait pas de le rajouter sur la note de sa locataire.

Miranda s'assit sur une chaise. La pièce tournoyait autour d'elle tandis qu'elle essayait de déchiffrer l'écriture presque illisible. Elle tira sur le cordon en se mordant la lèvre pour ne pas crier. Une femme de chambre se présenta quelques secondes plus tard.

— Va voir si ma fille et Tilda sont dans leurs chambres. Je crains qu'elles ne dorment encore.

Ce n'était pas vrai ! Ce n'était pas possible !

Quelques minutes plus tard, la jeune femme de chambre revint, l'air perplexe.

— Je n'arrive pas à les trouver, madame. Dois-je demander aux domestiques de les chercher ?

Elle vit sa maîtresse blêmir.

— Non ! C'est inutile.

21

Miranda était certaine que les ravisseurs étaient au moins deux. Sa courageuse petite fille et sa fidèle gouvernante ne se seraient pas laissé emmener sans opposer de résistance.

— Par pitié, mon Dieu, faites qu'elles soient saines et sauves, murmura-t-elle en ravalant ses larmes.

L'heure n'était pas à la faiblesse. La lettre était explicite : elle devait prendre sa voiture et descendre le long du Strand en fin de journée, à l'heure où la foule quittait la City en hâte. Un fiacre viendrait la chercher et elle devrait y monter. Elle n'avait aucune idée de l'endroit où il l'emmènerait, mais elle était prête à aller jusqu'en enfer pour retrouver Lorilee et Tilda.

Si elle n'obéissait pas aux ordres, elle ne les reverrait pas vivantes. Paniquée, elle avait d'abord pensé à alerter Brand. Mais la lettre précisait bien qu'elle devait venir seule. Si elle lui demandait son aide, elle mettrait la vie de sa fille et de sa gouvernante en danger, et c'était un risque qu'elle refusait de courir.

Bien sûr, elle n'avait pas la certitude que les ravisseurs avaient l'intention de libérer leurs prisonnières. Elle savait seulement qu'ils voulaient la tuer, elle. Mais pourquoi ? Qui pouvait lui en vouloir à ce point ? D'une manière ou d'une autre, Reba Wilcox était impliquée dans cette affaire, mais pourquoi diable cette femme souhaitait-elle sa mort ? C'était incompréhensible. Que Reba ait su qu'elle avait passé une nuit avec le baron ne pouvait être une explication. Tout cela allait bien au-delà d'une simple histoire de jalousie.

Quoi qu'il en soit, Miranda n'avait pas le choix. Elle devait se débrouiller seule. Cependant, la lettre ne lui ordonnait pas de venir désarmée – sans doute parce que les ravisseurs ignoraient qu'elle possédait une arme. Et qu'elle savait s'en servir.

Elle vérifia que le pistolet était chargé, puis s'assit à son bureau pour tenter de réfléchir à un plan. Sans succès. Si seulement elle savait où on allait l'emmener. Et si Lorilee et Tilda s'y trouvaient vraiment.

Il y avait peut-être un moyen...

Les premières lueurs du crépuscule teintaient le ciel brumeux de Londres lorsque l'attelage des Auburn prit la direction de la City.

Miranda était trop préoccupée pour remarquer le jeune Mathias caché dans le jardin, mais le garçon savait que M. Sin lui chaufferait les oreilles si Mme Auburn quittait la maison sans prévenir.

Le major Caruthers et M. Saint-John étaient si inquiets qu'ils avaient demandé au jeune garçon de surveiller les gardes chargés de la protéger. Mais aucun des deux n'était à son poste. Mathias avait pris ses renseignements : l'un d'eux était allé porter des documents au bureau de Mme Auburn, et l'autre avait été attiré dans la cuisine par une jeune domestique charmante.

Visiblement, la patronne avait décidé de sortir sans que les deux hommes le sachent. Sa sécurité dépendait de lui. Sans hésiter, il s'élança derrière la voiture, parvint à y grimper et se cacha dans le coffre.

Alors que l'attelage avançait au pas, au milieu d'un flot de gens et d'animaux, une charrette remplie de pommes de terre se renversa devant lui, l'obligeant à s'arrêter net.

Aussitôt, un vieux fiacre émergea d'une ruelle voisine et contourna la charrette. Un homme en descendit et frappa à la portière de Mme Auburn qui sortit, puis donna l'ordre à son cocher de retourner à la maison. Ce dernier protesta, inquiet à l'idée de laisser sa maîtresse avec un individu aussi peu recommandable. L'inconnu, en effet, avait une sale allure. Les cheveux longs, les vêtements crasseux, il empestait le poisson, même à cette distance. Malgré tout, Mme Auburn réitéra ses ordres d'un ton sans réplique.

Elle monta dans le fiacre, la charrette se déplaça et la voiture des Auburn put continuer son chemin. Mathias eut tout juste le temps de sauter à terre et de grimper à l'arrière du fiacre qui s'éloigna dans la direction opposée.

Miranda était désorientée. Le petit homme répugnant avait tiré les rideaux intérieurs afin qu'elle ne sache pas où on l'emmenait. Elle essaya de mémoriser les tours et détours du véhicule, mais abandonna au bout de quelques minutes. L'homme demeurait silencieux. Avec des gestes, il lui fit comprendre qu'il ne pouvait pas parler. Puis il ouvrit la bouche, révélant des dents pourries et un tronçon de langue.

Elle sursauta, mais s'efforça de ne pas montrer sa peur.

Elle réalisa soudain que le véhicule ralentissait. Ils devaient être quelque part au bord de la Tamise, car elle entendait le bruit des bateaux sur le fleuve.

Soudain, le fiacre s'immobilisa. Le muet sauta à terre et lui tint la portière avec une courbette grotesque. Sur le bâtiment qui lui faisait face, une pancarte accrochée à la porte indiquait : *Compagnie maritime Auburn.*

— Cet endroit m'appartient, lança Miranda au cocher. Pourquoi m'avez-vous amenée ici ? Où sont ma fille et sa gouvernante ?

Une voix résonna derrière elle.

— Ne vous inquiétez pas pour Mlle Auburn, ma chère. Quant à vous et à votre domestique, je crains que les choses ne soient différentes.

Miranda fit volte-face, et sentit ses genoux fléchir.

— Vous ! s'écria-t-elle, abasourdie.

— Donnez-moi votre réticule, ordonna le cocher qui avait un accent irlandais. On ne sait jamais ce qui peut passer par la tête d'une femme. Abattre Sa Seigneurie peut-être ?

Jamais Miranda ne s'était sentie à ce point trahie et désemparée de sa vie.

— Il faut me croire, Brand. Pourquoi est-ce que j'inventerais une histoire aussi farfelue ? soupira Reba en battant des paupières. Il est impitoyable, crois-moi.

Il étudia son ravissant visage aux grands yeux innocents. Comme les apparences pouvaient être trompeuses ! Reba était bonne comédienne, mais c'était la fable la plus incroyable qu'elle eût jamais concoctée.

— C'est peut-être une ruse pour m'éloigner pendant qu'O'Connell essaye à nouveau de s'en prendre à Miranda, contra Brand. Pourquoi devrais-je te croire ?

Reba fouilla dans son réticule et en sortit un papier.

— Tu reconnais cette écriture ?

Il parcourut le mot.

— Je t'accompagne, dit-il avant d'appeler son valet de pied pour lui demander d'aller chercher Saint-John.

— Je suis déjà là, mon vieux, fit ce dernier. Inutile de hurler, tout le quartier en profite.

Sin et Reba échangèrent des regards hostiles.

— Suis-moi, Sin. Nous allons voir quelqu'un au sujet d'un cheval.

— O'Connell ? hasarda Sin.

— Non. Et selon moi, tu ne vas pas en croire tes oreilles.

Après avoir récupéré leurs armes, les deux hommes escortèrent Reba jusqu'à la voiture qui l'avait amenée jusqu'ici. Elle s'y installa, tandis que Saint-John grimpait près du cocher et lui prenait les rênes des mains.

— Sin conduira plus vite, expliqua Brand en s'asseyant en face d'elle.

— T'asseoir à côté d'un nègre ne t'aurait pas dérangé, n'est-ce pas ? fit-elle, sachant que sa remarque l'irriterait.

Plongé dans ses pensées, Brand ne répondit pas. Le puzzle commençait à prendre forme.

Alors que l'attelage s'ébranlait, un cri incita Sin à l'arrêter. Étonné, Brand se pencha par la portière, et aperçut Mathias qui arrivait en courant. Hors d'haleine, le jeune garçon s'effondra dans les bras de Sin qui avait sauté de son siège.

— Que se passe-t-il ? C'est Miranda ? s'affola Brand en bondissant hors de la voiture.

Mathias hocha la tête, incapable d'articuler un mot.

Sin l'aida à s'allonger sur le sol pour reprendre son souffle.

— Je… l'ai suivie… haleta Mathias. Elle est… sortie seule.

Brand étouffa un juron, devinant qu'on lui avait tendu un piège.

— Où est-elle allée ?

Alors que Mathias ouvrait la bouche pour répondre, l'attelage de Reba s'éloigna, le vieux cocher donnant du fouet. Vif comme l'éclair, Sin s'élança à sa suite, et parvint à s'accrocher à l'arrière.

Brand pressa le jeune garçon.

— Peux-tu m'emmener là où elle se trouve ?

— Oui. C'est un entrepôt au bord du fleuve.

— Ce doit être désert, à cette heure-ci, murmura-t-il, le ventre noué. Tu te sens prêt à m'accompagner, petit ? demanda-t-il en l'aidant à se relever.

— Pour sûr, major.

La voiture de Reba s'était arrêtée au bout de la rue. Sin avait escaladé le toit et menaçait le cocher de son arme. Brand et Mathias les rejoignirent sans attendre.

— De toute évidence, elle était chargée de détourner notre attention pendant qu'ils enlevaient Mme Auburn, déclara Saint-John.

— Nous n'avons pas de temps à perdre, marmonna Brand en grimpant dans le véhicule. Je l'aurai à l'œil.

Lorsque Kent Aimesley pénétra dans le bureau de l'entrepôt où elle était retenue prisonnière depuis plus d'une heure, Miranda le dévisagea comme si elle ne l'avait jamais vu de sa vie.

— Pourquoi faites-vous cela ?

— Pourquoi, en effet ? fit-il d'un ton railleur. Vous n'êtes pas naïve au point de croire que j'éprouvais encore de l'affection pour vous après toutes ces années, j'espère ? Non ? Alors pourquoi croyez-vous que j'aie accepté de travailler pour votre mari, puis pour vous après sa mort ?

Le mépris déformait son visage.

— Vous avez toujours été bien payé, et nous vous avons offert la possibilité de grimper les échelons jusqu'à obtenir un poste de première importance, fit-elle, hébétée.

Il arqua un sourcil dédaigneux.

— J'étais bien payé, certes. Comme un comptable ! J'ai travaillé comme un esclave. Sans moi, ce vieil imbécile et vous, simple femme, n'auriez jamais connu un pareil succès. Il n'est que temps que je reçoive ce qui m'est dû.

Dans sa folie, Kent Aimesley s'était convaincu qu'elle lui devait sa fortune.

— Où sont Lorilee et Tilda ? Si vous leur avez fait du mal, je vous jure que...

— Elles sont ici. Pas dans un endroit très confortable, mais en sécurité. Je ne voudrais surtout pas qu'il arrive malheur à ma jeune pupille.

Miranda se pétrifia.

— C'est donc cela que vous avez en tête : m'éliminer, ainsi que Tilda, puis prendre ma place et devenir le tuteur de Lorilee ?

— Précisément. Hormis quelques cousins éloignés à Liverpool, vous n'avez plus de famille. Qui d'autre que moi semblera plus à même de gérer sa fortune et de lui trouver un mari digne de ce nom ? Quelle ironie de prendre soin de la fille de Will Auburn alors qu'il m'a volé ma fiancée.

— Vous savez bien que je n'avais pas le choix à l'époque.

— Vous aviez le choix quand il est mort ! rétorqua-t-il. Mais vous m'avez fait comprendre que vous n'aviez jamais rien éprouvé pour moi.

— Vous ne vous intéressiez qu'à mon argent, pas à moi dit-elle d'une voix atone.

Son propre destin n'avait plus guère d'importance désormais. Tout ce qu'elle voulait, c'était sauver sa fille des griffes de ce monstre.

Le grand Irlandais se dressait derrière elle. Lorsqu'il avait fouillé son réticule, il s'était contenté d'en retirer le coupe papier qu'elle avait pris soin d'emporter pour donner le change. L'imbécile n'avait pas cherché plus loin. L'arme, la vraie, était cachée dans une poche de sa jupe. Elle avait peut-être une chance d'abattre ces deux hommes, mais qu'en était-il du muet ? Il avait disparu à l'intérieur de l'entrepôt. Et elle ignorait si Aimesley avait d'autres vauriens à sa solde ?

Un petit homme obèse vêtu d'un costume gris entra dans le bureau.

— Parfait, fit-il d'un air satisfait. Vous l'avez amenée.

Il était américain, mais Miranda ne l'avait jamais vu.
— Qui êtes-vous ? demanda-t-elle.
— Vous ne me croiriez pas si je vous le disais, répondit-il. Amène-la, O'Connell. Nutter s'occupe de la négresse. Votre amie et vous allez faire une petite promenade en barque… dont vous ne reviendrez pas, conclut-il en ricanant.

— On ferait mieux de l'attacher, conseilla Sin en regardant Reba, alors qu'il venait d'arrêter la voiture à quelque distance de l'entrepôt.
— Vous n'oseriez pas me toucher ! s'écria-t-elle.
— Il n'aura pas à se salir les mains, fit Brand en tirant un mouchoir de sa poche.
Elle ouvrit la bouche pour crier, et il en profita pour y enfoncer le mouchoir, avant de la repousser brutalement sur la banquette.
— S'il est arrivé quelque chose à Miranda, tu le payeras cher, la prévint-il avant de lui lier les mains avec la corde que Sin venait de lui tendre.
Ils l'enfermèrent dans la voiture, et la laissèrent sous la garde de Mathias pendant qu'ils gagnaient l'entrepôt. En deux temps trois mouvements, ils se retrouvèrent à l'intérieur après que Sin eut crocheté une serrure, sous le regard étonné de son ami.
Alors qu'ils se faufilaient parmi les caisses, les cageots et les barriques, Brand aperçut un rai de lumière sous une porte. Sin et lui s'entretinrent à voix basse, puis décidèrent de créer une diversion en renversant un cageot. Aussitôt, un homme trapu muni d'un gourdin ouvrit la porte.
— C'est toi, Dusty ? T'as fait fissa pour noyer les deux bonnes femmes, dis donc ?
Brand le saisit à la gorge, et le gourdin dégringola bruyamment sur le sol.
— Où est Mme Auburn ? Grouille-toi de répondre, sinon je te laisse aux mains de mon ami.
Saint-John s'approcha.
— Tu ferais mieux d'obéir, menaça-t-il en appuyant la pointe de son épée sur le ventre du vaurien.

— Ils les ont emmenées toutes les deux…

— Toutes les deux ? répéta Brand.

— La dame et la négre… La domestique, se reprit-il, les yeux rivés sur Sin.

C'est alors que ce dernier, jetant un coup d'œil dans la petite pièce, découvrit Lorilee bâillonnée et attachée sur une chaise.

— Mlle Auburn est là-dedans !

Brand repoussa l'homme si brutalement qu'il s'effondra sur le sol. Tandis que Sin le surveillait, il libéra Lorilee. Voilà qui expliquait pourquoi Miranda était venue seule.

— J'aurais dû m'en douter, grommela-t-il. Avez-vous vu votre mère ?

— Non. Je n'ai vu personne excepté les deux brigands qui nous ont enlevées. L'affreux muet est venu chercher Tilda il y a quelques minutes.

— Où ont-ils emmené les femmes ? siffla Saint-John. Si tu ne craches pas le morceau, toi aussi, tu vas te retrouver muet.

L'homme blêmit en sentant la pointe de l'épée sur sa gorge.

— Sur le fleuve. Y a une barque là derrière.

— Montre-nous, ordonna Brand. Attendez ici, Lorilee. Fermez la porte à clé et ne sortez pas avant notre retour.

Miranda et Tilda échangèrent un regard entendu, tandis qu'on les emmenait vers l'extrémité du quai. Le gros homme et Aimesley ouvraient la marche, suivis d'O'Connell et du muet.

— J'ai un pistolet dans ma poche, articula Miranda en silence alors que les hommes ne la regardaient pas.

Tilda hocha la tête.

— Je prends le bateau demain, mais je compte sur toi pour tout régler ici, fit l'Américain.

— Dès qu'on aura retrouvé le corps de Miranda Auburn, je retirerai notre offre pour le chemin de fer, dit Aimesley. Bien entendu, je serai effondré de chagrin.

— Espèce de crapule ! cria Miranda.

— N'ayez crainte, je m'occuperai bien de votre fille.

— J'imagine que vous avez déjà pensé à un mari bien malléable.

Ils avaient atteint la barque. O'Connell s'accroupit pour dénouer la corde, mais le muet demeura à l'écart.

— J'ai en effet un candidat idéal, railla Aimesley. Je ne suis certes pas aussi titré que le Baron Rebelle, mais je ne suis pas aussi vieux que Will Auburn quand il vous a épousée.

— Vous n'oseriez pas ! s'écria Miranda, atterrée. Lorilee n'acceptera jamais…

— Elle n'a aucun moyen de savoir que je suis mêlé à ce malheureux accident, coupa-t-il. Dans sa détresse, elle se tournera vers moi. De toute façon, elle n'aura pas le choix.

Miranda s'efforça de garder son sang-froid. Elles n'auraient pas de seconde chance. Elle regarda Tilda, et hocha imperceptiblement la tête.

L'Irlandais finissait de dénouer la corde. C'était le moment ou jamais. Tilda se jeta sur Aimesley qui bascula en arrière et heurta le bord de la barque. Lâchant un juron, l'Américain tenta de maîtriser Tilda. Du coin de l'œil, Miranda vit O'Connell se redresser. Elle plongea la main dans sa poche pour en sortir le pistolet. En vain. Celui-ci demeura coincé.

22

Le poing d'O'Connell cueillit Miranda à la mâchoire. L'Irlandais la souleva et la jeta dans la barque. Sa tête heurta le fond, et tout devint noir pendant quelques instants. Les jurons et les cris lui parvenaient comme de très loin, puis elle perçut d'autres voix sur le quai.

Elle agrippa le banc de bois et tenta de se relever. La tête lui tournait, mais elle reconnut la silhouette de Brand qui courait sur le ponton, Saint-John sur les talons.

D'un coup de crosse, le baron assomma le vaurien qui les accompagnait. Miranda hurla en voyant O'Connell tirer sur Brandon. Par chance, il le rata. En deux bonds, le baron fut sur l'Irlandais. Tandis que Sin s'occupait du muet, les deux hommes roulèrent à terre. Brand parvint à lui faire lâcher son pistolet, mais l'autre dégaina promptement un couteau

De son côté, Tilda semblait prise de folie. Elle se rua sur Aimesley, qui visait Sin, et abattit la main sur son poigne en criant :

— Voilà pour Mlle Lorilee !

La balle se logea dans les planches du ponton.

— Et voilà pour Mlle Miranda, ajouta-t-elle en lui flanquant un coup de pied bien placé dans l'entrejambe.

Aimesley s'écroula sur le sol.

Hébétée, Miranda assistait au combat sans merci qu opposait Brand à l'Irlandais lorsqu'une main lui agrippa le bras. Levant les yeux, elle reconnut, horrifiée, le gros Américain qui avait profité de la panique pour monte dans la barque.

— Je vais la tuer ! hurla-t-il à l'instant où Brand assommait O'Connell.

Sin, qui avait réussi à désarmer le muet, réalisa le premier ce qui se passait.

Émergeant du brouillard de haine qui l'avait enveloppé tandis qu'il luttait avec l'Irlandais, Brand lança :

— Pour une fois, Reba a dit la vérité ! Tu vas rudement bien pour un homme mort, Wilcox… Mais tu as pris un peu de poids.

Earl Wilcox était armé, mais il tremblait de la tête aux pieds, et transpirait à grosses gouttes. Brand fit quelques pas dans sa direction, mais Miranda cria :

— Non, Brandon, ne…

— Je t'en prie, Caruthers, viens donc. J'adorerais abattre ta maîtresse devant tes yeux. J'y prendrais autant de plaisir que de t'abattre toi.

— Si tu touches à un seul de ses cheveux, Earl, tu es un homme mort, siffla Brand. Cette histoire est entre toi et moi. Tu m'as toujours haï. Pourquoi ne pas régler le problème définitivement ? Tue-moi et qu'on en finisse.

— Non ! hurla Miranda.

— Voilà une offre tentante, mais je crois que je vais jouer la prudence, répondit Wilcox qui reprenait confiance en lui. Nutter, récupère leurs armes, ordonna-t-il au muet.

Comme ce dernier s'exécutait, Miranda comprit que c'était le moment ou jamais pour agir. Avec un soupir théâtral, elle feignit de s'évanouir. Wilcox tenta de la retenir, mais les oscillations de la barque lui firent perdre l'équilibre, et il s'écroula. Sans prendre le temps de sortir son pistolet de sa poche, Miranda visa et fit feu.

Ignorant qui avait tiré, Brandon se rua vers la barque. Nutter voulut en profiter pour tenter de ramasser son revolver. Mal lui en prit, car Saint-John ne le rata pas. Il lui plongea son épée dans le ventre sans hésiter.

O'Connell, qui reprenait ses esprits, engloba la scène d'un coup d'œil. Aimesley était encore en vie, tout n'était donc pas perdu. Récupérant son pistolet, il se releva et tira sur Brandon Caruthers.

Encore sous le choc, Miranda entendit la détonation. Elle vit Brandon basculer en avant, et l'Irlandais, debout derrière lui, qui le visait de nouveau. Comme dans un rêve, elle pointa son arme dans sa direction et appuya sur la détente. Une tache rouge apparut sur l'épaule d'O'Connell, qui vacilla et s'effondra sur le ponton. Sin bondit sur lui, tandis que Tilda ramassait son pistolet pour tenir Aimesley en respect.

Folle d'angoisse, Miranda empoigna ses jupes, grimpa sur le ponton et se précipita vers Brandon. Comme elle se laissait tomber près de lui, il ouvrit la bouche pour articuler avec peine :

— Vous tirez comme une déesse, ma chérie.

Ses lèvres bleuies esquissèrent un sourire.

— Taisez-vous, mon amour, surtout ne dites rien, murmura-t-elle d'une voix tremblante. Nous allons vous emmener chez le médecin,

Le sang de Brandon imbibait sa jupe. Il avait été touché dans le dos, et elle savait que si l'un de ses poumons était atteint, il avait peu de chances de survivre.

— C'est aussi douloureux que la dernière fois que mon père m'a fichu une raclée, grogna-t-il.

Miranda se mordit la lèvre pour ne pas pleurer.

— Je vous interdis de mourir, major, souffla-t-elle en lui caressant tendrement le front. Je vous en supplie, mon amour.

Brand entendit sa voix, aussi ferme et déterminée que d'ordinaire. L'avait-elle vraiment appelé « mon amour » ? se demanda-t-il avant de plonger dans un puits sans fond.

— Le baron a eu beaucoup de chance. La balle est passée à un centimètre du poumon. J'ai eu un mal de chien à l'extraire, expliqua le Dr Torres en rangeant ses instruments dans sa sacoche.

— Est-ce qu'il s'en remettra ? s'enquit Miranda.

— Si la fièvre ne monte pas et que la blessure ne s'infecte pas... Je crois en la théorie des germes ; c'est pourquoi il faut absolument que la plaie demeure propre. Essayez de le faire boire et n'hésitez pas à lui donner du laudanum afin qu'il ne risque pas de rouvrir sa blessure en se débattant. Je reviendrai demain.

Le jeune médecin était considéré comme l'un des meilleurs praticiens d'Angleterre. Il avait sauvé la vie de Lorilee alors que ses confrères l'avaient condamnée, et Miranda avait une absolue confiance en lui.

— Je m'occuperai de lui personnellement, assura-t-elle, avant d'ajouter en rougissant : Son ami et lui nous ont sauvé la vie.

Mais le médecin semblait ne pas se soucier de savoir pourquoi une femme telle que Miranda acceptait non seulement de recevoir un homme dans sa maison mais aussi de le soigner elle-même dans la chambre de son défunt mari.

Malheureusement, la fièvre redoutée par le Dr Torres se déclara. Miranda passa trois jours au chevet de Brand, n'acceptant de prendre un peu de repos que lorsque Tilda la remplaçait.

Kent Aimesley, Reba Wilcox, Dustin O'Connell et son complice furent emprisonnés à Newgate dans l'attente de leur procès. Quant à Lorilee, elle s'attela au dossier du chemin de fer avec M. Timmons, le secrétaire de sa mère, et M. Durant de l'Union Pacific. Elle apportait les documents à sa mère dans la chambre où le baron luttait contre la mort. Miranda était taraudée par une angoisse telle qu'elle les signait sans les lire.

Par un bel après-midi, alors qu'elle venait de conclure les dernières négociations, Lorilee entra sur la pointe des pieds dans la chambre qu'elle considérait désormais comme celle de Brandon Caruthers.

— Tu as très mauvaise mine, maman. Tilda me dit que tu n'as pas dormi depuis des jours.

Miranda était occupée à éponger le visage de Brandon.

— J'ai plus important à faire que de dormir, riposta-t-elle.

— Cela n'aidera pas le baron si tu tombes malade à ton tour, remarqua Lorilee. En outre, Tilda et les domestiques seront forcés de travailler deux fois plus, et je devrai veiller sur les affaires de la famille, conclut-elle d'un air espiègle.

— Je me sens très bien. Manquer de sommeil n'a jamais tué personne. La fièvre de Bran... du baron n'est pas contagieuse.

Le voyant bouger dans son sommeil, elle s'apprêtait à rabattre le drap pour lui rafraîchir le torse lorsqu'elle se souvint que sa fille était présente.

— Tu ne devrais pas être ici, Lorilee.

— C'est exactement ce que m'a dit Timmons quand je suis allée à ton bureau, gloussa la jeune fille. Tu sais, cela ne me choquera pas si tu baisses le drap. De toute façon, on devine tout.

— Franchement, Lorilee ! s'offusqua Miranda.

À cet instant, la main de Brandon effleura la sienne. Ignorant sa fille, elle se concentra aussitôt sur le blessé.

— Le docteur semble optimiste, déclara Lorilee. Et c'est un fait qu'il paraît aller beaucoup mieux.

— Il s'est réveillé quelques instants ce matin.

— Oh ? Et qu'a-t-il dit ? s'enquit la jeune fille innocemment.

Miranda s'empourpra.

— Cela ne vous concerne pas, mademoiselle. À présent, dehors. Je sonnerai si j'ai besoin d'aide.

— Très bien. Je vous laisse seuls tous les deux… de nouveau.

Lorilee se retint de rire. Elle imaginait aisément ce que le baron avait pu dire à sa mère pour la faire ainsi rougir.

Brand entendit la porte se refermer. Depuis un jour ou deux, il dérivait entre sommeil et veille. Il savait qu'on perdait la notion du temps lorsqu'on avait la fièvre – il avait été blessé par balle durant la guerre. Il savait aussi que Miranda l'avait soigné, et qu'elle connaissait chacune de ses cicatrices.

Elle lui avait sauvé la vie en abattant O'Connell. Mais quand il avait essayé de lui expliquer ce qu'il ressentait, dans la matinée, elle s'était enfuie. Il avait eu le temps de lui murmurer qu'il était heureux qu'elle sache utiliser une arme, mais pas de lui dire combien il était fier d'elle.

Ni qu'il l'aimait.

Il savait que s'il ouvrait les yeux, elle le laisserait au bon soin des domestiques. Or il avait désespérément besoin de ses caresses. Tandis qu'elle se penchait sur lui pour ajuster le drap, il approcha lentement la main de ses cheveux, feignant d'être encore à demi inconscient. Sa blessure était toujours très douloureuse, et il se sentait aussi faible qu'un chaton.

— Cessez de faire semblant, major, dit Miranda. Je sais que vous êtes réveillé.

Il ouvrit un œil.

— Vous me promettez de ne pas vous enfuir ?

— Je n'en ai pas l'intention. Cela dit, j'ai des questions à régler maintenant que vous allez mieux.

Il essaya de lui saisir le poignet, mais elle se dégagea facilement.

— Nous devons parler, Miranda.

— Je ne vois pas de quoi, major, sinon que je tiens à vous remercier de nous avoir sauvé la vie à toutes les trois. Nous avons déjà remercié M. Saint-John.

— Envisage-t-il de se marier bientôt ?

Miranda sourit.

— Je crains que oui. Il a été si impressionné de voir comment sa « Goliath » s'était attaquée à Aimesley qu'il lui a aussitôt demandé sa main.

— Elle a accepté ?

— Pas avant qu'il ne l'ait soulevée dans ses bras en la menaçant de la jeter dans la Tamise.

Brand éclata de rire, ce qui lui arracha une grimace de douleur.

— Et qu'en est-il de nous ?

Le cœur de Miranda manqua un battement. Pourquoi cette question ? À cause de cet enfant qu'elle ne portait peut-être même pas ? Car il voyait bien qu'ils étaient mal assortis. Elle était trop vieille, trop riche, et elle l'avait insulté. Jamais il ne le lui pardonnerait. De même qu'elle ne se le pardonnait jamais à elle-même.

Ils demeurèrent silencieux quelques minutes. Puis les paupières de Brand se fermèrent.

— Reposez-vous. Nous en parlerons plus tard, murmura-t-elle avant de quitter la chambre en hâte.

— Pourquoi évites-tu le baron, maman ? Il te réclame depuis deux jours, attaqua Lorilee qui était venue trouver Miranda dans son bureau où elle s'enfermait de nouveau depuis que le baron allait mieux.

— J'ai été très occupée. Du reste, il s'en sort très bien sans moi. M. Saint-John a prévu de le ramener chez lui à la fin de la semaine, répondit-elle en baissant les yeux sur ses papiers.

— Tu n'as pratiquement rien à faire ! protesta Lorilee. Les contrats avec l'Union Pacific ont tous été signés. M. Timmons et moi-même nous sommes occupés de tout. Tu fuis Brandon parce que tu l'aimes et que tu n'as pas le courage de l'affronter.

En entendant sa fille utiliser le prénom du baron, Miranda releva brusquement la tête.

— Depuis quand te permets-tu d'être aussi impertinente ? lâcha-t-elle, furieuse.

— Je ne dis que la vérité, et tu le sais aussi bien que moi. Il veut t'épouser, et toi aussi, tu veux l'épouser.

— La vie n'est pas aussi simple, ma chérie, se radoucit Miranda. Le baron est plus jeune que moi, et, pire que tout, il t'a courtisée. Imagine le scandale si nous nous... marions. Ta saison...

— Peu importe ma saison ! Je me fiche des règles qu'impose cette stupide bonne société. Lorsqu'on a failli mourir, on voit la vie différemment. Pense à cette pauvre petite souris qui a épousé Geoffrey Winters, et à Abbie qui a la faiblesse de supporter ce prétentieux de Belford uniquement parce qu'il héritera un jour d'un titre de comte. Je ne veux pas d'une telle vie, maman... Du reste, je ne suis pas certaine d'avoir envie de me marier.

Miranda blêmit.

— Mais... qu'est-ce que tu racontes ? C'était ton vœu le plus cher...

— Non, maman, c'était le *tien*. Tu voulais pour moi ce que tu n'avais jamais connu. Et je t'en suis reconnaissante, crois-moi.

Elle contourna le large bureau et prit les mains de sa mère dans les siennes.

— Je voulais être acceptée par les autres filles, avoir des amies, mais le mariage... Je ne suis pas prête.

Lorilee marqua une pause.

— J'ai découvert que j'ai de l'instinct pour les affaires, poursuivit-elle en s'agenouillant devant sa mère. Et que j'aime cela. Même M. Timmons a commencé à me faire des compliments. J'ai dû recevoir ça en héritage, conclut-elle avec un sourire.

— Il m'a dit en effet que tu avais fait un formidable travail sur les contrats, reconnut Miranda, quelque peu perturbée par ce renversement de situation.

— Tu sais désormais que je ne suis pas la tête de linotte que je feignais d'être quand je jouais les entremetteuses entre Brand et toi.

— Je m'étais demandé pourquoi tu étais devenue si inepte, tout à coup, répliqua sa mère, pince-sans-rire.

Rassemblant son courage, Lorilee se jeta à l'eau.

— J'aimerais aller en Amérique pour remplacer Aimesley. M. Saint-John et Tilda sont prêts à m'accompagner. Je sais que j'en suis capable, maman. Tu seras fière de moi. Et qui sait ? Je rencontrerai peut-être l'homme de ma vie. Quelqu'un qui se fiche des ragots et de la bonne société. Un homme comme Brandon Caruthers, ajouta-t-elle d'une voix douce. Ainsi, tu vois, le scandale m'indiffère. Et à lui aussi. Qu'en est-il de toi, maman ?

Lorsqu'elle avait pris la place de son mari, Miranda avait fait l'objet de bien des commérages, mais cela ne l'avait jamais arrêtée. Dès lors qu'il ne rejaillissait pas sur sa fille, elle se moquait du scandale. Seulement, elle avait déjà épousé un homme parce qu'il voulait un enfant, et elle n'avait pas l'intention de recommencer.

— Tu m'as donné à réfléchir, ma chérie. Maintenant, j'ai besoin d'un peu de temps.

— Très bien, mais pas trop. Brand dîne avec nous ce soir.

Miranda n'imaginait pas de dîner en face de lui sans avoir réglé d'abord leurs problèmes en privé. Lorsqu'ils se seraient parlé, peut-être déciderait-il de partir. Elle n'aurait alors plus à se soucier d'un quelconque dîner.

Alors qu'elle s'apprêtait à frapper à sa porte, il lui vint à l'esprit qu'elle aurait peut-être dû se changer. Puis elle secoua la tête. À quoi pensait-elle ? Elle n'était pas venue pour le séduire.

Dès qu'il la vit – coiffure et tenue sévères –, Brand comprit qu'elle était prête pour le combat.

— Pardonnez-moi si je ne me lève pas, dit-il du sofa où il était assis, mais je ne voudrais pas le déranger.

Il caressait Marmelade qui ronronnait de plaisir. Miranda ne put dissimuler son étonnement.

— Mais... vous avez une peur bleue des chats. Surtout de lui...

— Depuis que je suis confiné dans cette chambre, les petits envahisseurs sont venus me rendre visite plusieurs fois avec leur mère. Puis ce vieil ogre les a rejoints. Comme vous pouvez le constater, nous avons fini par trouver un terrain d'entente.

— Et même bien davantage, commenta Miranda tandis que le vieux chat enfonçait ses griffes dans la robe de chambre de velours de Brand. C'est la première fois qu'il se prend d'affection pour un homme.

Réalisant que sa remarque était à double sens, elle changea vivement de sujet.

— Je viens d'apprendre que vous dîniez avec nous ce soir. N'est-ce pas un peu tôt ?

Il lui sourit.

— Si j'ignorais que vous êtes pressée de me mettre à la porte, je vous remercierais de votre sollicitude, madame Auburn.

— C'est faux ! Vous avez été blessé en nous sauvant, Lorilee, Tilda et moi. Je serais bien ingrate de vous mettre dehors avant que vous ne soyez entièrement remis.

— Ainsi, il ne s'agit que de gratitude ? Venez vous asseoir près de moi, mon ange, fit-il en tapotant le sofa.

Miranda ne bougea pas. Elle savait que si elle lui obéissait, elle était perdue.

— Je suis mieux ici, assura-t-elle en se perchant au bord d'une chaise inconfortable.

— Poltronne, murmura-t-il en la regardant droit dans les yeux. Je veux vous épouser, Miranda.

— Mais non. Vous pensez seulement que c'est votre devoir, milord. Je ne me marierai plus jamais par devoir.

— Je ne suis pas Will Auburn, répliqua-t-il, agacé.

— Certes. Vous avez moins de la moitié de son âge lorsqu'il a demandé ma main.

— Nous avons quoi, cinq ou six ans d'écart ? La différence d'âge n'est pas le problème. Pas plus que le devoir ou l'argent.

— Ah, oui, l'argent. Cette affreuse richesse avec laquelle j'ai blessé votre fierté.

Elle tentait de ranimer sa colère dans l'espoir qu'il les épargnât tous deux.

— Je ne mordrai pas à l'hameçon ! lança-t-il en déposant le chat par terre pour se lever. Je vous aime, Miranda. Et vous allez m'épouser.

Elle voulut lui échapper, mais elle ne fut pas assez rapide. Il l'attrapa et la plaqua contre lui.

— Non, je vous en prie. Lâchez-moi.

Elle se débattit vainement, tandis qu'il l'embrassait dans le cou.

— Prenez garde, ma chérie, je suis blessé.

Il s'empara de sa bouche, et elle crut que ses jambes allaient se dérober sous elle. Elle n'était pas armée pour lutter contre cela… contre lui. Il l'embrassait avec une telle tendresse. Elle entrouvrit les lèvres, et tous deux gémirent lorsque leurs langues se frôlèrent. Elle sentit l'évidence de son désir, et se cambra contre lui.

— Voyez quel effet vous me faites, Miranda, souffla-t-il. Vous allez m'épouser.

Il se força à desserrer son étreinte et plongea son regard dans le sien.

— Mais avant, nous avons quelques petits problèmes à régler, reprit-il, heureux de la voir si manifestement chavirée par leur baiser.

— Je ne peux pas, fit-elle d'une voix lointaine. Regardez ce qui arrive quand…

— C'est toujours ainsi entre nous. Mais je n'éprouve pas seulement du désir pour vous, Miranda. Je vous aime… Pour votre courage, votre sens de l'honneur et votre humour. Pour votre intelligence et votre capacité à aller jusqu'au bout de vos rêves. Quand j'ai cru vous perdre, j'ai éprouvé la peur de ma vie.

Il était sincère, c'était évident. Il pensait vraiment l'aimer… aujourd'hui.

— Mais si je ne suis pas enceinte ? Si je suis trop âgée pour vous donner des enfants ? Vous méritez tellement plus, Brandon. C'est votre devoir…

— Voudriez-vous cesser de parler de devoir, mon cœur ? Quand je suis venu vous trouver, le lendemain de notre nuit, je souffrais encore comme un damné. Je ne nie pas que ma fierté en avait pris un sale coup, et que je voulais vous faire souffrir à votre tour. J'avais réussi à me convaincre que je revenais à cause de l'enfant, mais dans mon cœur, je venais pour vous. Ce que je voulais réellement, c'était que vous m'aimiez. J'adorerais vous donner des enfants, Miranda, mais si ce n'est pas possible, tant pis. Vous avez déjà Lorilee, et elle est comme la petite sœur que j'ai perdue. Nous pouvons former une famille.

Il inspira à fond avant de continuer :

— C'est de *vous* que j'ai besoin, pas de votre argent. J'ai trouvé une solution financière qui me permettra de conserver mon manoir pendant encore deux ans. Ensuite, le haras devrait me rapporter de quoi vivre confortablement. Je ne veux que votre amour. Est-ce trop demander ?

Miranda avait les larmes aux yeux.

— Je... vous aime, Brand, balbutia-t-elle d'une voix empreinte d'une indicible émotion. De toute mon âme. Mais je n'ai jamais appris à montrer cette sorte d'amour. Il vous faudra m'expliquer comment faire.

— Je n'aurais pu espérer élève plus douée, et je m'en réjouis d'avance, mon amour, murmura-t-il avant de capturer ses lèvres sous le regard bienveillant de Marmelade.

Épilogue

Printemps, deux ans plus tard

— Une lettre de Lorilee ! s'exclama Miranda, rayonnante, en brandissant une enveloppe.

Elle était ravissante dans une robe à fines rayures qui mettait en valeur sa silhouette. Son mari la regarda approcher de la carrière où il faisait travailler Golden Girl, l'une des filles de Reiver.

Il tendit les rênes à Mathias.

— C'est toi qui vas la monter. À toi l'honneur.

Le jeune jockey, qui était devenu une véritable légende au cours des deux dernières années, lui sourit.

— À vos ordres, major.

Miranda s'immobilisa tandis que son mari la rejoignait. Avec ses hautes bottes de cuir, son pantalon d'équitation et sa chemise au col ouvert, il était la virilité incarnée.

Depuis leur mariage, elle passait le plus clair de son temps à Rushcroft Hall, et s'y plaisait autant que Brand. Avec l'aide de Timmons et du télégraphe, elle se débrouillait pour diriger ses diverses entreprises sans avoir à supporter l'agitation de la City.

Lorsque Brand fut près d'elle, il la souleva dans ses bras et la fit tournoyer un instant.

— Brandon, arrête. Les domestiques vont jaser, feignit-elle de se fâcher.

Il lui planta un baiser sur le bout du nez et la reposa sur le sol.

— Alors, que raconte notre grande voyageuse ?

— Elle se trouve dans un coin perdu de l'Ouest qui s'appelle le Wyoming. Ça a l'air très rustique.

Elle entreprit de lui lire la lettre.

Chère maman et cher Brand,

Les paysages sont spectaculaires : des montagnes au nord et d'immenses plaines qui s'étendent à l'infini. Sans les petites villes construites le long de la voie ferrée, il n'y aurait rien excepté des Indiens.

J'ai rencontré un homme extraordinaire : le général Jubal McKenzie. Il a été engagé par M. Durant comme directeur du chemin de fer. J'ai rarement vu homme d'affaires plus intelligent et plus exigeant. Il m'apprend énormément. Son bras droit est un jeune homme passionnant, moitié Indien et très beau – mais n'ayez crainte, il est marié à la petite-fille du général !

Tilda et Sin ont loué une confortable maison à Denver. Ils ont l'intention d'y passer l'été, car leur bébé est trop petit pour vivre dans des campements. Pour ma part, je suis enchantée. Notre tronçon de l'Union Pacific devrait rejoindre celui qui vient de l'Ouest quelque part dans l'Utah au début de l'été.

M. Durant semble apprécier mes rapports et mes suggestions. J'espère que ce n'est pas seulement parce que ma famille a des intérêts importants dans le chemin de fer !

Le sifflet du matin vient de retentir. Je dois aller travailler. Embrassez bien fort mon petit frère pour moi. Vous me manquez affreusement, et j'ai prévu de rentrer à Denver cet automne. Peut-être viendrez-vous enfin en Amérique comme promis, n'est-ce pas, maman ? Brand, faites en sorte de venir tous les trois avant la fin de l'année.

Je vous embrasse,
Lorilee

— Je ne crois pas qu'elle ait de souci à se faire à propos de son travail. Ils ne peuvent plus se passer d'elle, commenta Brand. Que dirais-tu d'aller là-bas en août ?

— Au milieu des employés du chemin de fer et des Peaux-Rouges ? fit Miranda avec un grand sourire. Ton pays natal me semble un endroit dangereux.

— Mais ta fille te manque tellement que tu prendrais tous les risques. Du reste, l'Amérique n'est pas plus dangereuse que les rues de Londres.

— Ce n'est pourtant pas faute de te battre pour y remédier à la Chambre de lords, fit-elle en l'embrassant.

Il la souleva dans ses bras et l'emporta vers le manoir. Celui-ci était loin d'être entièrement remis en état, mais la vente de l'hôtel particulier de Saint-James Square avait rapporté une jolie somme que Brand avait aussitôt investie dans son haras, dont les profits augmentaient régulièrement. Il refusait d'utiliser la fortune de sa femme, mais il avait déjà entrepris quelques travaux de rénovation. D'ici un an ou deux, l'endroit aurait retrouvé sa splendeur d'antan.

— Johnny ne devrait pas se réveiller avant une heure, lui fit savoir Miranda d'un ton désinvolte.

Leur fils, âgé d'un an, était leur joie et leur fierté. Et Miranda ne désespérait pas de lui donner des frères et sœurs. Loin de là ! Alors que son mari gravissait l'escalier, elle sut qu'elle n'aurait aucun mal à atteindre son but.

Brand ferma la porte de la chambre d'un coup de pied et la laissa glisser le long de son corps.

— Ça ne te rappelle rien ? demanda-t-il en déboutonnant sa robe.

— Notre nuit de noces quand tu m'as arraché mes vêtements ?

— Si je me souviens bien, madame, dit-il en ponctuant chaque mot d'un baiser, vous m'aviez déjà déshabillé entièrement alors que je ne m'étais même pas encore attaqué à votre corset.

Miranda éclata de rire.

— Entre amants, tout est permis, major. C'est ce que vous m'enseignez depuis deux ans. D'ailleurs, les vêtements d'hommes sont plus faciles à retirer que ceux des femmes. Et puis, nous sommes tout de même parvenus jusqu'au lit, dit-elle en déboutonnant son pantalon.

Il soupira de plaisir quand elle le prit dans sa main.

— Dommage que nous n'ayons pas le temps de mettre à l'épreuve cette fameuse endurance américaine, murmura-t-elle. Peut-être ce soir ?

— Tu es insatiable. Mais tu as oublié la règle numéro un : les bottes d'abord.

— Seulement si nous avons l'intention d'arriver jusqu'au lit.

Tout en parlant, il avait réussi à déboutonner sa robe, et à libérer ses seins.

— Miranda, mon amour, ma vie, murmura-t-il.

Ils se laissèrent glisser sur le sol, et lorsqu'il effleura son intimité, elle cria :

— Je t'en prie, Brandon… Maintenant !

Il la pénétra d'un mouvement fluide. Aussitôt, elle se cambra sous lui, folle de désir.

Cette Miranda-là, sauvage et libre, n'appartenait qu'à lui et à lui seul. Elle ne s'inquiétait ni des ragots que pouvaient colporter les domestiques ni de ce que la société disait de son mari, le Baron Rebelle, qui faisait courir des chevaux et refusait de se soumettre aux règles de la bienséance. Elle vivait comme elle l'entendait, et c'était tout qui comptait.

Ils atteignirent le paradis ensemble, dans une explosion vitale et volcanique.

— J'ai bien peur d'avoir froissé ta jolie robe, murmura Brand quand il eut retrouvé son souffle. Et maintenant nous sentons tous les deux le cheval.

Elle enfouit le visage dans son cou.

— Tu sens bon le mâle, et j'aime ça.

— Je montais pourtant une jument, plaisanta-t-il.

— Je parlais d'un parfum d'homme, pas de cheval, voyons ! Du reste tu viens de me chevaucher… mais je ne suis pas une pouliche.

— Tu cherches des compliments, mon cœur ? dit-il en la dévorant de baisers. Tu es la plus belle femme de toute l'Angleterre.

— D'Angleterre, c'est tout ? fit-elle, rêveuse.

— Il faudrait aller en Amérique cet automne, histoire de vérifier que tu l'emportes aussi là-bas. Mais je suis sûr que même si nous faisions le tour du monde, tu conserverais ton titre.

— Je n'en suis pas aussi certaine, répliqua-t-elle avec un sourire. À la fin de l'année, je risque d'être plutôt ronde.

Brand tressaillit, puis s'illumina.

— Ma chérie, je suis censé diriger un haras de chevaux de courses, pas d'enfants.

— Laissons les records à Reiver… et rappelle-toi que je suis la seule reine de ton écurie, dit-elle d'un air faussement sérieux.

Il éclata de rire en la pressant contre lui.

— Voilà au moins une condition que tu n'auras jamais besoin de négocier avec moi.

Découvrez les prochaines nouveautés de la collection

Aventures et Passions

Le 3 octobre

Le dragon maudit

de Julia London (n° 7805)

À la fin d'un repas frugal du clan Lockhart, la décision est prise. Liam, le soldat, ira à Londres récupérer auprès de la branche anglaise de la famille le petit dragon en or incrusté de rubis, réputé maudit, afin de remettre à flot les finances du clan. Liam commence par louer une chambre à un vieux lord avare. Rapidement, il remarque une ravissante jeune femme accompagnée de sa petite fille, dont la présence l'intrigue. Que fait-elle dans un endroit pareil ?

Le 10 octobre

En dépit des conventions

de Virginia Henley (n° 7806)

Les Gunning, désargentés bien que d'ascendance respectable, partent pour Londres afin que leurs deux ravissantes filles, Beth et Mary, fassent leur entrée dans le monde. Lorsque leur mère décide de les faire passer pour des héritières, cela fonctionne ! Mais Beth a déjà trouvé l'homme de ses rêves, John Campbell. John est subjugué par Beth. Pourtant, lorsque la jeune fille lui avoue son imposture, il refuse de l'épouser !

Le 17 octobre

Princesse ou gitane

de Rosemary Rogers (n° 4452)

Les yeux mi-clos, la bohémienne prit la main de Célia. Qui pouvait deviner que la jeune femme élégante et aux manières raffinées qui se tenait devant elle faisait partie de leur tribu ? Pourtant, ces yeux noirs et ce corps souple sont bien habités par la flamme gitane...
« Je vois un voyage. Bientôt, tu vas retourner à Ceylan, là où tu es née. Je vois deux hommes autour de toi, dangereux, chacun à sa manière. Si l'un te menace, l'autre te sauvera... »

Le 24 octobre

En attendant la nuit

de Amanda Quick (n° 7807)

Londres XIXe. Bien décidé à en découdre, Adam Hardesty se rend chez la voyante qui cherche à faire chanter l'un de ses amis. Quelle n'est pas sa surprise lorsqu'il découvre son corps sans vie ! Décidé à retrouver le coupable, son enquête le conduit chez la célèbre Carolyn Fordyce, auteur de récits à suspense publiés dans des journaux. Tout d'abord, Adam la suspecte. Mais bien vite il tombe sous le charme de la jeune femme et poursuit avec elle ses recherches...

Ce mois-ci, retrouvez également

Amour et Destin

Des histoires d'amour riches en émotions déclinées en trois genres :

Intrigue ***Romance d'aujourd'hui*** ***Comédie***

Le 2 septembre

Un duo explosif

de Susan Andersen (n° 7791)

Chef cuisinier, Lily Morrisette économise pour ouvrir son propre restaurant. Elle loue une chambre à son amie serveuse, Glynnis, partie en voyage avec son fiancé David. Lorsque le frère de Glynnis, Zach, un marine, rentre chez lui, il est surpris par la présence de la séduisante jeune femme. Mais Zach s'inquiète surtout pour sa sœur. Ils décident de se rendre dans la famille de David, où ils apprennent que le couple a été kidnappé ! Lily et Zach feront tout pour les retrouver...

Le 9 septembre *Suspense*

Plus fort que la vengeance

de Beverly Barton (n° 7792)

Reve Sorell vient d'hériter de la fortune de ses parents adoptifs. Aidée de sa sœur jumelle, Jazzy, elle s'engage à découvrir le secret de ses origines. Tandis que Jazzy a toujours été convaincue que sa mère était morte en couches, Reve sait qu'un drame s'est produit puisqu'elle a été retrouvée parmi les victimes d'un accident d'autocar. Plus leurs recherches progressent, plus Reve a conscience d'un danger imminent...

Le 23 septembre *Comédie*

Ça suffit, Suzy !

de Jill Mansell (n° 7793)

Mmmm, cet officier aux yeux bleus... On a beau dire, le prestige de l'uniforme ! Tout de même, de là à lui faire croire que ce reste de milk-shake à la fraise, c'est le sperme de ton mari et que si tu as explosé le radar, c'est parce que tu filais dare-dare à l'hôpital pour une FIV... Suzy, tu exagères. Tu sais pourtant que tu as d'autres atouts. Pourquoi toujours en faire trop ? Allez, ça suffit, Suzy ! L'homme de ta vie n'a pas besoin que tu joues les fofolles pour tomber dans tes bras...

Amour et Mystère

Sous le charme d'un amour envoûtant

Le 16 septembre

La communauté du Sud - 2 : Disparition à Dallas

de Charlaine Harris (n° 7785)

Envoyés en mission à Dallas, Bill et Sookie doivent enquêter sur la disparition d'un vampire. Les soupçons se portent tout naturellement sur la secte hostile aux vampires de la ville. Sookie est donc chargée d'infiltrer l'organisation pour démasquer les coupables, mais elle ne sait pas encore que de terribles dangers la menacent.

Passion intense

Quand l'amour vous plonge dans un monde de sensualité

Le 16 septembre

Les trésors de la tentation

de Thea Devine (n° 7784)
Louisiane, 1854. Deux familles, les Rutledge et les Templeton, habitant des plantations voisines, se vouent une haine féroce. Après vingt ans d'errance, Flint Rutledge rentre chez lui et décide de rétablir l'ordre. Il est déterminé à récupérer ce qui lui revient de droit, ses terres, son titre mais surtout la femme de ses rêves et de ses fantasmes, Dayne Templeton. Lorsque celle-ci se rend un beau jour chez ses voisins pour leur faire entendre raison, elle tombe sur Flint, très très nu… Et ça lui donne des idées !

7795

Composition Chesteroc Ltd
Achevé d'imprimer en France (La Flèche)
par Brodard et Taupin
le 9 août 2005. 31092
Dépôt légal août 2005. ISBN 2-290-34538-5

Éditions J'ai lu
87, quai Panhard-et-Levassor, 75013 Paris
Diffusion France et étranger : Flammarion